暢銷 年不敗經典

短篇小說 寫作指南

The Writer's Digest Handbook of Short Story Writing

邁向成功作家之路！

業餘愛好者如何自我修煉成專業小說家

目　錄

序：短篇小說的本質

喬伊斯・卡羅爾・歐茨
Joyce Carol Oates

你為什麼寫作？

有時候，向我提出這個問題的人自己也是寫作者，所以自然帶著一本正經、不可不問的腔調。但更常見的提問者是身材兩倍魁梧於我的男士。他可能在餐桌上發現自己恰好與我同席，又想不到什麼別的話題，就會問「你為什麼寫作」。雖然我沒問他「你為什麼這麼辛苦地工作」或者是「你為什麼要做夢」，我甚至都不會問他「你為什麼非要問我這個問題」，我表現得彬彬有禮，可大腦已然停轉，然後特別忸怩。我通常會回答「因為我喜歡寫作」。這個答案既不傷人，又無可指摘。因為這個答案能讓這些粗人心滿意足。在過去的一年裡，他們平均每週來煩我一次，懷揣著意圖明顯的類似問題，潛臺詞無外乎：（1）寫作的人沒有能力應付現實；（2）自己高人一等，因為很明顯，他不需要依靠幻想也能生存。

你為什麼寫作？

　　這個問題太妙了。我雖然在公開場合從來不會解釋或替自己辯護，但內心對於所有藝術創作背後的動機都極度好奇。我好奇意念和想像力的深處，尤其是意識晦暗時刻的異想，它們夜以繼日地向我們投射出一幅幅荒誕而又驚人的奇異畫面。那位語帶嘲諷地問我為何寫作的懷疑者，其實與我並沒有太大的不同，因為他自己也會「寫作」，會創造，會在日間的小憩和夜晚的深睡中做夢，而他的夢境本身便是真實有力的藝術作品。

　　我們寫作的原因與做夢如出一轍——因為我們沒法不做夢，人類的想像力會本能地催生夢境。我們這些寫作的人，為了探索現實背後祕而不宣的意義而有意識地編排和重組現實，稱得上是嚴肅的做夢者。我們也許沉溺於夢境，但絕對不是出於對現實的恐懼或者蔑視。芙蘭納莉・歐康納（Flannery O'Connor）說過（在她去世後結集出版的那本傑作《神祕與習俗》〔*Mystery and Manners: Occasional Prose*〕之中），寫作不是逃避，「是對現實的投入，也將搖撼現實體系」。她篤定地認為，一個寫作者必定對現實世界抱有希望，因為不抱希望的人根本不會去寫作。

　　我們之所以寫作，就是為了賦予這個世界一幅更有條理、更為簡潔的圖景。因為現實世界在我們眼前展現時往往帶來一種混沌、可怕又笨拙的感覺。該如何面對日夜不絕的瑣碎所組成的這時刻呼嘯的狂風呢？我被迫悲傷地承認，現實並沒有可以一言以蔽之的意義。但是有著多重的意義。無數意義各不相干、令人警醒卻又可堪把握。生而為人的這趟冒險，就是為了將這些意義發掘出來。我們希望盡可能地理解生活。科學家們也想要理解一切，祛除神祕，將生活連貫成章，一步一步地讓事物井然有序。

所以我們與他們雖然是人所皆知的宿敵，但本質上並不存在雲泥之別。我們之所以寫作，是為了從時間或是我們自身生活的巨大漩渦中打撈出意義。我們寫作，是因為我們堅定地相信意義是存在的，而我們渴望將各種意義各歸其位。

佛洛伊德說：「藝術引發了通曉自我的幻覺。」他與每一個曾經生活過的人一樣，關注我們意念之中神祕的象徵（也就是藝術）空間。這句話令我如此驚奇。它無所不包，萬事盡收其中。藝術引發的「幻覺」就是一個夢。一個被帶到光天化日之下、供人參詳的清醒之夢。有時候，這個夢會被擺進精美的裝幀裡，然後毫無懸念地標上過高的價格出版。如果這個夢恰好受到市場歡迎，還會被拍成電影，大賣一通。電影這門神奇的現代藝術將我們的夢境改造，變成一幀幀誇大的影像，包括臉孔和肢體，順暢地滑過銀幕，極其適合呈現各種各樣的噩夢。這個夢如果不太好賣，也許就永遠不會出版。但是，就像人類的大多數嘗試那樣，它即便被放在某個角落裡，溫吞無害、無人問津，仍然有其價值。沒有一個夢是毫無價值的。夢就是幻覺——而任何幻覺，正如我們見到的一切景象，都有不可估量的價值。

卡夫卡寫過：我們必須忠於自己的夢。

當人們「開始」寫作（這個說法對我來說挺奇怪的，就好像在說「開始」呼吸一樣），他們就會被一種能量鼓動，覺得自己擁有一些獨一無二的東西想要訴說，並且訴說的人非他莫屬。這種能量，這種神祕的篤定，就是一切藝術的根基。可是，他們一旦開始接觸這門手藝——它看上去形式考究、無比專業，在一九六九年甚至可能還顯得如此頹廢——很快就會恐懼自己技藝不

精。於是他們會去參加作家論壇，去上創意寫作課程，買回各種書籍，想從中領悟「小說的本質」。這些做法都沒錯，一個寫作的人理應藉助一切可能接觸到的訊息。但是，一位作者的立身之本並不是技巧，而是他寫作的意願和欲望。實際上應該說，是他「不能不寫」。我經常會讓學生多動筆。寫日記、做筆記，感覺苦惱時要寫，精神就要崩潰時也要寫……誰知道會浮現什麼東西？我可以毫不顧忌地說，我相信夢境是有魔力的。夢提升了我們。哪怕是噩夢，也可能賣掉——如何清醒地千方百計地清除噩夢值得一寫，杜斯妥也夫斯基、塞利納（Louis-Ferdinand Celine）和卡夫卡的作品就是如此。所以最重要的還是動筆，每天都寫，無論身體狀態好壞。過了一段時間，可能幾個星期或是幾年，你總能從那一大堆混亂的想法中理出意義……也有可能，這意義會自己突然跳出來。西奧多·羅特克（Theodore Roethke）會草草地記下一句帶有「詩意」的話，長年隨身帶著，直到他有一天找到合適的方式把這句話化進一首詩中；或者說，這句話自己發展成一首完整的詩。這又有什麼區別呢？這種能量是神聖的。我們寫作，是因為這能量已經滿溢而出，是因為我們比其他人對生活更敏感、更投入，也更好奇。那為什麼不將這種能量物盡其用呢？

我們說，藝術引發的是「幻覺」。因為很顯然，藝術並不「真實」。你要找路的時候，需要的不是藝術而是忠實記錄地表訊息的地圖；你要找人，該做的是翻開電話號碼簿而不是讀書。藝術不「真實」，也沒有必要真實。藝術家對平凡的現實嗤之以鼻，總愛言之鑿鑿地說（我會想像他們是因為不肯忍受我在前文曾經歷的那種欺侮，才在晚宴上拍案而起）：「現實更是糟糕得多！」

現實——俗世生活——新聞報導、報紙雜誌還有街頭巷尾的瑣事，這些都是偉大藝術的材料，但並非藝術本身，儘管我知道「藝術」一詞在語義上天然地複雜難解。這麼說好了，我們提到的「藝術」所指的是一種文化（而非美學意義上的）現象。比如把一隻乾癟的蜘蛛裝進畫框裡，牠就神奇地變成了一件藝術品，但如果這隻蜘蛛沒人碰過，也沒人注意，那牠就還是一件「自然品」，不會拿到任何獎項。我對藝術所做的這番解讀或許會大大地觸怒傳統主義者，但我對這種解讀相當滿意。這種解讀意味著生活本身是如此細碎而沒有條理，為了將這樣的生活梳理清楚，我們寫作者（還有科學家、地圖測繪員和歷史學家）的存在也就必不可少了。

　　你為什麼寫作？為了發掘出生活隱祕的意義。這也算是一個答案，一個怡人的、樂觀的答案，儘管可能有點浮士德的味道。我總是會從平常的生活中收集材料，比如新聞報導、安・蘭德斯[1]的專欄、《真情懺悔》[2]，還有各種以「八卦」為名傳播的流言，都讓我興味盎然。全都是絕妙的啟示！世間充滿啟示，充滿悲劇——隨便拿起一份報紙，翻到第五版或者第十九版，你一眼看到的頭條標題，隨便什麼標題，就是一個故事。我自己寫過的小說裡，我都數不清楚有多少個是根據那些不加修飾的新聞報導發揮出來的……媒體新聞的敘述簡潔扼要，骨感，所以吸引著我，讓我想要給這些瘦削又利索的故事添上血肉，把某個已經成為歷史

1　安・蘭德斯（Ann Landers，一九一八一二〇〇二），美國著名專欄作家，「安・蘭德斯」是她的筆名，本名為埃佩・萊德勒（Eppie Lederer）。
2　《真情懺悔》（*True Confessions*），一九二二年創刊的美國女性雜誌。

的事件重新拿過來使用、復活、改編，否則它就再也不能被人理解了。一篇新聞故事呈現出某個人一生的零碎片段，引誘著寫作者前來將其重建成完整的樣貌。就好像是在地板上找一小塊拼圖……只要付出一點努力，找到這塊就能還原出整幅拼圖了，為什麼不找？又或者，你甚至可以想像出一幅比「真實的」原圖更加棒的畫面。所以何樂而不為呢？

　　所以說，藝術正是藉由現實所給予的一切而「做夢」、幻想和沉思的。一段偶然聽見的言辭、一股突如其來的心痛、一種沮喪的情緒、一陣憤怒、一個在《真情懺悔》裡讀起來活像噩夢一樣的故事……這些都是我們書寫的材料。一個不會被《真情懺悔》之類報刊收錄的故事，我不想寫。一個不能被唱進歌裡的故事，而且是那種最直抒胸臆、最富戲劇性的抒情歌，我不想寫。一個不能被轉化成藝術的夢境，我也不想寫。正如聰明人會吸引我一樣，批判性寫作讓我非常著迷於一些可能很傻的事情。我會忍不住與其他作者進行智力上的比較，分析探索他們的作品，試著理解他們。但是最嚴肅最神聖的任務並非批評，是藝術本身，而藝術反而可能是更容易得到的。

　　「藝術引發了通曉自我的幻覺。」那「自我」到底是什麼？我的「自我」正在寫下這些文字，而你的「自我」，你自己，正在讀著。你就像是一團原生質，在一個確定的界限之內，你的自我並非一成不變，而是流動的、變化的、神祕的。沒有哪一刻的自我是相同的，但一個自我又永遠不可能是另一個自我。如果你死去，沒有人可以取代你的位置。我的死亡就意味著我這個獨特的存在，還有我的個性都永遠地消散了——說不定是件好事，但這

是無法挽回的事實。我們的自我渴望著控制；而我們渴望的是對其的「通曉」。現實一直在躲閃，因為和我們一樣，它難堪把握、神祕莫測，而且隱約讓人恐懼……我們能掌握的東西寥寥無幾，就算是那些我們所愛的人，愛著我們的人，還有我們以為自己對其有哪怕一點點掌握的人，都終將不會被我們握在手心。他們傲然獨立，註定只存在於自己的生死之中。可是我們渴望著，無法自拔地渴望獲得這種掌控。於是，既然渴求，我們就必須自己創造。於是我們做夢。於是我們創造出一個世界（就比如說一篇短篇小說好了），其間居住著由我們製作出來的人。我們導演著他們的思維，編織著他們的命運，用來構建出某種意義。

我們從佛洛伊德那裡體會到，身為寫作者，必須精於對自身的理解——寫作就是為了假裝自己獲得了對世界的通曉。一個典型的懷疑論者不喜歡藝術，是因為他覺得「不真」，但我從這種「假」裡找到了無窮的欣喜。我認為這是一個高貴的使命。對我來說，對這個世界或者是對它的某些斷面，探尋著「通曉自我」的努力就是一種高貴。那些最輕盈的、最精緻的短篇小說（比如尤多拉・韋爾蒂〔Eudora Welty〕或者契訶夫的作品）中縈繞著一股神聖的氣氛。而這種氣氛（相比起來更加深刻一些）也同樣縈繞於十九世紀的那些鴻篇巨製中，例如《白鯨記》和《卡拉馬助夫兄弟們》。這些作品的作者想要把一切都訴諸筆端，一切！因為藝術家就像祭司，或是魔術師，甚至是科學家，深深痴醉於隱藏在現實表面下的意義。所謂高貴，便是努力發掘這種意義。

所有的藝術作品都有意義。意義可能藏身於暴力甚至是殘酷的創作方式之中——比如波洛克（Pollock）或是德庫寧（de Kooning）

的畫作；也可能立足於更為傳統的基底，直白地昭示出來。所以一個學生可能就會在「盡可能地生活；否則就是錯誤」（出自亨利·詹姆斯〔Henry James〕的《使節》〔The Ambassadors〕）這句話下畫線，然後覺得自己已經毫不含糊地明白了這本書的「意義」。《白鯨記》的「意義」不只存在於關於白鯨的著名段落裡，而是遍布全篇的所有章節——無論是單調乏味的部分還是高潮迭起的部分。整本書都是為了一個意義，即梅爾維爾對於現實的探索。

所以，你為什麼寫作？我們可以這樣再一次回答這個著名的問題：我們寫作，是因為我們被賜予了一個高尚的任務，就是要澄清神祕，或是在那些被麻木且失真的簡單掌權的地方，指出神祕的所在。我們寫作，是為了真誠地面對特定的事實，以及特定的感情。我們寫作，是為了「解釋」一些極其瘋狂的行為。為什麼一個理智的年輕人會暴起殺人？為什麼一個幸福的女人會和另一個男人私奔，毀掉自己的生活？為什麼一個心智健全的人會結束自己的生命？我承認自己老氣橫秋，傳統守舊。不管是我的看法還是行為都完全出自傳統，刺激我從事寫作的動機也一樣，並不古怪。我只是被怪異的結構和視角吸引，而且如果可以的話，我會寫一個頭尾完全掉轉過來的故事，或者是把一個故事分成三路同時寫。但在我這溫順的狂妄手法背後，只是一個想要理解現實的簡單願望。我想要弄清楚人類情感背後的「為什麼」，即使我反覆探究，人類的情感也還是我們心底最神祕的存在，完全不存在徹底釐清的可能。對於那些花哨的技巧我並不太感興趣，因為這些東西所探索的無非都是紙面上的花招，只會凸顯出寫作的虛妄（以貝克特〔Beckett〕為例，他的作品恰恰就是在嘲諷寫作過

程本身），雖然立體主義和抽象主義畫家創作出美麗的作品都是因為他們將畫布看作畫布，而不是一面鏡子。但是，對於我，一個女人來說，單純的理智很快就會讓我厭倦。如果一個故事僅僅充滿理智，那為什麼不乾脆寫成一份論文，或者是給編輯的一封信？令我全心沉醉的東西是那些除了指出我們所居住的世界流動不定之外再無他用的動詞。

　　如果一個故事寫得足夠出色，我們大可不必在「沒有意義」這一事實面前去強調它的意義，或是它令人費解的地方，因為故事本身就是它的意義，僅此而已。契訶夫的任何故事都是其自身的意義所在。它是一種經驗，一個情感的事件，常常伴隨著極致的美麗，偶爾也會是極致的醜陋，但它本身純粹無瑕，無需任何解釋。〈帶小狗的女人〉就是一篇典型的契訶夫小說，講述一個經驗豐富的男人和一個涉世未深的女人（也是一個富有男人的妻子）絕望的愛情故事。他們相遇，墜入愛河，然後一直不曾斷絕……女人淚眼婆娑，而男人無可奈何。因為各自家庭還有社會壓力等緣故，他們不能結合。這就是整個故事的「意義」。契訶夫向我們展現了他們的困境，讓我們對他們的苦悶難以忘懷，除此之外，這個故事沒有任何別的含義。當然，他們並沒有因為私通而受到懲處！也沒有因為不敢私奔、留下一個不浪漫的結局而受到責難。他們只是一對普通人，落進一椿不普通的事件。〈帶小狗的女人〉記錄了他們所遭遇的情感危機，而我們之所以會心有所感（也許並非情願），是因為我們在這樣的深淵裡看到了自己：自欺欺人，狡猾而聰明，沉陷在絕望之中。

　　至於短篇小說的本質？可沒有一種單一的色調，而是五顏六

色，各有不同。我們每個人的個性都不相同，迥異的各人自然也會有不同的夢境。沒有什麼規則可以幫助我們。以前是有的：「不要無聊！」但這一條早就被繞過去了。今天的寫作者，例如貝克特、阿爾比（Albee）還有品特（Pinter），他們的作品都是有意顯得無聊（也許就這一點來說，他們比自己想像中更加成功），而且不拘一格。極盡誇張的描寫手法；令人語塞的輕描淡寫；極短的場景，又或是無比冗長的場景；電影式的倒敘（flashback）和畫面，還有大段大段湯馬斯・曼（Thomas Mann）式的內心自省，什麼都有。無論是短篇還是長篇，自然沒有一定的篇幅限制。我相信任何短篇小說都能變成一本大部頭，同時任何一部巨著也可以轉化為短小的故事甚至是一首詩。現實流動不定，畸形古怪。所以就讓我們把它盡可能地塞進各種形狀裡，打上標題，裝上精裝的封面。讓我們把它拍成電影，讓我們宣布一切事物都是神聖的，作為藝術素材的部分理應亦然——又或者，也許沒有什麼所謂的神聖，沒有什麼是應該束之高閣的。

業餘寫作者總想著寫一些了不起的大事，探討嚴肅的主題。說不定這是社會良知的體現呢！但從來沒有什麼「了不起」的事情，只有了不起的手法。任何主題都可以是嚴肅的，又或者是愚蠢的。沒有任何規矩。我們是自由的。奇蹟躍躍欲試，就蜷縮在還未拆封的打字機墨盒裡，渴望著噴湧而出。我告訴學生，要寫最為真摯的主題。那他們怎麼知道自己所寫的東西是否真摯呢？就看他們在寫作時會不會感到釋然，會不會感到欲罷不能，會不會感到頭痛，甚至內疚，以及極樂的情緒。因為這意味著他們是否完成了必須完成的事情，是否將無法與外人道的情感和盤托

出，是否說出本該緘口不言的話語。如果感覺寫不下去了，就該停筆。換一個主題重新開始。真正的主題會自發地表達自己，無法保持沉默。賦予你的夢境，還有白日夢形體吧。斟酌你的聯篇浮想，隱藏其中的含義自然就會浮現。如果你覺得乾坐屋中盯著窗外發呆罪無可恕，那你就永遠不會動筆。為什麼還要寫呢？如果你覺得恍惚地閒坐著，看著天空或者河流是一件神聖的事，內心深處的自我樂在其中，那麼你也許就是一個作家或者詩人，總有一天會試著寫下這些感受。

寫作者終會提筆。但首先，他們會感受。

這美妙的人生。

GETTING STARTED

起步

你當然可以

穆瑞爾‧安德森
Muril Anderson

　　如果你與我有半點相似之處，那你也肯定沒法拒絕一篇講述寫作竅門的文章。那些討論靈感與汗水關係的文字，我全都讀過。比如每天寫一千字，從不間斷；把你的寫字檯從看得見風景的窗戶旁邊挪開；不要把你的故事說出來，而是寫到紙上；堅持堅持再堅持。但我在閱讀經歷裡，從來沒有碰到過這樣一條我覺得非常重要的建議。愛默生（Emerson）是這麼說的：「我們人生中最大的願望，就是希望有人能逼我們做我們能做到的事情。」

　　初事寫作的人要是正好有個熱心腸的親戚、朋友、老師或者上司，那就占盡了先機。許多年輕寫作者都會充滿自我懷疑，而且實事求是地說，把作品變成鉛字的道路可謂困難重重。哪怕資歷更老、經驗更多的寫作者也會時不時捫心自問，自己到底為什麼會覺得可以靠寫作來維持生計。

　　我很幸運，因為我的父親總是會在關鍵時刻對我大嚷：「你當然可以。」後來我又認識了一位同為作家的朋友，這位朋友經

常會把我拉出自我懷疑的泥沼。再後來我有了一位老闆。要不是他鼓勵我時說的那句「你當然可以」，我根本不敢把自己的作品投遞出去，並在公開發表的刊物中署上自己的名字。

我記得父親頭一次說出我在寫作方面「當然可以」這句話時，我正在讀高中二年級。當時我們剛剛從我出生的小鎮搬到城裡。我很愛那個小鎮，所以寫了一篇短文。我做夢都希望能夠把那篇文章發表到小鎮的報紙上。那份報紙一週一期，預算很少。所以他們幾乎不會購買任何投稿作品，更不會（我當時非常肯定）給一個高中生支付稿酬。

我父親說，文章寫得真棒。這對於我來說就足夠了。我編了個筆名，把文章寄給報社，這樣編輯就不會知道我資歷尚淺，而我還在投稿信裡說，這篇文章完全是公益性的，不需要考慮稿費。我的文章被登在新一期的報紙上，而我也收到一封言辭熱烈的回信。編輯在信裡感謝我為這份報紙貢獻了非常美好的文字。

幾年後我認識了一個女生。她已經在幾份有關宗教和教育的雜誌上發表過文章，而她並不比我年長多少。我們有過許多次關於寫作的美妙長談。她看過我的一些作品，也建議了一些可能會受歡迎的方向。當我猶豫不決的時候，她也喊出那句「你當然可以」。我第一篇關於兒童繪畫和手工藝的文章得以面世，就是因為她的鼓勵。

等我們年紀漸長，就會變得更善於面對自我懷疑。我們會坦然接受，並且明白自己必須跨過這一道道的難關。這就好比演員們會承認說，哪怕在劇場度過了許多年頭，每晚開演前他們仍然覺得彷彿要上刑場一般。他們心跳加速，口乾舌燥，手心冷汗

湲湲。於是他們退縮了嗎？沒有，因為這些他們全都經歷過許多次，所以他們勇敢地從布幕後面走到鎂光燈下。然而，他們中的很多人回首望去，都會看到曾經有人站在那裡，微笑著說「你當然可以」，然後推了他們一把。

我在一家畫廊上了好幾年的班，寫的文章都是有關展覽、兒童培訓、特別活動等等宣傳類的東西。在一次聲勢最為浩大的展覽之前，一家地位顯赫的雜誌社找到我，想約一篇稿子，談一談我們的畫廊從全國各地的博物館、圖書館、畫廊和私人珍藏中收集而來的藏品。我不是搞藝術史的，所以覺得應該讓畫廊的負責人來執筆。但負責人說：「想當作家的人是你不是我。我可以幫你做研究，不過還是得你來寫。你當然可以。」時至今日，我仍然十分感恩那次機會。

我們中很少人如此幸運，能有人在身旁長久地鼓勵我們寫作。我們中的大多數人只能自我鞭策著越過跌宕的浪潮，直到退稿信慢慢變少，最終化成一封開頭寫著「我們很高興地通知您……」的賀信。最美好的事情莫過於我們在提筆之初就能聽到身邊那些重要的人會對我們說出一句「你當然可以」。這句話將會在我們心底長久迴盪，經年不散。

在我作為自由撰稿人的年頭裡，這句話我聽到過無數次。那些我鼓起勇氣去做的採訪，還有我敢於著手研究和寫作的話題，無不是這句話的功勞！

不久之前，本地的大學邀請我為一個和平工作團體的培訓課程寫一份教學大綱。我猶豫了好一陣子，然後心中一動，便聽到了「你當然能可以」。今天，在距離我家幾千公里的地方，和平

工作團體的志願者們正懷揣著這份大綱，我發自心底地為能夠給這樣一個龐大的計畫貢獻些許而感到滿足。這也是因為我再次聽到了這句話。

幾年前，《讀者文摘》（Reader's Digest）發表了我的文章〈關懷：溫柔的藝術〉（The Gentle Art of Caring），這篇文章最初是刊登在《相聚》（Togeter）上。他們是怎麼知道這篇文章的？因為我給他們寫了封信。有天晚上，我坐在打字機前，久久地盯著一張白紙，問自己：「你能寫點什麼東西，讓《讀者文摘》也會有興趣嗎？」我想起了父親，那位女性朋友，還有和善的畫廊負責人，我又一次聽到這句話：「你當然可以！」

如果你是個年輕寫作者，我希望你能找到一位相信你的親戚、朋友、老師或是上司。往後的許多年裡，你會無數次地懷疑自己，而他們的信心和鼓勵將會給予你無窮的動力。

如果你已不再年輕，我希望你好好看看自己身邊。你總能找到一個正在苦苦掙扎的年輕作者需要你的鼓勵。找到他，並告訴他：「你當然可以！」

保持創意的五個訣竅

讓·Z·歐文
Jean Z. Owen

　　我懷疑是否有哪位寫作者從來沒有因為生活中的必要事務而被迫暫時擱下手中的筆。疾病、責任、歡樂、悲傷、自我調適、焦慮、壓力、外出、訪客、假期……種種原因都有可能介入一個人的寫作計畫，將其推到一旁，一放就是幾個星期、幾個月，甚至好幾年。有時候，一個寫作者會在休耕期結束後，帶著煥然一新的激情和精力重新執筆。但是更常見的情況是，休耕期的時鐘滴答，最終化作聲聲喪鐘，為一份才氣送殯。

　　在貝絲·斯特里特·奧爾德里奇（Bess Streeter Aldrich）的一部長篇小說裡，一位富有開創精神的中西部女性嫁作人婦。她夢想成為一名作家，但是要照顧家庭和整個家族。除此之外，還要打理田地，收割莊稼。女人收集起各種各樣的包裝紙，細心地一一熨平紙面上的褶皺，想著總有一天她會有時間把自己心裡喧騰的美妙故事謄在上面。這一天終於來了……孩子們已經成家立業，農場也早已運轉自如。但她發現，自己坐下來打算開始的時候，

原本得心應手的技藝已經在長年的荒廢之後枯萎了。她仍然能「感覺」到她想寫的故事，但到頭來只能把閃光的夢想收攏疊好，和成堆的白紙一起深藏。她心裡明白，這些白紙將會永遠不著一字。

不幸的是，這個女人犯下的錯誤也正是成千上萬富有潛能的寫作者的過失。她認為自己的創作衝動「非比尋常地強烈」，因此絲毫不會被時間和懶惰消磨。

一個聰明的寫作者會明白，他的寫作能力會因為閒置不用而逐漸退化。就像你的汽車裡裝有市面上最強勁的電池，但你如果把車子放上一段時間，就會發覺引擎很難打著……除非你記得先把電池接到充電器上。一個人的創作能力也是類似的情況。只要你保持經常性地寫作，你的才華就會自覺地不斷生長。要是你的寫作被迫中斷，你必須用一種更有活力的方法而不僅僅是做白日夢來保持狀態，前提是你希望保住這種能力。

以下五種保持「電量」的方法，能夠讓你的創作能力始終處於最佳狀態，一旦休耕期結束，你就可以立刻重返案頭。

一、你要隨時閱讀。

對於一個寫作者而言，隨心所欲地挑選閱讀材料從來都是一種奢侈。他必須廣泛涉獵各種文章，才能對當下的出版潮流有一個全面的認識。他必須深入瞭解那些有可能會為他的作品提供一席之地的受眾群體。他必須清楚地知道各種刊物對作品篇幅的要求變化以及編輯喜好的轉換。哪怕他的日常安排不允許他花大量時間寫作，這些事情也是一定要完成的。

上個星期，兩位雄心勃勃的作者來找我。其中一位是個三十

來歲的家庭主婦，她說她覺得自己的小說——等她有時間寫好以後——可能會非常適合發表在「類似《女性居家伴侶》或者《今日女性》這樣的雜誌上」。當我告訴她這些雜誌已經好多年沒有在報刊亭裡出現時，她驚訝得合不攏嘴。

另一位立志成為作家的年輕人，他的志向是兩本更大的流行雜誌。在與我交談的過程中，他對兩本期刊的要求、傾向和編輯方針瞭若指掌。同時，他也很明白自己所擅長的文風可能適合的小眾市場是什麼樣。

就算沒有水晶球，你也能猜到這兩位寫作新人到底誰更有機會實現夢想。

二、你應該與其他寫作者保持往來。

一場良好的業內交流能夠為一個寫作者提供最大程度的激勵。作家俱樂部、筆會、文學批評小組、學習班——這些活動能讓一個在寫作上不甚積極的人感到自己有一隻腳邁進了文學殿堂的大門。

雖然這種激勵很有價值，但有一點需要提防：作家之間的交流只不過是一種短暫的滿足，因為這種團體會弱化一個人動筆表達自我的欲望。我認識的每一個職業作家都曾提到過自己有一些天賦過人的朋友，他們奔波於作家俱樂部、筆會和工作坊之間，一直在尋求建議，徵求指導和渴求鼓勵，白白浪費了自己才華橫溢的年歲，沒有踏實地在紙上耕耘。那些確實寫出一些東西的人，又通常會根據同儕們的口味而修剪自己的作品，全然不顧更廣泛的大眾讀者。作家俱樂部的成員們普遍有一種傾向，他們偶爾會「互相接納彼此的文藝腔」，然後疑惑自己為什麼總是出不

了好作品！

所以我建議，寫作者需要定期自我審視一番。記住，你不可能一方面在作家俱樂部裡混得如魚得水，同時又把寫作做為自己的職業。但你確實應該時不時地與其他寫作者見上一面。寫作是一門孤獨且令人頹喪的手藝，每個從業者偶爾都會需要一些感同身受的友人來幫助自己重新燃起熱情，尤其是當內心的火焰逐漸變小的時候。

三、你應該做筆記。

初學者都應該有一個筆記本，裡面記錄的是各種點子、劇情的靈感、對話的片段和角色的瑣事。而對任何一個有希望的寫作者來說，這也是一件立刻可以著手的工作，尤其是在解決生活俗務的散碎時間中，這樣就能在寫作計畫回歸正軌後全身心地投入進去。

但必須注意！筆記本就和寫作俱樂部一樣，很可能用過了頭。永遠不要忘記，筆記本只是一個手段，絕不是目的本身。

不過，只要運用得當，記筆記所帶來的益處可謂無價之寶。你的頭腦會在這個過程中保持靈活敏捷，善於發現。與此同時，你會擁有一座豐富的素材寶庫以供日後取用。

四、你應該重新審視自己一天的安排。

無論你的日程有多麼緊張，或是你有多確定自己沒有時間寫作，你都應該再看一下自己一天的各種活動安排，盡可能保證每件事的目的性，就像一個訓練有素的效率專家那樣。在不欺騙家人、上司或是任何眼下占用了你絕大部分時間的人的前提下，你絕對能夠在一天中挖出一些可以自由支配的時間。

　　我認識一位女士，她除了要做家務，還要打兩份工來養活自己和三個孩子。但是她沒有就此束手，說一句「我沒辦法」。透過有效的規畫，她每天能夠擠出十五分鐘的空閒時間。僅僅十五分鐘——她卻可以寫作並且發表文章！雖然可以想見收益很少，但在她能夠全身心地投入更精細複雜的作品之前，這樣的方式可以讓她的天賦保持活力，不斷提高，而且可以從中獲利！

　　我認識的另一個作者，利用咖啡時間和午餐時間寫了一部長篇小說。先是賣給了一家業界領先的出版社，然後轉手給了好萊塢。我還能告訴你其他一些作者，他們要麼是提前一個小時起床，要麼是晚一個小時睡覺。我知道在通勤列車上寫作的男士，還有加入互助育兒團體以便能擠出寶貴的獨處時間來揮灑創意的母親。

　　但我們還是說回來吧。假設現在，我們發現你每天只有比如說半個小時的「寫作時間」，再加上你每天的其他工作已經搞得你焦頭爛額，而你真正開始提筆時又得花上半個小時的時間來給腦袋熱身，那麼比較理性的觀點會告訴你，必須過個幾年，直到你的生活方式有所變化才有機會。同時，你會說服自己，不如用這半個小時來做一些更有成效的事情（比如洗車，或者給廚房地板打蠟），或是乾脆心甘情願地浪費掉（和公司同事一起去喝一杯，或者加入鄰里組織的咖啡聚會）。

　　但朋友且慢。這樣的想法恰恰是文學才能的自我終結。這樣的半個小時仍然可以用於創意的積累。哪怕你非常肯定，自己只會面對著一張白紙枯坐三十分鐘，毫無進展，腰痠背痛，但哪怕是坐著也好！日復一日，不要放棄。我知道（豈止是知道！）你

會覺得非常沮喪，甚至抓狂。但是你會因此獲得一股強大的助力，就是我們抗拒真空的本性。如果你一直如此，終有一天，在某個三十分鐘臨近結束時，你會在紙上寫下一句或是兩句話。而為了在靈感消逝之前寫完第三句，你就會從一天之中再擠出五分鐘。之後就是十分鐘、十五分鐘……

我知道你現在就在搖頭，想的是這放在別人身上也許可行，但並不適合你自己的生活節奏。但你如果願意嘗試，這樣做一定會有用的。不信試試看。當你的故事、文章或是小說變得對你越來越重要，它們就會向你提出要求，就好比一個嬰兒會要求母親給他洗澡、餵食、擁抱，而這位母親可能根本不知道要怎麼在已經滿滿的日程安排中再塞進一段照顧小孩的時間。這就要求你修掉看似不可能再剪除的枝椏，放棄一些曾經非常「重要的」活動，因為這些事情突然之間都變得無足輕重了。

每一位寫作者遲早都會不可避免地意識到，在一個人的創作生涯之中，很少會有真正閒適的寫作時光。你現在也許正被天大的障礙阻撓，但就算眼下的阻礙過去了，你也會碰到十幾個合情合理、無懈可擊、理由充分的原因讓你再次推遲重新坐回到寫字檯前的時間。只有志在必得的寫作者才能判定，到底有哪些事情是真正重要的，哪些事情又會在他意志力薄弱時橫插進來，搞亂他的生活。

如果你能夠下定決心成為作家，那自然是再好不過。但你做不到，你必須一次又一次地做出這個決定，一天之中無數次。而正是你許下承諾的次數，決定了到頭來你的成功或是失敗。

有太多的寫作者與我認識的一個天賦極高的年輕朋友很相

似，她曾經痛苦地決定不和家人一起出去度假，而是自己留在家裡寫作。她對寫作的熱情無比高昂，並且有充分的自制力來做出如此大的犧牲。但後來她發現這毫無意義，因為接下來的幾週裡，各種作為自我補償的小事開始占據她的時間，而意志力薄弱的她完全無法拒絕。等到夏天結束的時候，她意識到自己已經把所有的寫作時間一點點地浪費了。要麼是賴床（「要寫出好的作品，必須有充分的睡眠」），要麼是游泳、打網球和保齡球（「必要的放鬆和鍛鍊可以幫助寫作者保持極佳的狀態」），要麼是去參加午宴、野餐、橋牌遊戲或者和鄰居喝咖啡閒聊（「一個寫作者只有和人接觸，才能敏銳地感受人性，不是嗎？」）。

所以再拿出你的日程表看一看吧，篩掉那些無關緊要的事情。可能一時之間你沒法找出太多的餘裕，但是一個渴望寫作的人的時間表，一定和那些潛意識裡千方百計說服自己放棄寫作的人大有不同！

五、你應該掃清道路上的障礙。

交通號誌不會一直都是紅燈。同樣，文學創作也不會永遠停滯。一個寫作者往往在絕望時會突然發現，阻礙奇蹟般地不復存在了，他從此可以每天都花上好幾個小時的時間來寫作。

當你的生活境況變化，你可以繼續前進的時候，會發生什麼事？你能夠全神貫注地投入寫作，試圖擦去你的創意頭腦在休耕期長出的斑斑鏽跡嗎，還是說你發現你已經在自己面前豎起一道無法逾越的高牆？

八年前我初次見到勞拉・M的時候，她精巧的思想、體察入微的眼光和遣詞造句時的駕輕就熟深深地折服了我。我從來沒有

見過哪個人像她一樣，命中注定會成為一個成功的寫作者。但是就像她所說的，因為家庭責任所限，她「迫不得已要把文學的白日夢加上防腐的樟腦丸，封存起來」。

為了不讓自己的天賦荒廢，她會給親戚朋友寫很長的信閒談。她為學校、童子軍和社會團體創作各種短篇戲劇。她給俱樂部的刊物所寫的文章廣受喜愛，每個人都希望她能幫忙寫一些「迷人的小詩」，用在宴會的座次卡、新娘送禮會的禮物包裝上以及派對和班級重聚等場合。

「勞拉，你這麼聰明，」每個人都不停地跟她說，「不去認真搞創作真是對不起你自己！」

大約一年前，最小的孩子也到了上學的年齡，她終於可以一展所長了。天時地利，可是勞拉發現自己碰到了麻煩。啊，她確實努力了，但是一些意料之外的障礙冒了出來。她發現（寫作者們已經見怪不怪了！），相比起給亨利叔叔或格雷蒂表妹隨手寫幾封信，要寫出符合市場要求的文字確實難上許多。她之前寫的小短劇在幾個星期之後就會演出給一群富有同情心的觀眾看，但現在她所寫的小說卻沒人能保證可以付梓，而且後者所需要的自律是完全不同的。往日閃閃發光的讚美聲給她帶來的自信，被一封封不帶感情的退稿信摧毀了。她提出讓別人去寫那些卡片和俱樂部小文時，那個反覆催她「去搞創作」的朋友卻露出不置可否的神情。她周圍的人難以置信、憤怒、以受傷的語氣說：「可是勞拉，你怎麼能讓我們失望呢！」她的內心被負罪感所折磨，根本沒有辦法投入創作。

勞拉終於明白過來，她把休耕期非常不明智地揮霍掉了，但

為時已晚。雖然是事後諸葛，但她意識到自己其實可以用其他方式來為社區貢獻才智，同時將寫作才能更集中地投入到符合出版要求的作品上。

幾週前，勞拉悔恨地對我說：「我老是和自己說，我沒有時間寫東西。但我從來沒有想過，那些通宵達旦給社區活動寫東西的時間大可以用來創作。也許我寫一份初稿就要好幾個月，但哪怕是一份賣不出去的廢品，也比現在更接近目標。要是我的生活裡沒有那麼多阻礙就好了。」

束手無措、空餘悵恨，這樣毫無幫助。為了一個你沒有太多時間去追求的目標，你需要巨大的決心和毅力不斷地打磨技藝。但如果你真的夢想成為職業作家，你能做到。

不要空等著休耕期結束，也不要讓頭腦和精神被無關的瑣事充塞。善於利用休耕期，一旦時機到來，你就能帶著初學者的熱情和新鮮感，加上老練作者的經驗，迅速重新投身紙筆。很有可能，你會發覺在被迫放棄寫作的時間裡失去的東西會得到補償，而你浪費的時間也不會有想像中那麼多。

休耕期是每個作者的創作生涯中價值千金的必經階段。是韜光養晦，還是暴殄天物，決定了你最終收穫的是夢想中的成功，還是不堪的失敗。

作家是天生的還是養成的？

威廉・皮登
William Peden

作家是天生的還是養成的？儘管具體措詞不一而足，但這個問題可是老生常談。在我指導的每一節寫作課上、我參加過的每一場作家研討會中，以及幾乎每一次我與年輕作者們的聊天中，我都能聽到這個問題。我通常都會試著透過一些反問來回答，例如說，一個成績卓著的運動員是天生的還是養成的？一名傑出的腦外科醫生是天生的還是養成的？一位優秀的核物理學家呢？建築師？作曲家？但是大家似乎總會習慣性地不敢苟同，所以我必須在這裡更直截了當地聲明：根本沒有所謂的「無心插柳」。縱觀文學史，要說真正「無心」的成功，就好比說田徑史上有人「一不小心」就用四分鐘跑完了一千五百公尺，「一不小心」就完成了四點五公尺的撐竿跳，或是「一不小心」就越過了二公尺的橫杆。

一個剛剛寫完英美文學論文的大二學生這個時候可能就要站起來發問了：「那麼，〈忽必烈汗〉（Kubla Khan）呢？這首詩難道不是柯立芝（Coleridge）在夢中得來的嗎？還有愛倫・坡（Edgar Allan

Poe）呢？據說他在寫〈鄂榭府崩潰記〉（The Fall of the House of Usher）時嗑了藥？」

　　對於這些說法，我認為要麼都是少見的孤例，要麼就是以訛傳訛。比如有關馬克吐溫（Mark Twain）亡故的那些軼事，不是極度誇張，就是帶有深深的誤解。對於不明情況的大眾來說，最引人入勝的傳聞莫過於文學和繪畫的誕生猶如天授，就像維納斯奇蹟般地從海中誕生。這種誤會已經逐漸成為一種神話。隨著時間推移，一些心懷不軌的寫作者還在不斷地強化這種神話，讓成千上萬渴望名利但又無力實現的人以及天真的行外看客將之奉為圭臬。人們普遍認為那些「寫作天才」都是在某種狂歡般的頓悟下隨手完成了一本書，然後就能贏來國家圖書獎，或是被「每月一書」俱樂部[1]選上，賺得盆滿缽滿。而作者還可以得到去夏威夷免費遊玩的機會，或是參加《艾德・蘇利文秀》[2]。想要根除這種誤會是不可能的。和所有神話傳說一樣，這種神話遠大於我們的日常生活，也比真相更加栩栩如生，甚至會永遠成為我們思維的一部分，就像喜馬拉雅雪人和尼斯湖水怪。

　　寫作與很多領域類似，想要取得成就，必須專注地付出極大努力，這是無可回避的事實。歸根結柢，我覺得必須將個人的能力、悟性、才華、決絕、自信和永不饜足的成功欲望相結合。一

1　「每月一書」俱樂部，美國最大規模的圖書俱樂部，成立於一九二六年。

2　《艾德・蘇利文秀》（The Ed Sullivan Show），一檔美國電視綜藝節目，從一九四八年六月二十日到一九七一年六月六日在哥倫比亞廣播公司（CBS）播出，由紐約娛樂專欄作家艾德・蘇利文主持。後被哥倫比亞廣播公司的《週日晚間電影》取代。

個人首先需要花費大量的時間來掌握這項技藝的基礎，然後是日復一日年復一年疲憊且不計回報地努力，自始至終對細節一絲不苟。還要經歷失敗的開端，考驗和挫敗，推翻重來、字斟句酌，在惴惴不安和絕望之下依然埋頭苦寫，數年如一日地做著熱身練習，只為有機會登上舞臺的那一天。

　　當然，有一些初學者會比其他人更快掌握寫作的技藝，因為這些人悟性更高，天賦更好。比如楚門・卡波提[3]，他在鬍子都還沒長出來時就已經顯露出令人驚歎的技巧，而許多成年作者可能要苦練多年才能掌握。然而，儘管存在這種個人差異，在人類的諸多重要領域裡，只有在文學這個領域，還有不少人相信，只要自己極度渴望成功，就能有成功的權利。只有極度幼稚與不成熟的人才會覺得，哪怕沒有常年的準備和鑽研，自己也能成為優秀的醫生、工程師或是物理學家。但也有一些年輕的寫作者發現，在經歷了同等時間的磨難之後，一個醫科學生可能已經成為合格的內科醫生，一個打得不錯的籃球選手已經加入職業聯盟，而自己卻仍然一事無成，這時他們總會感到受盡打擊，甚至憤憤不平。但正如厄斯金・柯德威爾[4]在最近發表的一篇有關寫作的文章裡所說：「要成為一個作家……他所進行的鑽研、練習和準備，所付出的勤勉，並不亞於一位律師或是醫生。」這樣的要求很過分嗎？

3　楚門・卡波提（Truman Capote，一九二四─一九八四），美國作家，代表作有中篇小說《第凡內早餐》與長篇紀實文學《冷血》。

4　厄斯金・柯德威爾（Erskine Caldwell，一九〇三─一九八七），美國作家。代表作品有《菸草路》《上帝的小塊土地》和《七月的風波》。

　　我認為再怎麼強調也不過分的是：一個寫作者，和其他領域的任何野心家一樣，必須願意付出同等程度的犧牲，不然還是另尋出路為好。他必須花好幾百個小時閱讀寫作，審視鑽研，努力完善技巧。一個業餘的棒球或橄欖球選手，除了在賽場上揮灑汗水，也要投入難以計數的時間去觀看和理解其他職業選手的表現。一個年輕的寫作者必須持續不斷地、細心地、系統地研究學習已被認可的文學著作。從藝之路漫漫無盡，而時光又轉瞬即逝，一個業餘愛好者想要成為專業寫手的最好途徑就是每日不間斷地學習。他除了必然會透過挫折和失敗獲得領悟，只要願意，還能隨時向那些以各自的方式對文學做出貢獻的作家求教，這些偉大作家是任何學生夢寐以求的老師。他可能遇到的所有技術性問題都可以在這些他立志比肩的作家筆下找到答案；他所需要的靈感、鼓舞和指導就存在於這些比他寫得更好的短篇小說、長篇小說和詩歌中。

　　一個寫作者一旦開始逐漸掌握寫作這門手藝的訣竅——這些訣竅散見於短篇小說、長篇小說、戲劇或是詩集中的千萬處細節中——他最好能聽取同時代佼佼者的告誡。比如風格獨特的詹姆斯·米切納[5]，他的《南太平洋的故事》(*Tales of the South Pacific*)和《夏威夷》(*Hawaii*)獲得巨大成功，贏得了同時代作家與批評家的尊重，更引得無數門外漢對他的收入垂涎欲滴。米切納先生曾經和密蘇里大學的寫作社團聊起過自己為了寫《夏威夷》這本書所做的努力。他進行了長達數年艱辛而謹慎的研究才開始動筆。而在

---

[5]　詹姆斯·米切納（James Michener，一九〇七－一九九七），美國作家，普立茲獎得主。代表作品有《南太平洋的故事》和《夏威夷》等。

那之後，他每天早上七點半就會開始寫作，一直到晚上一點甚至是一點半左右，如此堅持了十五個月，包括週六、週日和所有假期。無論寫得好還是糟糕，也無論狀態如何，或者有沒有其他事務纏身，他都堅持如此。

我認識或聽說過的成功作家之中，每一個人都會對米切納先生的這種堅韌感同身受。寫作、寫作、再寫作，別無他法。無論從午夜開始寫到凌晨三點，或是從黎明寫到日上三竿；也無論寫作環境是保齡球館樓上的一間陋室，或是帶有空調的書房，甚至是在浴缸裡；無論用的是一枝三美分的鉛筆，還是一臺五百美元的打字機。絕大多數專業作家都會認同，在所有專業領域之中，寫作恐怕是最不受人理解的，同時也對一個人每天的情感投入和精力消耗要求最高——姑且不論報酬也是最低的。

另一方面，巨大的努力與強烈的欲望通常是不夠的。一個人必須要有相當的天賦才能開始寫作。僅從這個角度而言，寫作者確實是天生的成分更大一些。一個人立志寫作，卻才氣平平，又不肯聽從勸說將精力和才能投入到其他領域，放棄對想像力要求甚高的寫作行當，沒有比這更令人惋惜的事了。我認識一些頭腦聰慧、目光敏銳的人，他們夢想著成為短篇小說作者、長篇小說作者、詩人或是劇作家，而且非常勤奮，全神貫注，但除了一些流於表面的成功，他們一無所獲。他們所缺乏的，正是將一個少年與成人所區分開來的那種無法言說的微妙氣質。

然而他們仍然固執地不肯放下執念。我見過這樣的人，他們非要從事自己完全不適合的工作，最終毀掉了自己的生活。我看過夫妻反目、家道敗落、子女失教，身體狀況和情感生活雙雙受

到侵蝕，都是因為那些受到誤導的男男女女在火燒眉毛時仍然堅持「寫作為上」。他們都堅信自己只是懷才不遇，沒有什麼可以擋住他們邁向成功的腳步。不幸的是，這種蠻力並不能確保一個人獲得哪怕一丁點的成功，令人不快的事實也依然成立，那就是所謂「朽木不可雕也」。一個寫作者如果並不具備悟性、天資、才華——反正你愛怎麼叫都行——光是憑著努力、自律、犧牲和鑽研是遠遠不夠的。沒有才華，任何努力都只是竹籃打水。沒有天分，一個人最好把寫作當成一種愜意的、輕鬆的愛好，就像收集秋天的落葉、飼養海馬；或者乾脆，他就應該完全放棄寫作，轉而投身完全不同的領域。

寫作者是天生的還是養成的？總結起來，似乎一個人能否在文學上留名青史，取決於兩個方面：首先是天生的才能，其次是透過竭誠努力將這種天賦運用發揮到極致的需求（「意願」這個詞不足以強調其重要性）。這個世上所有未顯崢嶸的天才——如濟慈（Keats）、夏綠蒂·勃朗特（Charlotte Brontë）和湯瑪斯·伍爾夫（Thomas Wolfe）——除非下定決心付出艱苦的努力，否則他們的天才無論對於自身還是對於所處社會都沒有半點價值。

作家是天生的嗎？

哈里・高登
Harry Golden

　　沒有人生來就會寫作，就好比沒人生來就是集團總裁，或者生來就是曲線球大師。要說真的有天生的作家，那一定是天生的糟糕作家。這個說法所包含的先驗性條件太複雜了。用羅馬詩人馬提亞爾（Martiel）的話來說要簡單得多：「沒人讀的詩人不寫詩。」

　　如果你可以學會自己繫鞋帶，那你大概也能學著當一個寫作者。區別在於，自己繫鞋帶是必須的，否則你連幼稚園都上不了！但是，沒有人非要寫作不可。一個人要怎麼做才能成為作家？工作。什麼樣的工作？籠統地說，就是去讀其他作家的作品。再確切一些，讀好作家的作品，那些言之有物的作品。

　　需要說明的是，我並不一廂情願地認為我們可以用人類學和心理學名詞去解讀每一位藝術家。我沒辦法解讀莎士比亞，沒辦法解讀莫扎特，也沒辦法解釋到底是什麼原因讓《草葉集》（*Leaves of Grass*）傲立於美國詩壇之巔。但我確實知道，絕大多數作家先是讀者，然後才是作者。因為正是透過閱讀，一個寫作者才能瞭

解過往，而也正是透過對過往的知覺，我們才能對當下，以及即將發生的事有所領悟。

從某種程度上來說，海明威給年輕作者帶了個壞的開頭，因為照片裡的他總是拿著一瓶琴酒和一根釣竿，談論的也是自己在鬥牛場上的縱情歡呼，還有在西班牙、古巴、法國和非洲的歷險。海明威是一位偉大的作家，甚至可能是二十世紀最偉大的作家之一，而要是他在寫作和閱讀時的照片能夠像他在釣魚打獵時的照片那樣多，豈不是很好嗎？因為畢竟他讀書的時間可比釣魚喝酒的時間要多啊。他一生中每天都要在一間隔音的書房裡花至少三個小時讀書。對於年輕作者來說，他讀書的照片肯定也會和那些他踏著水牛的威風照片一樣激勵人心。好書一旦面市，海明威就會第一時間買來一觀。

沒有無師自通的作家，只有苦讀不輟的作家。沒有書籍，寫作者就沒有依靠。就好比一個孩童若是沒有依靠，根本不會在乎鞋帶有沒有繫好。

在卷帙浩繁的書山文海中，你會發現濟濟一堂的寫作者。雖然人數眾多並不意味著天才輩出，但在這個世界上，只有原子彈實驗室才是天才聚集的地方。

總有人說我過分美化了紐約下東區的生活。那裡是大規模的猶太人移民聚居點，也是我度過少年時代的地方。有些人對於那裡的印象集中在它的貧窮和悲慘，記得的是沒有暖氣的破屋和剝削窮人的血汗工廠。可是邪惡不只限於此地，在世上隨處可見，隨時都有。下東區最大的獨特之處在於，那裡洋溢著對知性的追求，而這絕對不是我的美化。

　　十九世紀八〇年代到二十世紀二〇年代間，紐約下東區主要的居民是猶太移民。他們有的是沙俄大屠殺的難民，有的是在東歐一些國家被剝奪了政治和經濟權利的人。這些猶太人在愛麗斯島下船時，腦海裡的第一個念頭就是：「我什麼時候能變成美國人呢？」他們看著土生土長的美國人在街上走過，腦海裡浮現出的問題也是：「什麼時候我能像他那樣？什麼時候我才會理解他？」而想要像他一樣並且理解他，就要受教育和學習語言，也就是英文。

　　下東區到處都能看到寫著「今晚講座」的告示。在社區服務所，懷抱籃球的少年們會走進圖書館。他們的父輩要麼是推著小車叫賣商品的小販，要麼是提著煤桶挨家挨戶送煤的雜工，屁股口袋裡揣著入籍申請，也在為成為美國人而讀書不輟。

　　正是因為這種全身心投入的學習熱情，咖啡館裡坐滿劇作家，每個人一個月裡都能寫出兩部甚至三部劇本——也許沒有一部能夠流芳百世，但與我們現在的多數作品相比恐怕也不差，甚至更好，反正後者中也沒幾部能夠經受時間的考驗。報紙上會連篇刊載蕭伯納、易卜生和契訶夫的作品，還有出自印刷工人、製衣匠、無政府主義者和社會主義者之手的詩歌。

　　現如今，這些移民的子孫後代全都住進郊區的大宅。如果萬幸他們還有閱讀的習慣，手頭捏著的也是股票經紀人寄來的信，裡面信誓旦旦地保證只要經濟不出亂子，股市的上漲勢頭一定會保持下去。

　　下東區確確實實沒有給世界文壇貢獻過什麼大人物，但這不重要，儘管本來是可能的。但在這個國家其餘的一億人中，留名

青史的作家也不過三四個而已。我們美國人總是對作家抱有些許愚昧的刻板印象。我們總覺得他們要麼出名，要麼富有。而一個作家完全不會年復一年地要求他賣保險的朋友月入百萬。如果非說有什麼要求，他最多會提議朋友多讀點書。但要是一個保險推銷員有一個寫作的朋友，他就會希望後者功成名就、日進斗金、享譽全國。這是因為保險推銷員相信，如果有人願意義無反顧地投入專職寫作這門風險十足的生意，那他一定就是天生的作家。可是寫作又不自帶貴族血統（我覺得貴族血統可能是世上唯一與生俱來的東西）。作家不是生來血統高貴的寵物狗，也不是什麼上層名流。他們唯一能夠繼承的只有傳統。他們必定要按照自己的想法來踐行這一傳統。

與貝莉‧摩根對談

卡爾頓‧克里明斯
Carlton Cremeens

　　來自密西西比吉布森港的貝莉‧摩根（Berry Morgan）在一九六六年，也就是自己四十七歲時出版了第一本長篇小說《追逐》（*Pursuit*）。評論界的反應兩極化，與當年福克納（Faulkner）早期作品面世時如出一轍。國家圖書獎得主沃克‧珀西[6]這位令人仰止的小說家為她的作品背書道：一位重要的新創作者出現了。有些評論家附和這個說法，而有些人坦承自己不知該如何評價。還有些人由於無法消除腦中的困惑，簡單地選擇無視。

　　在這個國家，一個作者若是在四十歲以後才出版第一本作品，就意味著起步太晚了。在某些人看來，這幾乎就代表著提前退休。但是，只要我們相信成功的作品出自勤奮努力、嚴格自律、精益求精與不可動搖的信念這種古老的準則，就知道這種想法不適用於貝莉‧摩根。因為她就是這麼說的，也是這麼做的。自《追

6　沃克‧珀西（Walker Percy，一九一六─一九九〇），美國著名後現代主義作家。著有《最後的紳士》和《廢墟下的愛情》等。

逐》出版以來，她創作了一系列短篇小說並發表在《紐約客》(*The New Yorker*)上。眼下，她手上有兩本系列長篇小說的計畫，同時照料家裡的種植園與四個孩子，還幫丈夫的企業記帳。

與她甫一見面，我便拋出那個常問的問題：「你怎麼會有時間呢？」她說：「不過就是好好規畫而已。」她的聲音出奇地輕軟溫柔，我平生罕見。「我每天四點起床開始寫作，一直到下午三點。然後我就做其他事情。你可以想像我必須多麼小心地安排時間。但是我有一個優勢。我喜歡工作。工作正好是我的興趣。我非常喜歡寫作。另一件我同樣喜歡的事情就是幹農活。我喜歡各種農活，下地的農活。」

我告訴她我對密西西比的種植園很有興趣，希望我們可以在那裡進行訪問。她笑著說，那座莊園和她小說裡寫的莊園不是同一個地方，但她歡迎我隨時前去拜訪。她說，因為丈夫的生意，他們必在新奧爾良多安一個家。

「那你在新奧爾良這裡寫作，會像在種植園裡寫作一樣順利嗎？」我問。

「噢，當然，在哪裡不重要，我只要能寫就行。我兩邊都能適應。」她說。

她瞥了壁爐裡的火光一眼，火光四周跳動著陰影。新奧爾良的天氣已經轉涼，但房間裡很愜意。

「我在想，」她說，「我最近一次沒法寫作是什麼時候。那是去年夏天，我因為椎間盤受傷，做了兩節頸椎骨的融合手術，我一開始沒覺得這是很大的問題。我一輩子都在幹重活、農活。但是後來，我開始出現身體麻痺的情況，我認為是大腦受到了壓迫

之類的問題。於是我來到新奧爾良，做了神經方面的檢查。他們發現我的脊椎有嚴重的關節炎，神經根受到重度壓迫。而我唯一能做的事情，他們說，我恢復的唯一辦法就是躺在床上什麼也別做。雖然我丈夫給我買了一個可以聽寫的新奇玩意兒，但我沒使用，因為我習慣手寫。那感覺太可怕了。我什麼也寫不了，幾乎快要歇斯底里了。」

我猜想，如此強烈的寫作衝動一定來自早年時的培養，於是我問她是從什麼時候開始寫作的。

「很難說是從什麼時候開始的。可能還不到三四歲時我就開始自己跟自己講故事了——只是為了自己開心，逃避現實吧。這可能就是開頭。也許我講故事給自己聽的習慣慢慢就演變成了『把東西寫到紙上』吧。我不記得了。所以現在看起來，我一直都是想要寫東西的。以至於後來，有一陣子我實在太想要寫東西，甚至會撒謊說我已經寫了。這麼說來，我覺得大部分作者都在本能地撒謊，不受自控地撒謊。因為在他們眼裡，一個寫作者腦海中的事情要比現實更加重要，這是一種精神上的變異吧。換句話說，他可能會經常告訴別人自己寫了一些東西，而他其實只是在想著要寫而已。他實在太想寫出來了，想得要命，所以甚至要說大話。」

對談剛開始沒多久，我就發現她是一個很幽默的人，所以覺得下一個問題就好問了。

「那你什麼時候就沒有再騙人，真的寫作了？」

「三十歲左右吧，大概十五年前，」她笑著說，「我寫了一篇懸疑小說，那是我完成的第一篇東西。挺長的，我猜可能有五六

萬字。我把小說寄給了海勒姆·海頓[7]。他是一位非常優秀的小說家，我記得當時他已經在阿瑟紐姆出版社[8]了。我不太確定。反正他後來給我回信，評價說那篇小說寫得不錯。他說雖然他沒法幫我出版，但建議我投給其他地方試試看。我不知道他為什麼這麼說，但我也沒有另投。我知道作品有瑕疵，但我自己看不出來問題在哪裡。

「又過了幾年，我還在想著寫作。但有些事情干擾了我。我忙著照顧孩子，還有其他一些事情。終於，我四十三了。我當時想，要麼是現在，要麼就永遠沒機會了。我跟自己說：『好吧，女孩，不成功便成仁。你不能再拖下去了，趕緊開始吧。』我確實開始了，而且沒放棄。過了一陣子，我好像走火入魔一樣。我不停地寫，可能寫了有一百萬字。我就一直寫啊寫啊，打開了水龍頭似的，而且根本不在乎自己到底寫了什麼。」

我打斷她。我想要瞭解她是如何組織和整理那些文字的，便向她提出這個疑問。她總要面臨一個問題，就是如何把那些素材整理出來。

「啊，沒錯，」她說，「我寫啊寫啊，又重寫一遍。然後又有了一些短篇小說。我把短篇小說拿去投稿，得到一些鼓勵，但沒有被發表。我給霍頓·米夫林出版社[9]寄過一封信探探口風，告

7　海勒姆·海頓（Hiram Haydn 一九〇七─一九七三），曾擔任《美國學者》雜誌（*The American Scholar*）和多家重要出版社的編輯，在美國紐約的社會研究新學院（The New School for Social Research）教寫作課，後成為賓夕法尼亞大學的傳播學教授。著有《時間是正午》《文字與面孔》等。

8　阿瑟紐姆出版社（Atheneum Books），由海勒姆·海頓與另外兩人一九五九年合夥創辦於紐約的出版社。

訴他們我寫了很多東西。然後他們回信說有興趣看看。當然嘍，我當時激動得一塌糊塗。我精心挑選了一些我認為最好的寄了過去。嗯，三四個月過去了，我沒有收到回信。滿心的激動變成懷疑。我覺得他們不喜歡我的作品是可以理解的，因為我自己也不是很喜歡。但是，終於，來了一封信。他們全都讀完了，想再要一些看看。沒有任何評價。我試著從字裡行間讀出點什麼，但那封信沒有別的意思，就是說了想再看一些我的作品。所以，我又整理了一些寄過去。又是三四個月，我都已經不指望什麼了，又來了一封信。信裡說他們挺喜歡我的小說，也許可以出本書。哎呀，我都不知道怎麼描述那天我有多麼高興。

「但還沒完。幾乎是同一時間，他們打電話給我，說我獲得了霍頓・米夫林獎。於是我得到了五千美元的獎金，和難以計數的鼓勵。」

整個採訪過程中，我一直注意著她的雙眼。一對棕色的大眼睛，時而微笑，時而悲憫憂鬱。現在這對眼睛正閃閃發光。

「所以《追逐》就是這麼來的，對嗎？」

「對，這就是《追逐》的起步，」她說，「也是所有事情的開始。在《追逐》出版之前，我把它重寫了四次。但是整個過程裡，我沒有允許自己有過哪怕一刻的絕望或是消沉。因為有一家出版社相信我，還拿出一筆不少的錢來表達這種信心。

「《追逐》是系列小說《確切之影》（*Certain shadows*）的第一本。除

---

9 霍頓・米夫林出版社（Houghton Mifflin Harcourt），美國最具影響力的教育出版社，出版一系列教材、參考書、獲獎小說和非小說類圖書，一八三二年創立於波士頓。

了我沒人喜歡這個書名，因為影子裡哪有什麼確切的東西。這個創作計畫裡包括很多部長篇小說，比如《羅西‧斯通納的神祕歷險》(The Mystic Adventures of Roxie Stoner) 和《弗爾尼卡溪》(Fornika Creek)。」

我對她的短篇小說很感興趣。我讀過一些，相當喜歡，於是問她在長篇小說出版之前有沒有賣出去過什麼短篇小說。

「沒有。我之前說了嘛，我一直都在投稿。我在一篇大概兩千字的小說上花了至少五個月的時間。我不斷地重寫，然後不斷地寄出去，直到雜誌社收下為止。令我驚訝的是，我當時雖然高興得要命，但立馬就坐下來開始寫另一篇小說。之後我把這個新短篇寄給同一家雜誌社，這篇比起第一個更讓他們喜歡。這下子我算是真的愛上寫短篇小說了。」

我問她怎樣創作一篇短篇小說。

「我會先從感覺還有情緒開始。這是一切的起頭。情緒基本上是你必不可少的原料。我試著把一種情緒、一種感受捕捉到紙上。沒有這個，我就什麼都寫不了。」

「然後呢？」

「我會後退一步，」她說，「理智起來。我後退一步，重新審視。你懂吧，它就變成了另一個人的作品。然後我開始重寫，細心地、謹慎地試圖賦予這個短篇小說結構，讓它符合邏輯。原始的素材，未經加工的情緒，必須變成某種可信的、真切的、誠實的東西。你必須相信這個故事，然後你要問自己，其他人會不會相信。我喜歡把寫短篇小說看成是一件精密的工作，把零碎的東西按部就班地放好，而精密的東西能給我極大的樂趣。

「再之後，還有一件事我非常享受。我不僅想要把一個句子

寫對，還想嘗試所有能夠寫對這句話的方式。我把這個叫『編曲階段』，因為這個遣詞造句的過程只是技術過程。逐漸找到合適的聲音的過程非常有趣。聲音是最重要的。如果聲音對了，節奏也對了，那就是最棒的感覺。你必須找到自己的方式，去達到這個狀態。而且你會知道自己有沒有達到，因為你在某一刻會感到寫作開始變得自然了。你一開始起的是一個草稿，再次動筆時就會接近一點，下一次又會再近一點。到最後，你找到了編排的平衡，找到了正確的聲音。」她停了一下，若有所思，然後笑了。「但是，根本就沒有所謂的完美，對不對？也許這恰恰是樂趣所在吧。」她說。

我問她，對於人們喜歡看作家訪談，她有什麼想法。

「因為，」她說，「對於仍在掙扎的寫作者來說——其實我覺得所有的作者都在這個範疇裡——一篇訪談相當於一個連結，可以讓人分享自己的痛苦、沮喪甚至是快樂。除了寫作者還有誰能做到呢？別想著和朋友們分享這些。你會發現，和許多人聊過之後，你依然毫無收穫，他們可以三百六十度無死角地將你打垮。你只能靠自己。所以說寫作是一門孤獨的手藝，這就是訪談之所以重要的一個原因吧，有一個同樣極度孤獨的人在和你交流。

「嗯，至於說吃了這麼多苦能換來什麼報酬，我覺得沒必要再說了。如果你是寫作者，你就已經上鉤了。因為一定是瘋過了頭的人才會走這條路。如果你喜歡寫作，像我一樣，世上就沒有別的東西能夠滿足你。如果你是一個寫作者，你就會每天都擠出一些時間來寫作，什麼也攔不住你。我就是這麼做的，而且就算吃盡苦頭，我依舊熱愛寫作。」

HOW TO GET STORY IDEAS

創意

故事的靈感從哪裡來？

湯瑪斯‧H‧烏澤爾
Thomas H. Uzzell

在寫作生涯的發端，你很有可能碰上「靈感不夠」的情況。即使是靠打字機謀生的職業作家也常常陷入同樣的窘境。相比其他時候，有更多人的寫作生涯是在這個節骨眼上草草結束的。一個倒楣的寫作者會跟自己說：「我是個寫東西的，但什麼也寫不出來！」這種自嘲和幽默令人心酸，以至於他難以承受，只能棄寫作而後快。

也許他確實應該放棄。說真的，如果他滿腦子都是表達的意願，但關於自己的生活和周遭環境卻沒有半點實在的想法，那他的確是入錯了行。他永遠也不可能在寫作事業上取得成功。但一個人顯然不可能對自己的生活沒有絲毫想法。事實比我們想像中更為簡單，也更令人煩躁：好的靈感沒有眷顧他，主要是因為他沒有做必要的工作，將浮光掠影的靈感梳理成實在的文字！他需要的不是故事的靈感，而是精神上的動力。問題不在於怎樣找到令人驚豔的、了不起的創意，而是如何獲得讓自己的寫作可以

持續進行下去的源源不斷的想法。沒錯，成熟智慧的靈感只可能來自經驗豐富的年長人群，但如果一個作者一直空等著，直到中年，閱歷和頭腦都變得成熟時，也許會有不錯的靈感，但表達技巧付之闕如。相反，你在學生時代的技藝，以及表達的習慣，才是一切的關鍵。

要想獲得故事的靈感，完全在於方法和精力，尤其是後者。我和許多苦於缺少故事素材的年輕寫作者討論過這個問題，發現他們的困擾都是源於對自己的工作存在基本的誤解。以下是三種典型誤解：

一、他們等待靈感自己光臨。年輕寫作者，同時也是文學愛好者，總是覺得寫作是一門苦修，一項神聖的事務，苦苦守候偉大的靈感醍醐灌頂，猶如天堂降下的神啟。真正的寫作是需要努力的。要讓白紙上出現字句，你必須把字句寫在白紙上，別無他法。但是靈感，努力就能有嗎？靈感有就是有，沒有就是沒有！

但這只能說是片面之詞。獲得靈感是寫作工程的一部分，就像寫作本身或是出版販售一樣，需要規畫組織、系統性的思考和充沛的熱情與專注。如果只是一味地等待靈感光顧，你記住一個好點子的同時很有可能就會將另一個拋諸腦後。你必須做點兒什麼：把你的靈感記在筆記本、日記本或者是廢紙上。想法、見聞、各種各樣的經歷，統統記下來。培養習慣，堅持下去。不要在當下過分苛刻地審視自己記錄下來的東西，任其自然湧來就好。之後再回頭檢閱，去蕪存菁。絕大多數偉大作家在最為多產的年代裡都有記筆記的習慣。你沒有理由偷這個懶。

二、他們不相信自己。對於一個年輕寫作者來說，寫作的衝

動很大程度上來自於他對閱讀的熱愛。偉大的文學作品深深地在他心底攪動，燃起效仿的強烈欲望，他來得及意識到之前，就開始意圖明顯的急躁寫作，目標就是寫出一樣好的東西，而且一氣呵成！不得不說，精神可嘉！不過麻煩在於，年輕寫作者初試身手的第一篇作品與皇皇巨著之間的差距會把他擊倒在地。因為差距實在太明顯了。他自己的想法是那麼陳腐、平庸且幼稚！他很可能就此拋棄自己的創意，轉而嘗試大師們筆下的主題。於是他再次感覺到力不從心，從此一蹶不振，意志消沉。

這位年輕寫作者忘記了，他所仰慕的那些傑作從來都不是原作者常規水準的體現，而是從他們一生的作品中精挑細選而來的。因為自己一時的寫作難以媲美最偉大作家所著的少數名作，你就掐滅大膽表達的欲望，豈不是對自己太不公平？你一定會經歷初學者的階段，所有的大師也是如此。給自己多一些時間。不要試圖模仿任何人的風格。相信自己。一開始能寫出什麼並不重要，習慣才是重中之重。

三、他們並不是真心對生活有興趣。如果你去問正在學習寫作的學生「你想寫什麼」，答案十有八九不會體現出對人類及其所作所為深刻而持久的興趣。讀到這裡，你甚至也不禁會自言自語道：「啊，當然不會，我對人很有興趣。我非常肯定。」然而你若是沒有在寫作上取得成功的堅定決心，這份興趣也不過是嘴上說說罷了。

分別在於：也許你喜歡與人相處，有很多朋友；你精於人情，侃侃而談，喜歡解讀他人的「性格」。但這還不夠。這些事情你可能都很擅長，但不代表你發自內心地對人們有一種條分縷析式

的、尋根究柢的、富於文學意義的興趣。你本人可能心思機敏，勤思好動，以至於對那些不活潑也不激進的人毫無耐心。你也許是個堅定的理想主義者，恪守宗教或道德上的準則，於是人們所犯下的劣跡會讓你憂心忡忡，驚駭不已。如果你對人們的評價總是非黑即白，那麼你對文學的本真意義也不會有什麼興趣。一個作家的任務應該更偏向於描繪，而非評判。文學是對人類之脆弱的記錄。你必須對這些脆弱抱有同情式的興趣，而你的好奇心也應該一以貫之，直到你窮盡所能，抵達這種脆弱的最深處。

為了在寫作的實踐過程中應用上文所提及的普遍概念，請考慮以下一些建議，許多初學者都成功地應用過。

開始寫。如果你覺得自己已經準備好「迎接」故事的靈感，但無論如何也寫不出一個字時，不要驚慌失措。你的問題不在於想不出東西可寫，而是沒有將想法寫出來的習慣。你要做的第一件事就是克服自己的「打字機恐懼症」。隨便寫點什麼。先培養起寫作的習慣，提筆化字的習慣。只要堅持下去，文章的質量就一定會不斷提高。但一開始先以量為主就好。等到你訓練自己到可以迅速地把想法轉化成文字時，比如每天能夠就各種趣事寫上一千字左右，你就能下結論說自己已經登堂入室，可以試著提高這些散記的質量了。取其精華，把自己最好的靈感，系統而明確地存錄下來。

筆記本和檔案。每一個準備充分的作家都會在口袋裡揣著一個筆記本，隨時隨地不分晝夜地記錄浮光掠影的思緒。而在書房中，他又會有一套方法把篇幅更長的草稿、研究結果和劇情大綱分門別類地存放起來。對於第一個目的，一本口袋大小的活頁

筆記本就足夠了。對於後者，理想的工具是一套辦公室用卷宗檔案，或是一摞大號的牛皮紙袋也能勝任。記住，掌握某個題材的最好方法就是不斷地收集、整理和歸檔一切與主題相關的材料。所以不要瞧不起這個看起來機械死板的過程。

閱讀。你應該如飢似渴地閱讀，多多益善，尤其是在學生時代。但這樣做不是為了瞭解同行們在寫些什麼然後加以模仿，而是為了更深刻地理解生活以及我們所處的這個世界。千萬要提防那些一心只為取悅讀者感官的「文體家」！你應該關注那些在心靈上對你有所觸動的作者，他們會給予你理性的靈感。所有能夠令你對自己的生活產生更深興趣和理解的書籍，都值得你好好品鑑。

「浪漫的情懷」。這個提法用於描述這樣一些初學者，他們總是不願意相信自己的生活與環境其實趣味頗豐，而是一個勁兒地幻想著真正的浪漫，真正的歷險。他們津津樂道於遠方的陌生族群、遙遠的風土，或是久遠的歷史年代。但有一個事實未曾稍改：一個地區的居民越多，那裡的文學素材也必然越豐富。

寫自己。在各種藝術形式中，小說寫作需要的是最為私密的個人情感。所以，一個有意從文的人若是一面希望把膚淺的聽眾迷得神魂顛倒，一面又把自己珍貴且神聖的獨特情感深鎖在心底，懷璧自珍，那他還是換個生計為妙。毋庸置疑的是，你最好的作品一定是最貼近你個人的。你的夢想是什麼？野心是什麼？把它們寫出來吧。你人生最重要的轉折點是什麼？有什麼因素牽涉其中？發生了什麼事？每一段經歷有什麼意義？不如試著圍繞這些關鍵的時刻來構思故事吧。你如果願意，可以把別人放進

去，但所講的事情和感受要保持不變。

把家當成實驗室。為了解決前面所說的對人類的興趣問題，許多學生都能在家中透過仔細觀察而有所受益。誠然，你也許會覺得自己的家庭環境一成不變，發生的事情──至少在你眼中──顯得稀鬆平常。但是，你的親戚朋友各自面對的事情有可能給你帶來非常確切的故事創意，可以在想像力的加工下變得極富戲劇性。

例如，你正在觀察弟弟或者妹妹。發揮想像力，你會看到什麼？他在做什麼？有什麼問題正困擾著他？他的英雄是誰？他做什麼來表達自己對英雄的崇拜？要是他發現自己的英雄曾經幹過一些相當可鄙的事情呢？會對他造成什麼影響？他的夢想是什麼？他有什麼能力來取得成功？為了獲得成功，他又要和自身的什麼缺陷抗爭？

除了細緻觀察身邊的人，去接觸生活的某些特殊面向也是有好處的。或者是，深入瞭解一個具體的社會問題，最好是你可以拿到第一手資料的問題。研究這個問題的時候，著重去發掘各個面向的感性要素。要有耐心。如果你選擇的問題有關教育、離婚、城市政治、下一代或是商業道德，你要決定把重心放在哪一方面，是喜劇，還是殘酷的悲劇？又或者是驚奇的歷險？別妄想你能透過「全心思考」的神祕力量掌握一個主題。要寫下來！

寫作會揭示生活的祕密。在一切觀察過程中，你要從所見的事實推演出更重大的意義。記住，有關人類的重大問題不會自己跳出來大聲咆哮「我在這裡」。你必須明白，除非開始嘗試表達，否則你不可能對人類的任何一種處境產生理解上的昇華。如果你

只是反覆思索對他人的模糊想法，所獲必然甚微。不要成為「不寫作的作者」！你必須鉅細無遺地記錄一個角色在數不勝數的情況下所有的行為。很快你就會開始看出各種細節之間的關係，而在起初你對人物的認識還沒成形時，這些關係都是你看不到的。寫作會提煉出意義。

向偉大作家學習。角色在沒有落到紙面之前是不會活過來的。很多作家都是這樣。屠格涅夫會先寫出又長又碎的人物小傳，之後才會在正式的小說裡寫下第一句話。契訶夫會反覆把寫好的開頭扔掉。幾乎所有剛起步的寫作者都會把開始動筆的時間拖得很久。他總是奢望著美妙的劇情、完美的言辭和激動人心的靈感。而偉大的作家，我再次重申，他們也無力做到這一點。初學者就更不應該這麼做了。當你發覺自己的頭腦沒辦法想出一個足夠好的故事靈感時，動筆寫下你已經知曉的東西就是最好的做法。把你寫出來的東西整理好，靈感有一天一定會眷顧你的。

在這篇文章裡，我試著列出一些有關獲取靈感的事實。雖然並非面面俱到，但這些事實都是透過對成功作家的研究而得出的，也往往是初學寫作者認為最難理解的事實。這些都是為了結果而服務的方法。如果作為讀者的你心存疑慮，我希望你在批判我之前，先嘗試一下這些方法。我對結果充滿信心。

一個人的
腦力激盪

丹尼斯‧維特科布
Dennis Whitcomb

　　我認為，好的故事創意會在我們每一天的生活中頻繁光顧，但我們渾然不覺。史考特‧費茲傑羅（Francis Scott Key Fitzgerald）說過：「作家眼中沒有廢料。」聽起來不錯，但這話當然不對。要是所有流淌過生活的素材我們都能滴水不漏地利用起來，那我們一週接收的素材，就夠讓我們每週五天一直坐在打字機前，接下去兩年都得如此。我甚至敢說，就算是一年能寫出十五到二十部長篇小說的厄爾‧史丹利‧賈德納（Erle Stanley Gardner），也沒有把自己腦子裡所有的想法盡數訴諸筆端。我說的可不只是那些與我們個人有關的事情，還包括我們所有思緒和靈感的來源：口耳相傳的軼事、報紙新聞、雜誌文章、社論、引人深思的格言，還有偶然讀到的歷史故事。如果我們特意找尋，任何見聞都可能成為一個精彩故事的引子。雖然一開始算不上是故事，但能給我們提供創作的基礎。就像是黏土一樣，在我們手中增增減減，被揉搓出戲劇性的結構，也就是我們通常所說的情節。也許尖銳辛辣，

也許記敘現實，對人類的本性發出嘲諷，又或是讓讀者欲罷不能。畢竟，我們的作品若不是由點滴的現實重新編排而成，還能是什麼呢？生活中紛雜的隨機事件，在我們的筆下化作鬚爪俱全的完整體驗，成為一份靜待有心人翻閱的禮物。

我所獲得的最大也最有用的幫助，來自喬治‧普羅蒂（Georges Polti）的《三十六種戲劇模式》（The Thirty-Six Dramatic Situations），我從其中獲得了製作「劇情卡片」的想法。這些卡片成為小說靈感的無窮源泉，而且你一旦習慣，就能很方便地構造出連續的劇情。這就是獨自完成腦力激盪的方法之一。我從圖書館借回這本書之後，就開始在一張巨大的索引卡片上分門別類地寫下各種不同的情節。也許你已經發現了，三十六個類別涵蓋範圍可謂極其廣闊。一個人哪怕只專注於其中一種，也一輩子不愁沒有素材可寫。不妨隨便舉一些書中的例子：

> 想要逃離的欲望，或是將再次逃離視作不幸和災難。
> 想要看到真愛突破所有的阻隔。
> 走投無路時的冒險一搏。

我在製作卡片時會加上諸如「逃離」「愛的阻隔」和「鋌而走險」這樣的標題。在這些標題下面，我列出我能想到的、最有可能的不同版本，回頭重讀的時候，這些東西就會讓我回憶起有哪些類型的故事是我打算寫的。一般情況下，我可以藉助這些卡片在腦海裡想像出一到兩個場景，然後場景演化成一份完整的劇情大綱。最重要的是，卡片構成一個捕捉靈感的獵場，讓各種劇情

可以立刻在你的頭腦裡聯動起來,而不是放任你浪費時間,咀嚼著索然無味的思緒,或是考慮下午的天氣是不是太熱,要不要打開草坪上的水龍頭。我曾經發呆了五分鐘才發覺自己什麼也沒幹,只盯著房間另一頭牆上掛歪了的一個飛鏢靶盤,心裡掙扎著要不要過去把它擺正。是這些卡片讓我沉下了心。我可能會在一張卡片上花個十五到二十分鐘,也可能飛快地瀏覽過去,任由各種奇妙的可能性掠過眼前。比如說,某張卡片可能是這樣的:

反抗
　　為了某項原則拍案而起,昭告天下,之後卻發現自己是錯的。
　　試圖鼓動另一個人來為自己的權利挺身而出,哪怕他(她)並不願意。
　　說服其他人支持自己為了公義而反抗暴君。
　　說服其他人支持自己為了並不正義的理由而挑戰權威。
　　出於原則而為一個看起來毫無希望的主張辯護。
　　一個人或是一個群體企圖把反抗權威的罪名轉嫁給一個無辜的人,而那個人要保護自己,或是因為受到不公正待遇而復仇。

　　當然,關於反抗的故事還有很多其他範本。每當我看到、讀到或是想到新的情節時,就會加到卡片上。比如我剛看完的一篇文章,說一個人橫跨全國作案累累,我對這個角色產生了濃厚的興趣,想要寫一個悍然對抗社會秩序的法外之人的故事。那我應

該怎麼去刻畫主角呢？我的選擇很多，取決於我想讓這個角色在故事裡代表什麼。他也許是討喜的騙子，或者是魯莽的蠢人，又或者是瘋子，也可能是滿懷理想的革命者……只要能最有效地表明觀點就好。在我檢視「反抗」這張卡片的過程中，這個角色的面貌會逐漸清晰。

淪為殘酷或不幸的犧牲品

一個無辜的人，被本該保護他的人利用。

被性情乖戾的主人欺壓或剝削的罪犯或者奴隸。

一個摯友或愛人，由於變心或者其他導致情感變質的事件而被利用或遺忘。

一個因為失寵而不再受到強有力保護的人，必須想辦法獨自對抗讓自己失去保護的敵人。

一個被上司或某種強權棄如敝屣的人。

一個頂著上級的命令或者壓力的人，試圖主持公義。

一個被他人或者團體當作替罪羊的人。

一個遭受不公或者殘忍手段的人（或是受害者的親屬），渴望復仇以及／或者洗刷汙名。

很快我就發現，我應該分別製作兩套卡片：一套為正劇準備，另一套為喜劇準備。本來我覺得用一套卡片就能滿足兩種不同類型的故事創作，但有兩套卡片更能提高效率。如果我想找點喜劇創作的靈感，就能很快剔除某些題材。比如情變殺人、自然災害、手足相殘、不倫之戀，這些情節對於喜劇來說都太沉重了。

除此之外，喜劇看待世界的方式也有些許不同，所以要讓卡片派上用場，卡片還要能反映出相應的視角。因此，「親人之間的仇恨」這張卡片的喜劇版本就應該是「親戚之間互不相讓」。來對比一下這兩張卡片吧：

親人之間的仇恨

一位母親或是父親，因為兩個兒子（或是兩個女兒，又或者是一兒一女，等等）互相加害而痛不欲生。

對兄弟（或者姐妹）懷恨在心。

為了繼承家產以及／或者地位，親人們彼此心懷怨恨。

家庭成員之間，一人因另一人背叛產生怨恨。

父親仇恨兒子，或是母親仇恨女兒。

兩個彼此仇恨的親人，卻因為對孩子（或是父親、母親）共同的愛而被捆綁在一起。

彼此仇恨的親家，因為共同所愛的親人而被捆綁在一起。

親人之間互不相讓

兩兄弟為了同一個女孩爭風吃醋。

兩姐妹為了同一個男孩爭風吃醋。

兄弟姐妹為了做成同一件事或是贏得同一場比賽而互不相讓。

丈夫和妻子為了同一個目標而競爭。

家庭成員之間的賭局（或是其他挑戰）。

親家們互相爭執某個家庭成員到底應該怎麼做才是最好的

選擇。

婆媳不和。

翁婿水火不容。

兩方親家在夫妻倆之間瞎攪和。

親戚們爭奪家庭中的榮譽（如爭當伴郎、伴娘、教父、教母等等）。

你可以在看電視或者讀故事時把這些卡片放在手邊，我覺得這是很有趣且大有裨益的事。讀完別人寫的故事，你就在卡片裡找一找有沒有對應的描述，再思考一下作者是怎樣把一個最基本的骨架完善成一個故事的。很快你就會發覺，自己越來越善於將卡片上的寥寥數語發展成像樣的情節。如果你讀完故事，卻沒有在卡片裡找到對應的情節概述，那說明你的卡片裡可以添上一條新的記錄了。

我曾經讀到過一篇短文，裡面記載了一座據說鬧鬼的金礦。然後，我又在一張卡片上看到這樣的文字：「透過製造神祕或怪異事件，裝神弄鬼恐嚇別人，最終被人識破。」卡片的標題是「解決謎團」。受此啟發，我寫了一篇小說《入土難安》：一個探礦人被兩個人殺害了，但之後死者的侄子前來索要金礦的所有權，於是兩個殺人犯就要想辦法把這個侄子處理掉。他們擔心再製造一場「意外」會加大自己的嫌疑，所以就假扮成年輕人叔叔的鬼魂，想要把年輕人嚇跑。

將靈感點石成金的手法就像水銀一樣難以捉摸。沒有成形

的一閃靈光絕對是天底下最滑溜的東西，而這套系統就是我所知的最好方法，可以幫你掃除眼前的迷霧，牢牢抓住真正有趣的想法。我曾經多次嘗試過還原一個故事的創作軌跡，但根本沒用。每一個故事成形的過程都是獨一無二的。拿我來說，我拒絕做靈感的奴隸。倒不是說我反對靈感，我只是覺得沒必要等待靈感像閃電一樣突然間凌空而至。並且，閃電從來不會兩次劈中同一個地方──至少短時間內不會。想要把角色、情節和轉折熔為一爐，鍛造出精彩的故事，確實有一定的方法。好好玩你手中的紙牌，閃電就會如你所願地光顧。這個紙牌遊戲就叫「一個人的腦力激盪」。

CHARACTERIZATION 角色

讓你的角色活起來

玻爾・霍格非
Pearl Hogrefe

人物寫得好，角色就會不落窠臼，成為獨一無二的人。這門技巧很難掌握。阻礙可能來自你太過瞭解（並且慎重地選擇了）現實生活中的某個人，或是對現實生活中的人瞭解得不夠，又或者人物塑造的諸多方法讓你看花了眼。

第一，你可以考慮直接描寫。這就是說，作者可以講述自己對於某個角色的看法，其他人對於這個角色的看法，或是這個角色對自我的看法。理論上，這個方法可能會顯得笨拙，尤其是業餘寫作者使用時。但對於風格成熟、眼光犀利的觀察家來說，這就是一個卓有成效的方法。當一個作者要在一部長篇小說裡描寫一個人物時，這個方法也會大有用處。並且，即使是在短篇小說裡，用這種思路寫出的寥寥數語也能發揮很好的效果。有時候辛克萊・路易斯（Sinclair Lewis）用單句就能把人物塑造得很好：

托澤先生跟妻子一樣，瘦瘦的，相貌平平，而且晒得很黑。

他盯著東西看的樣子也和妻子類似，而且同樣地寡言少語，愁眉苦臉。（辛克萊・路易斯，《阿羅史密斯》〔*Arrowsmith*〕）

以後，你要簡要地介紹某個角色時，也可以偶爾用上這樣的句子。可以將此看作是對你寫作能力的測試，看你寫出來的介紹性語句與文段其他的部分能不能做到渾然一體。

第二，在所有塑造人物的方法中，你可以選擇透過描述具體而生動的細節來豐滿你的角色，而這些細節應該只包括能夠展現人物個性的那些。第三，你可以藉著描述人物所處的環境來表現他是個什麼樣的人——可以是他給自己創造的日常環境，或是他面對陌生環境時的反應。第四，你可以寫人物的想法，不管是他腦海中的意識流，還是他面對特定事件時的內心活動。第五，你可以向我們展示一個角色對其他人的反應。第六，你可以讓角色說話。第七，你可以寫他的動作，包括習慣性的小動作，某時某地的特別舉動，或是他在整個故事裡的行動有一貫的模式。如果說非要總結出什麼結論，那麼話語和舉止是描寫人物最有效的方法。但你如果仔細分析那些文筆出眾的小說，很可能會發現作者往往是將幾種方法巧妙地混合在一起。

你如果覺得寫人很難，不如問問自己：我要怎樣才能瞭解一個人到能寫他的程度呢？怎樣才能不偏不倚？在寫作中（生活中也該如此），你應該為人物設定一種基本品格，一種根本的、長久的、關鍵的特質。如果你要寫一個負責人事工作的人，那麼你也許應該將他在待人接物上的精明作為他的基本特徵；如果你要寫婚姻關係，也許忠貞不渝就可以成為你的主旨。在寫作的準備

階段，你可能會將對香水的喜愛作為一個人物的一貫標誌，但這不是根本也不是關鍵的標誌。如果你比一般人更加看重審美，也許你會認為對美無動於衷是一種關鍵性的特質。對於我們大多數人來說，對人類所遭受的苦難無動於衷似乎是一種更加值得書寫的性格。同樣，我們大都覺得慷慨、吝嗇、和藹、殘暴、誠實、狡詐、勇敢、懦弱是更有描寫意義的特質。既然所有的創作都是個人價值觀的表達，你對人物基本品格的選定就是你個人抉擇的真實體現。有時候，你定下的人物性格非常重要，將直接導致角色的結局是好是壞；有時候，你賦予人物一點瑕疵，你覺得有意思，但別人可能發現不了，反而會覺得你的角色過於完美。只有你自己的發現才值得一寫；而每樣發現都伴隨著你自己的成長，也意味著你在通往永遠無法觸及的終極真理的路上又邁進了一步。但這不是一個具有指導價值的結論。

　　為什麼在寫作中要強調人物的一項基本性格特徵呢？你要回答這個問題，不如先試著問自己：你練習射擊的時候，為什麼瞄的是靶心而不是穀倉的一堵牆？將目標定在一點，你才能提高射擊的技術。但你在寫人的時候不必這麼拘泥，否則人物會乾癟僵硬，猶如一具骷髏。你可以按自己的趣味讓人物說一些與基本性格不相衝突的話。但你需要一個基本特徵作為寫作指導，你的讀者也需要一個基本特徵。向讀者交代一切不僅沒用，反而還會讓人困惑。你的作品會因此缺乏必要的一體性。這種一體性來自你對材料的選擇和安排，並藉由重複和微妙的暗示來不斷加強。比如說，如果你的角色是個傲慢的粗漢，不要只交代或者表現一次，而要在通篇小說裡不停地讓他誇誇其談，大吹牛皮。花樣百

出地不斷重複、不停暗示，才是正解。

　　一旦你要在小說中描寫人物，如何使主要角色顯得有血有肉，就是對你寫作技巧的真正考驗。你肯定不希望筆下的人物變成一個傀儡，一個機器人，一個普遍的抽象概念，一個扁平的、單一維度的空殼，而是一個圓融的、獨特的、立體的形象。當你在看別人寫的小說時，你有時候會發覺自己在對其中的角色做出反應：你看見他走進房間，聽到他的聲音和呼吸，你的肌肉會與他一同收縮。你如果對他感同身受，就會為他祝福，替他害怕；你如果不同情他，就會祝福其他角色或是為其憂慮。你會理解角色的動機和心理。你一邊讀，一邊體會著他經歷的一切。也就是說，當你能夠理解他，情感因他而動，想法隨他而行時，這個角色就有了生命。那麼，你能讓自己的角色在讀者眼中活起來嗎？

　　也許沒人能完全教會你怎樣給角色注入生命。神奇的魔法公式顯然是不存在的，不然文學中有血有肉的形象可要多上許多。最好的方法還是理解你的人物。有兩種可能有利於理解人物的辦法。其一，你以自己的認知、心理和情感對人物認識得越深，賦予其血肉的可能性也就越大。其二，你也可以有意識的努力做些什麼去理解角色。如此便有望將各種細節融會貫通，最終給角色帶來生命。

　　優秀的作家為了理解筆下的主角，往往都會經歷巨大的痛苦。有一位作家在創作第四部長篇小說的過程中，被一群學生詢問寫作的方法。他說：「沒有，沒有提綱。」他一邊說著一邊從公事包裡拿出一幅草圖，上面畫著他的村子，有大樹和房子，然後旁邊有一段中心思想和場景描述的梗概，結尾的修辭，還有幾

個人物的小傳。而他的主角還有一份摘要，寫有他的祖輩、人生經歷、環境對他的影響、職業、未來的期望、外貌、情緒壓力還有基本的性格特質。這個角色是作家多年以來在自己的潛意識中醞釀而成的，既有他自己家庭中的矛盾，也有童年的生活環境中其他人所帶來的影響。當然他也在有意識地醞釀，試圖「穿透」這個角色的皮囊，深入內裡。既然經驗豐富的作家都在開始寫小說之前如此大費周章，那麼你在動筆之前似乎也得好好地理解自己的角色才行。

那要怎樣才能理解人物呢？你可以從觀察別人開始。以下這些問題也許會有幫助：

這個人的長相究竟是什麼樣？他的眼睛、嘴巴、鼻子各有什麼特別嗎？他的表情豐富嗎？（觀察他在不同情況下的表現，比如他與不同的人——他喜歡的女孩、喜歡的同性、他不信任的人——聊天時，他不自在時，他高興時，他急於討好某人時，他準備和人討價還價時，他昏昏欲睡時，他在社交場合如魚得水時。）他的頭髮是什麼樣？什麼顏色，什麼質地，什麼髮型？他的手腳是怎樣放的？他習慣做什麼手勢？他走路的姿態如何？是大步流星，還是晃晃蕩蕩？是閒庭漫步，還是鬼鬼祟祟？是步履蹣跚，還是一板一眼？他的一舉一動是否自然瀟灑，能從中看出他的衝動或是厭惡嗎？他的言行習慣如何？他在思考的時候會瞇起眼睛嗎？他在困惑的時候會彈指嗎？他是怎麼樣和人握手的？他面對上下級時，身體的姿勢或表情會有所不同嗎？需要動腦或者動手的時候呢？他毫無防備的時候呢？你能從他特定的表情中看出他當下的內心感受嗎？你描述這些外表特徵時，能讓他顯得有別於

他人嗎？

　　你的角色是怎麼說話的？慢條斯理？掐頭去尾？吐字清晰還是含混？音調是高是低？尖銳刺耳還是富有磁性？令人放鬆抑或緊張兮兮？口頭禪、語氣詞還有慣用的髒話分別是什麼？措詞文雅還是不羈？詼諧生動，還是刻板無聊？你閉上眼睛聽他說話，能聽得出一種獨特的韻律嗎？你用心地觀察過後，他又不在你眼前時，你能想像出他的聲音嗎？你能讓別人也聽見嗎？

　　他的笑聲呢？是發自真心地愉悅，還是為了掩蓋別的感受？要是你聽到一個從未謀面的陌生人發出這樣的笑聲，你會覺得他是個什麼樣的人？

　　你在做人物研究的時候，如果能注意到這些外表細節既有一以貫之的本質，也有變化不定的部分，那麼你的眼光就會變得更加敏銳。舉例來說，你的人物有一雙藍眼睛，但開心的時候眼睛顏色可能就會稍稍變淺，憤怒時又會轉成鋼鐵似的灰藍。他的嗓音也是，平時的腔調總是差不太多，但情緒起伏時就能聽出不同。那麼這樣一個角色在安靜時和行動時就是兩個人了——也有可能，他每做一件事情就會顯露出一種個性。而對於你和讀者來說，他動起來的時候應該更有趣一些。所以你應該觀察他在至少一件事情上的表現。

　　你在觀察外貌的時候，帶著理性的眼光，會讓你和角色越來越心意相通。你有多瞭解他的愛好、品味、志趣、最愛的運動、閱讀的習慣還有野心？如果他是個野心勃勃的人，那他會被什麼樣的顧慮困擾？他虛榮心重嗎？有什麼固執的想法？有什麼偏見？他最重要的動力是什麼？他最渴望或最看重什麼？他面對

自己的時候會想些什麼？他有什麼不願意跟哪怕是最好的朋友傾訴的想法？他會把這些想法說給陌生人聽嗎？他怎樣對待同輩、上級、孩童和僕人？（也許你從一個真實的人身上並不能瞭解到以上所有，但這些問題可以幫助你搞清楚自己知道什麼。而當你要塑造一個人物的時候，這些經驗的碎片能讓你瞭解人物的這些情況乃至更多。）他的基本性格特徵是怎樣的？他為什麼會是這樣？

你動用感知和意識的過程中，還要清楚知道你在感性上對這個角色抱有什麼樣的態度。尊敬、仰慕，還是喜愛？你會嫉妒還是可憐他？還是說他讓你討厭、排斥，甚至覺得噁心？他會讓你憤怒嗎？你的感受是不是複雜得無從分析？當他靠近你的時候，你自己的身體會有什麼反應？

你應該理解這個角色的感情，最好能與他同喜同悲。你如果自覺同理心不足，那就從和你最相似的角色寫起，逐漸提升你的能力。比如說，假設你的皮囊之下是一個小男孩，帶著一根魚竿，三條小魚，而且對蛇挺感興趣。你能聽到他赤腳踩在泥地上的輕輕嘎吱聲嗎？你會感覺到他肩上的魚竿越來越沉嗎？你能想像自己是一個跑去看消防車的男孩嗎——耳邊傳來發動機的聲響，感覺到肌肉興奮地繃緊，看著消防員們為了適應車速擺出的姿勢，心裡湧起一股想要跳上消防車的衝動？最起碼，你可以和自己選擇要寫的人物產生共鳴嗎？

有時候，「瞭解一切也就能原諒一切」。在理解角色的時候，你自己的價值觀有時會妨礙同理心，甚至讓你真心反感角色。如果你在觀察一個角色後發現自己心中淡漠，不為所動，就不要浪

費時間寫這樣的角色了。如果你在一開始就對角色懷有真切的興趣，那麼你就會想要利用感知和意識更好地把握住這個角色。這一努力興許會讓你更能看清並強化自己對角色的情感。

佩格‧布雷肯
Peg Bracken

　　寫作者感到最為棘手的問題之一，就是他要讓筆下的角色顯得漂亮、勇敢、惹人喜愛，而且還是足夠漂亮、足夠勇敢，同時仍然惹人喜愛。

　　現實是，時代變了。從前故事裡的女主角，走起路來風姿綽約，湛藍的眼眸猶如那不勒斯的晴空，明豔的雙頰足以令玫瑰自慚；而男主角呢，肩寬體闊，英俊不凡，一頭卷髮映襯出不可動搖的堅定氣質。這樣的角色，今時今日見多識廣的讀者已經不買帳了。

　　現在興起一種叫做「讀者認同」的東西。讀者其實發自心底地知道，自己沒有書中角色那般漂亮或是可人，更重要的是，他覺得根本不存在那種完美的人。

　　寫作者顯然在這個問題上陷入兩難。說白了，那套陳詞濫調是肯定要扔掉的。但他也明白，女性讀者肯定會不留餘地地拒絕一個粗腰或是暴牙的女主角，而男性讀者也不會有耐心跟一個腆

著啤酒肚的男主角相處。

可喜可賀的是，作家們已經解決這個難題：既然讚美反會招致唾棄，那麼就用「似貶實褒」的寫法好了。來看個例子：

> 布拉德看著帕米。帕米太瘦了，顴骨高得過分，兩眼也隔得太開。

這一下就把讀者的認同感給叫醒了。沒有哪個女性不想變得「太瘦」，或是不熱愛高聳的顴骨和間隔開闊的眼睛！但在這段文字裡，她發現這些東西都遭到不講道理的貶損，就好像是什麼缺陷似的。

當然，讀者也有缺陷。她自己清楚得很。她會在心底想像這個女主角的樣貌是任何女孩都夢寐以求的，那麼她一旦發現有人不這麼想，身為女人的她就會獲得心理慰藉。這位讀者便會立即站到女主角身邊，成為她的知心伙伴。

將優點寫得像缺點的功夫可不容易掌握。寫作者必須時刻記得，帕米的腿可以「太長」，但鼻子絕不可以。你可以說她的眼睛「太大」，但任何情況下都永遠不要這樣描述她的指關節。讀者會接受「帕米嘴脣太過豐滿而且善變」，但會毫不猶豫地厭惡「帕米那張吧唧作響的大嘴」。是啊，一點也不容易。而你要描述帕米的房間時會再次遇到同樣的問題。不過，同樣的處理方式也能讓你更輕鬆地獲得讀者的認同。

> 這房間不精緻。格格不入的各種家飾隨性搭配，顯然沒有

經過室內設計師之手。褪色的印花布襯著胡亂擺放的書本，沒有哪位設計師能受得了。柔和的火光雖然照得扶手椅和舊銅水壺微微發亮，但掩蓋不了地毯的寒酸。不過，布拉德喜歡這房間。感覺像是到家了……

注意，這裡用了一個微妙的「不過」，而不是「所以」。仔細體會這個詞的魔力，它不僅讓讀者感覺像是在自己家一樣，而且會認為自己比作者更聰明。「怎麼了，我家不就是這樣嘛！」讀者心想，「這個作者是有多蠢？他想要房間看起來跟商店櫥窗一樣嗎？我的家具也不怎麼相配啊。至於那些書，我常說，房間裡要是沒有書那還算是房間麼……」如此一來，讀者就會更願意分擔帕米的憂慮，分享她最終的快樂了。

一個立志趕時髦的小說作者應當明白，他寫男主角時要像寫女主角和場景時一樣，似貶實褒。比如一位男士讀到下面這句：

布拉德的五官像是隨意被湊到一塊兒的。他鼻子高聳，皺紋很深——一張臉上帶著四十一年艱苦歲月的痕跡。

他就會對自己的長相感覺良好，因為他的五官搭配也算不上精妙。而且這段描述還側面寫出隨性的男子氣概，於是他就可以心安理得地接受自己在高爾夫俱樂部多喝的那幾杯好酒。與此同時，他意識到這些「瑕疵」對於布拉德的形象絲毫無損，布拉德顯然就是勇氣和雄性的代表。於是，他就會跟隨著布拉德一路走到底。

當然了，和寫女主角一樣，寫男主角時也有忌諱，寫作者得牢記在心。比如說，一個嘴脣緊繃的男主角偶爾露出一個彆扭的微笑是讀者完全可以接受的，儘管在現實生活中，這樣的表情一般意味著他的假牙歪了。但如果你說布拉德有腳疾，那麼讀者會立刻避之唯恐不及。出於某種原因，只有名叫哈羅德‧比尤布克的角色才會得腳疾，而布拉德‧雷諾茲不會；而男主角永遠不可能叫哈羅德‧比尤布克。

這門功夫的關鍵就在於貶人卻不傷人。正是因為如此，你會發現作家們總是熱衷於描寫男主角的頭髮。布拉德的頭髮像是舊麻繩——這是最常見的。也可能是一頭亂髮——雖然更好的形容是「不羈」。再或者，他的頭頂已見稀疏。無論怎樣，在讀者看來都不會有損布拉德的形象，而且還能帶來一種舒適的讀者認同感。

既然要討論「似貶實褒」這一手法，那麼有關角色青少年時期的敘述就必不可少了。這是老道的作者常會使用的技巧，並且效果很好。其中一個好處就是能讓女主角甫一出場便顯得耀眼非常。

　　布拉德看著帕米‧哈里森，她苗條、端莊、美麗無雙。多年以前，帕米‧哈里森還是個小女孩，遠在戰爭還沒有把這麼多東西撕毀蹂躪之前……帕米‧哈里森，那個鄰家小女孩。
　　「帕米，你是不是還像以前一樣──」布拉德覺得自己很傻，於是住了口。眼前的女孩披著紅銅色的秀髮，雙腿頎長，皮膚如象牙般溫煦，笑意盈盈的嘴脣鮮嫩欲滴……她再也不

是那個長著雀斑、戴著牙套的火柴妞了。

「你的意思是，像以前一樣被你拿著雪球一路從學校追到家門口嗎？」帕米皺了一下鼻子，撩人極了，「是啊，我是不是很壞？」

布拉德擠出笑容。

「我才是很壞，」他後悔起來，「還記得……」

行了，沒有看起來那麼容易。記憶中的帕米戴著牙箍，又瘦又小，還長了雀斑——這樣的形象沒什麼問題。但如果帕米小時候是麵糰臉的肥胖女孩，讀者絕對不會想和她有什麼關聯。極少的情況下，作者也會在小說裡塑造一位微胖的年輕女主角，並且不會招致惡評，但技巧在於他用的是「圓鼓鼓」這個詞，於是女主角就帶上了胖乎乎的可愛氣質，顯得有趣多了。

不管怎樣，只要解決這些問題，寫作者就會發現自己到了新階段，可以得心應手地繼續小說創作，因為他已經給主角們設置了壞得可愛的少年形象，讀者便不會對他們成年後所展現出來的卓然魅力吹毛求疵了。畢竟，美的就是對的。

這句話已經照顧到寫作者必須費心的各種人物描寫，除了一種情況：如果你發現居然需要寫一個正在睡覺的人——你會驚訝於這種情況多麼常見——那就只有一種寫法：

他睡在凌亂的被褥裡，看起來卸下了所有的防備。

挑剔的批評家也許會提出反對意見。但除非他是「福星」盧

西安諾[1]，睡覺時枕頭下放一把槍，手指還扣在扳機上，不然還能有什麼別的樣子？這只是單純的吹毛求疵而已，就不必在此展開了。

1　幸運‧盧西安諾（Lucky Luciano，一八九八―一九六二），也叫查理‧盧西安諾（Charles Luciano），美國知名罪犯、黑幫頭子。生平曾集合全美國二十四大黑幫，主持召開美國第一屆黑手黨全國代表大會，奠定美國黑手黨此後五十年的繁榮。

讓角色
活靈活現
的同理心

布萊恩・克里夫
Brain Cieeve

　　我們都讀過這樣的書——其中也包括一些很好的書——書裡的角色根本沒有一點生氣，就像剪出來的人形立牌，只不過是作者的傳聲筒。（如果作者本人要說的東西足夠有趣或者尖銳，角色扁平倒也無傷大雅。）而同時，在相當數量的平庸作品裡面，一兩個角色躍然紙上，一定程度上挽回了整本書。

　　對我來說，所謂的「躍然紙上」只是一種小伎倆，並不太能說明一個人其他方面的文學素養——比如明晰的風格，還有創造及編排複雜情節的能力。除了某些特定的情境，「躍然紙上」甚至不怎麼需要想像力。在我的觀點裡，把角色寫得栩栩如生需要的是「同情心」，或者說「同理心」。這種想像力能讓你把自己放進角色所面臨的處境之中。（任何高於此的想像力都不必要，否則可能適得其反。因為你也許會想像自己在那種情況下的反應，而不是角色本身會如何應對。）真正的同理心需要作者放低自我，把自己清空，讓另一個人格暫時接管自己。演員不一定全都才華

橫溢，但全都必須一直這樣做。而一個寫作者要是想讓角色活起來，就要在腦海裡扮演他。他必須讓自己腦袋空空，將角色迎進這片真空裡。他必須成為這個角色，聽從這個角色，而不是對角色發號施令。

對於那些已經知道並且相信這一方法的人來說，這當然是很不錯的先驗性建議。但對於心存懷疑的人而言，這條建議就未必有多大的實際作用了。

我們來看一個具體的例子。姑且假設，你要在新小說裡寫一個記帳員。根據劇情安排，他沮喪潦倒，心中惡意滿滿，恨不得殺人而後快。他相貌平平，走在路上根本沒有人會注意。然而你又不想讓他顯得冷漠無情。你希望讀者能夠理解他為何淪落至此，進而對他心生惻隱。

如果你自己都沒有理解他，以上這些就都是妄想。可要怎樣才能理解他呢？好吧，你是怎麼理解朋友、妻子，還有自己的呢？就是盡可能地瞭解有關他們的一切啊。你瞭解得越多，正常說來，就越能理解。瞭解了一切，也就可能理解一切。並且在需要的時候，你便會產生惻隱之心。

我們就拿這名記帳員來實踐一下好了。他為什麼會沮喪？因為他想當一名小提琴家，但他的才華並不能滿足這番野心。才華漸逝，野心未去，釀成毒藥。變美的欲望因為無法得償反而促成了醜陋。因為想要創作卻又無力創作，音樂於他不啻一種折磨。一週五天，每天八個鐘頭裡，他就是在算數。這份工作小孩也能做，一臺機器也能做。

人物的核心一經敲定，那麼哪怕一切外在的東西——比如他

的樣貌、日常行為等等——都懸而未決，這個男人也已經在你的心裡扎下了根。

放空心思，排除干擾，你就能看到這個男人的樣子。他內心的苦痛必然會在臉上投下陰影，從眼中流露出來，在嘴邊刻下皺紋。你會看到他那一股無處發洩的仇恨，就像一股在他身體裡攢動的邪火。

他有妻子嗎？未必。如果他將自己套進婚姻的束縛，那麼他對於生活本身的仇恨就會遷移到可憐的妻子身上，給她帶來刻薄又恐怖的精神折磨，或是突然跪在她面前，如同面前是母親，向她索取她根本不可能給予他的東西，比如新的心靈、才華或者幸福。

上司是怎麼看他的？上司本人又是什麼樣子？上司的祕書外貌如何，他對祕書有什麼看法？他回家時會擠地鐵嗎？他討厭這樣嗎？還是說自己開車，堵車時拚命地咬手指甲？他穿什麼衣服，吃什麼東西，用什麼藥來對付消化不良？他的心彷彿時刻被一條蛇啃噬著。有時候，他走在街上會突然停下來，雙手緊捂胸口，覺得自己大限已到。

你需要瞭解和感受的類似問題成千上萬。你不必把這些問題一一列出，而是一次性把上百個問題鋪在腦海裡的幻燈片上。到某一刻，你會突然發現這個男人變得像自家兄弟一樣熟悉。你會看到他倚著地鐵站外一堵髒兮兮的牆，腹中的絞痛讓他一度失去知覺。他緊咬牙關，舉著一張晚報掩飾窘態。他將臉藏在報紙後面，閉上眼睛，心想：「上帝啊，我這樣還要多久，沒人在意嗎？」他頭髮有些長，略微散亂地搭在領口。他穿著一雙鞋面有點裂紋

的皮鞋，帶著一條比襯衫還貴的白綢手絹。他掏出手絹來擦臉，然後把手絹咬在嘴裡。一個女孩經過，身上飄著廉價香水的味道。她的裙子緊包著屁股，眼神中流露出一種揚揚得意的蠢笨。她看到他將臉藏在毫無意義的晚報後面，也看到了他的白綢手絹。她這一番評頭論足的眼光最後以輕蔑作結。他感到一股受盡羞辱的劇痛襲來，因為這女孩就代表了這個粗俗、傲慢的世界，還有上帝、人類、生活——一切既創造了他又將他拋棄的東西。他覺得如果自己能抓住她，打倒她，讓她跪地痛哭，爬過來親他的腳，他會因此感到些許安慰，一絲復仇的快感。於是他跟了上去。

　　好，你現在如果回頭重讀一下這幾百字，就會發覺這已經概括出一個以我們的記帳員作為主角的故事的開場。在這段描寫裡，前面準備的材料用到的很少，大概百分之五吧。但餘下的百分之九十五卻影響了我寫下的內容，並且字裡行間都有呈現。這就好比從一棵樹的中心鋸出一塊木板。這塊木板會體現出樹本身的種種特性，而樹也決定了這塊木板的具體模樣。

　　如果我打算把故事寫下去，這個角色之後的一切決定和行為方式，都會從前文所述的我們所儲備的知識中自然地生發出來。他會從一個油膩破舊的小皮包裡掏出零錢來買地鐵票。一定是。一個我現在熟悉得如同自家兄弟的人會這樣放錢。他確實是這樣放錢的。在我看來，他已經是一個有自主意願的活人了。我知道他為什麼會用皮包，但並不需要寫到紙上。我只需要告訴你他確實用皮包放錢就行了。如果我寫作水準夠，人物研究也充分做足了，這個小細節應該會讓你產生兩種感受。首先是小小的意外，

甚至說震驚也不為過；其次你會覺得合情合理──我所描述的那個人這樣做理所當然。做得到這一點，是一個作者職業生涯中夢寐以求的境界。角色不再只是活在作者的腦海裡，在讀者那裡也獲得了生命。他躍出紙面，走進了讀者心裡。

但是，一股腦兒地堆砌細節，只會得到一本死氣沉沉的流水帳。你要做的是用兩三個安排得當的細節來體現出緊實的故事氣質，並且要讓這些細節之間的巧妙關係隱藏在字面背後，並不顯見。好比一個水手看到綠色的海面上浮著兩三塊個頭不大的冰蓋，猛然間，他發覺這些冰蓋的漂動是同步的，於是立刻意識到是水下的一座巨大冰山將它們連在了一起。他在這一刻所體會到的力量和懾服，要比目睹整座冰山豎立在水面上更加強烈。

因為直接的展示遠不及隱晦的提示有力。只要所提示的是事實，就會讓人在恍然大悟的一刻完全信服。

好吧，我並不是在暗示你，我已經為你把這個記帳員寫得活靈活現，但如果有人想把他寫好，以上（或者類似的思路）就是我建議採用的方法。

疣的價值

克萊頓‧C‧巴爾博
Ciayton C. Barbeau

「留心疣。」每當我和有志於寫作的人接觸時，我總會把這句話拿出來作為建議。

喬叟（Chaucer）在幾百年前就幫我的建議做了鋪墊。在《坎特伯雷故事集》（*The Canterbury Tales*）的總引部分，他向我們介紹了一群朝聖者，對每個角色的外貌描述都著墨不多。然而在寥寥幾句描述之中，喬叟把一個角色與同在那趟不朽旅途中的其他人都區分開來了。「在他的鼻尖上——」喬叟寫的是一位磨坊主，「有一顆疣，疣上生著一撮紅毛，紅毛就像是母豬耳窩裡的軟鬃。」也許有人會覺得，那顆疣和那一撮毛，還有母豬耳朵的比喻，不過就是喬叟的隨手一筆。但實際上，這句話卻把磨坊主在一群同行者之中給立了起來。只有他有這樣的一顆疣。除此之外，我們還能立即從這句話裡推斷出磨坊主的更多訊息。就算喬叟沒有再說什麼，我們也能想像到他的女人緣不好，說話也大剌剌。而且輪到他講故事給大家取樂時，嘴裡冒出來的很有可能不是什麼正

經玩意兒。

一個人在寫作道路上對這顆疣毫無興趣，是最要命的過失。這簡直就相當於在說，他對人毫無興趣。因為兩者其實是一回事。我們要是對人感興趣，就一定會關心他們身上的疣。而且盡人皆知的是，你若是想把他們寫得恰當而有力，那就必須對他們充滿興趣。

作為集體的人並無魅力——有人說，一群暴民常常是野獸，這話不假——個體的人才有魅力。無論我們面對著一個什麼樣的人，他一定是獨一無二的。無論是過去、現在還是未來，都不會再有一個一模一樣的人。作者的任務就是在故事有限的篇幅中，把這個人最與眾不同的地方給挑出來，釘在紙上。

作為寫作者，不去學習偉大作家們寫人的技巧是說不過去的。而偉大作家多數都採用喬叟的辦法：關注獨特的細節。一個磨坊主沒什麼出奇，但是《坎特伯雷故事集》裡的磨坊主是一位令人過目不忘的角色，因為他的鼻尖上有一顆長毛的疣。

隨便哪位學者都會和你說，喬叟寫這本書就是為了呈現那個時代英國的眾生相——無論是虔誠的還是瀆神的人，既有修女也有從巴斯來的婦人。但這部作品能成為經典，卻不是因為這個。《坎特伯雷故事集》之所以被人們銘記和崇仰，是因為書中的人物都是活人。他們也許各自代表著不同的人群，但沒有一個人的形象是模式化的。每個人都獨一無二，對他們的描述也非常生動，極有個性。正是喬叟對於人物細節的把握賦予了這些角色獨特性。一言以蔽之，喬叟很清楚一顆疣的價值。

　　喬叟對獨特個性的興趣,使他筆下的人物能栩栩如生。G.
K.切斯特頓[2]很久之前就曾指出:「巴斯婦人講的故事並不如巴
斯婦人本身那麼好;管家的故事也不如管家本人生動;我們對法
庭差役本人的興趣大於對他故事的興趣;對格麗西達的興趣也不
如對講述她故事的牛津學者的興趣更大;雖然磨坊主講的故事粗
俗甚至野蠻,但要論他的蠻勁如何體現,其故事的效果還不如詩
人描述他用長著紅短髮的腦袋撞破大門時所寫的那幾行粗獷有力
的句子;騎士的故事雖然講了整整七十頁,但開頭描述騎士時
用的寥寥幾行卻把騎士的概念及其信條體現得更加淋漓盡致。」
(G.K.切斯特頓,《喬叟》)

　　我們來看一些角色描寫的句子好了,你會明白為什麼我最近
開始大談特談疣的價值,不管是喬叟式的還是其他類型的。這三
句描寫分別來自三篇不同的短篇小說,都是我在作家年會期間收
到的。

　　　上校是一位老人,灰色頭髮,藍色眼珠。

　　一個灰髮藍眼的上校就是一個老上校而已。我見過,你也見
過。有的我喜歡,有的我不喜歡。如果這句描寫後面還有要讓我
們讀的東西,那這句話還是可以接受的。但是沒有了,就這一句。
那麼請問,此時此刻,我是不是應該不厭其煩地再說一遍,這位

2　G.K.切斯特頓(G. K. Chesterton,一八七四一一九三六),英國作家、詩
　　人、哲學家、戲劇家和評論家。

上校需要一顆疣？這句描寫如此寬泛，任誰看了都沒法想像出這位上校的樣子，也沒法對他有個大概的瞭解，更沒法把他看作一個人。我們需要更多能增加實在感的東西，更多獨特的敘述，才能把他和隨便一位坐在老兵休養所門廊下的灰頭髮藍眼珠老上校區分開來。我們如果知道這位上校少了一邊耳垂，那就有讀下去的興趣了。不是每個人都會少一邊耳垂的。是被彈片切掉的，還是被哪位將軍一口咬下來了？不管是哪種原因，我們都會對這個獨特的人物感到好奇。

　　露絲身材適中，笑起來時會露出一口漂亮的白牙。

　　沒有疣，對不對？「身材適中」等於什麼也沒說──在侏儒眼中露絲可能像個巨人，而她的白牙也是所有當今模特兒的標準配備。但如果作者告訴我們，她的右耳戴了一只耳環呢？或許你會覺得我們老是抓著耳朵做文章，那假設她手背上有一塊心形的刺青如何？這樣一來，有了類似這樣的東西，讀者的想像力就可以跑起來了。疣不一定非得長在身上，也可以是物件，比如耳環；或者裝飾（籠統地說），比如刺青。

　　我看著查理。他是個沉默又強壯的粗漢。

　　那我恐怕要問，查理是哪位？在作者找到他的疣之前，他和成千上萬個沉默、強壯、面貌模糊、毫無個性的粗漢沒有任何區別。既然我們已經分別講過身體上和物件中的疣，那麼為了全面

起見，該找一找心理上的疣了。我們肯定能找到一些獨特的東西（事實上永遠都有），把查理從一大堆相似的查理中整個拎出來，放到只屬於他的位置上。說不定，這位查理痛恨火車，對所有類型的火車頭都抱有深刻又強烈的不滿。

在上面幾個例子中，無論我們所找到的疣是身體上的，品味方面的，還是心理狀態中的——可能性不一而足——我們對於這個特定人物的性格都有了一個非常顯眼的線索，就像是用一個特殊的音符來強調他的獨一無二。任何一個不想糟蹋紙筆的作者都必須盡力做到一件事：為這個角色賦予一個特別的、清晰的音符，除了他之外沒有誰聽起來是這樣。

一個令角色脫穎而出的獨特細節也許並不比一顆疣（一顆司空見慣的長毛的疣）大多少，但從角色塑造的效果上說至關重要。一個寫作者在著手修改退稿時，應該有意識地去找一找筆下角色身上的疣。如果沒有找到，那他最好給角色添上一顆。想讓角色脫離刻板的模式，成為活生生的人而不是作者的傀儡，這是唯一的途徑。

創造討喜的角色

詹姆斯，希爾頓
James Hillton

　　也許是因為奇普斯先生[3]，不時有人問我，如何在小說裡創作出討喜的角色。我每次都會不假思索地回答，最糟糕的辦法就是拿起紙筆或是坐到打字機前，然後對自己說：「我要創造一個討喜的角色。」

　　實際上，即使是對於創作者本人來說，藝術創作的過程都是神祕莫測的。G‧K‧切斯特頓曾經說過，知道一件事是怎麼完成的與知道怎麼完成一件事之間，有著天壤之別。藝術家們知道要怎麼去做，但一般不會在乎自己知不知道事情是怎麼做成的。他會把這個問題留給批評家、評論家、句讀學者、作注人或者是為他寫傳記的作家（如果他有的話）。但他同時會感念頗深地回憶起貝爾福勳爵（Lord Balfour）在英國國會說過的一段話：「先生們，我不介意他人的反駁，也不在意受到攻擊。但我必須承認，

3　本文作者於一九三四年發表的長篇小說《再見，奇普斯先生》（*Goodbye, Mr. Chips*）裡的主人公。

聽到別人試圖解釋我的言行，我反而會感到不安。」

　　聽到熱情的擁護者「解釋」自己筆下角色的意義，或是好意的大學教授嚴謹博學地對自己的寫作技巧進行講解時，有多少作者會感到同樣的不安呢！我就曾經見過這樣一位教授。他在黑板上畫出一堆精細的圖表，論證出某位作者（我記得應該是康拉德）是從黑板上的東北角切入主題的。而結論就是，我們這些學生只有在黑板上找到正確的「角落」，才能提高文學程度。這個建議雖然聽起來紮實，但於我毫無意義，因為我並不想要像康拉德那樣寫作。

　　我唯一知道的寫作竅門就是，你有話要說，或是有故事要講，那你就盡可能簡練又恰當地寫出來。《愛麗絲漫遊仙境》裡的諺語說得再好不過了：「留心你要說什麼，至於它聽起來如何則不用擔心。」人們喜歡討論「風格」，而我是一個功能主義者——如果一個句子能夠準確地表達出我想要傳遞的東西，我就滿意了。有的「風格」一看或是一聽就是強加上去的，有的則是刻意用些生詞，唬得讀者以為自己捧起了一本字典，或者給讀者帶來一種優越的幻覺：他不能完全明白自己在讀什麼東西，便認為自己的心靈必定正在經歷深刻的陶冶。這些都是我所反感的。只要是我認為恰當的詞彙我都會用，不管那些語言純粹主義者意見如何。比如「入迷」（intrigue）這個動詞，在我看來就精確地表達了一種介於「有興趣」（interest）和「沉湎」（absorb）之間的含義。

　　說到創造角色，我覺得這是一件很難學習也沒法輕易模仿的事情。當然，隨便誰都能造出一個假人來，然後像貼標籤一樣給他套上品類齊全的各種特徵。有些作者甚至成功地讓大眾相信，

這就是在「創造角色」,而「角色」這個詞現在也帶上了另一層意味。比方說,我們在說一個人是個「角色」的時候,潛臺詞就是他有一點古怪。每一個舞臺劇演員都知道,扮演一個性格突出的角色,可比描繪一個與你我相差無幾的普通人要容易得多。並且,許多演員都意識到(他們也很沮喪),公眾早就習慣被這樣的表演所矇蔽。真正的創造,既要創造出角色,也要創造出角色的性格;這就好比有了足夠的熱量,燈泡才會發光。沃爾特・司各特[4]爵士在長篇小說裡介紹新人物時,總是從頭到腳鉅細無遺,從衣著樣式到個人特徵一路下來,交代得清清楚楚。這樣帶來的結果就是,你會覺得,如果見到這個人時他又剛好穿著同一身衣服,興許你能認出他來。到了杜斯妥也夫斯基或者狄更斯的筆下,你會覺得自己哪怕閉著眼睛也能認出這個人。「他有一雙淺藍色的眼睛,柔順的細髮,略微弓起的肩膀,穿著一件破舊的花呢衣裳」,和(我想應該是出自莫利[5]的某本長篇小說)「他全身上下都有些那什麼,除了他的眼睛——更是那什麼得厲害」的區別就在這裡。請不要把這句話當作效仿的範本,這只是一個例子,旨在說明一個優秀的作者會把一片意義的花瓣吹到你手中,而不是為了讓你滿意、昇華或是得到啟示,就伐倒一整片森林。

到此,你應該已經注意到,我一直在回避開頭的問題:如何創作出討喜的角色?老實講,我不知道。如果你有一個故事要

4　沃爾特・司各特(Sir Walter Scott,一七七一——八三二),英國歷史小說作者、劇作家和詩人。

5　指的是克里斯托弗・莫利(Christopher Morley,一八九〇——九五七),美國小說家、記者和詩人。

講，而且把故事講得簡潔明白毫不滯澀，也許有些角色就會討人喜歡，而有一些則稍遜——你基本上不可能照著某個模子刻出來。但有時候，你寫完一個故事，裡面的角色如果能夠撥動你的心弦，那麼也會同樣打動讀者。

　　人們喜愛討喜的東西，無一例外。追求美好是人類的本性，這種追求的核心和神經一樣敏感。一旦你的故事觸到這根神經，那麼就很有可能變得膾炙人口。但如果說有任何公式能夠幫你找出這根神經的所在，相信我，小說的世界裡早就已經塞滿「討喜的角色」了。事實上，這根神經敏感異常，極其神祕。如果你想對症下藥似的調製出討喜的東西，也許只會造出一坨矯揉造作、無人青睞的玩意兒。我唯一能夠建議的是，一個作者應該寫自己腦海中的角色，至於討喜不討喜，就看他們的造化了。

DIALOGUE

對白

運用對白

邦妮・葛萊特利
Bonnie Golightly

在我還是個刻薄的年輕東西時，有些懶惰或是程度不夠的同學會找我替他們寫八年級英文的期末論文和短篇小說，一份給我二十五美分。就是在那段日子裡，我發現一個魔術師胡迪尼式的技巧，可以甩掉絕大多數對白身上的枷鎖。比如，怎樣擺脫「你好，你過得怎麼樣？」「我很好，你呢？」這種令人喪氣的寒暄。因為這樣的搭話方式在我看來可以引出人類生活中的任何話題──但唯獨不包括讓人興奮的。我總結出，很簡單，繞過這些空洞的矯飾之詞，直入主題就好了。

我被成功沖昏頭腦，於是不出意外地跌進新的陷阱。接下來的幾年間，我在寫作時最愛做的，沒有之一，就是煞費苦心地往「他說」和「她說」這種一成不變的枯燥格式中塞進方言，而且按照發音極盡精確地用英文拼寫出來，以至於需要一本特製的字典（篇幅之巨足有小說本身兩倍）才能翻譯出來。鮑勃斯梅里爾（Bobbs-Merrill）出版社的一位編輯在退回我的第二本小說（也是我

拿出來見人的第一本小說，現在依舊沒有出版）時委婉地點明這個道理，讓我羞慚不已。在這本複雜的小說裡，所有的角色都出身南方，而且涵蓋了所有階層——也就是所謂的上層和下層，這種封建性的階級劃分一直持續到第二次世界大戰結束之後。我喜歡讓來自下層的角色說方言。他們口音粗糲，難以模仿，而且詞句發音和大部分人所習慣並接受的不太一樣，更接近於古英語。此外，他們的文法錯亂得令人眼界大開，語氣腔調也全然不加修飾，不帶一絲上流階層說話時微微洋溢的拿腔作調和世事洞明的口吻。於是，我急切地著手應對這項挑戰——不是來自別人，而是我自己的挑戰。雖然我認為我確實解決了這個問題，忠實地還原了鄉下人和當地口音，令人悲傷的事實卻是，幾乎沒有人在意。我寫的畢竟是一本小說，而不是一篇討論南部地區伊麗莎白時代與現代英語發音的博士論文。我現在還記得，當我在編輯的退稿信裡看到，雖然我讓小說裡的一個角色說的是「awn」，而另一個說的是「ahn」，但在她看來都是沒有區別的同一個「on」而已時，我有多忿忿不平。

　　但是等到氣頭過去，文人自尊也收斂了之後，我必須承認她的批評是有道理的，雖然並不準確。說白了，這三個讀音裡幾分貝的細微差別根本不重要。

　　比起聽起來的感覺，所講的內容更加重要。主旨被矯正讀音的努力所遮蓋，那作品就是失敗的。更進一步的證明是，等到發表了許多長篇小說並且我的「南方情結」也過去多年後，再拿起那本被拒絕的小說稿，裡面的對白段落我自己都很難堅持讀下去。我對當年那位編輯充滿感激，同時也敬佩她的堅韌耐心。

以上這些並不是為了說明在寫對白時嚴禁使用方言，但方言就好比精緻佳餚裡的蒜蓉：皮特・德・弗萊斯（Peter De Vries）曾經寫過，菜裡根本不該有「蒜味兒」——理想情況下，只該在廚子身上聞到。方言也是一樣，更應該變成作者嘴裡的東西而不是紙面上的文字——這樣或許能讓文章少一些尷尬之處。海明威在描寫對白時的精準犀利堪比頂級的射手，但如果他讀到批評家羅伯特・格雷夫斯（Robert Graves）和阿蘭・霍奇（Alan Hodge）對《戰地鐘聲》（*For Whom the Bell Tolls*）裡一段用偽方言寫成的對白所作的評價，一定會覺得自己放在打字機上的手指如履薄冰。下面就是在他們的傑作《你身後的讀者：英語散文寫作指南》（*The Reader Over Your Shoulder: A Handbook for Writers of English Prose*）中評析過的片段：

> （她）……冷靜地說：「那就閉上你的嘴，別再討論我們要幹嗎了，行嗎，英國佬？把你那個剃光頭的小婊子帶回國去，但不要把別人關在門外，你還在吃娘奶時他們就已經愛著共和國了。」……「你要說我是婊子也行，比拉爾，」瑪麗亞說，「你說我是什麼，我就是好了。但你冷靜點，你怎麼了？」

兩位批評家對於這一段頗有微詞，主要圍繞海明威想讓英語聽起來像是西班牙語的努力。（即使是電影編劇也意識到這種方法會讓觀眾感到無比地生硬和費解，所以多年前就已經不怎麼用了。）格雷夫斯和霍奇對海明威在英文時態上的文法錯誤進行了猛烈的批評，並且說如果這樣的寫法是為了表示這段話是從西班牙語翻譯過來的，那麼這段話裡充斥著語言風格的失調。

　　格雷夫斯和霍奇評價道，這段話中既有早期殖民者的英語（「thou wert」），又有賓夕法尼亞貴格派英語（「if thee wishes」），還有現代的英文口語。所以，海明威「……表現出一種假象，彷彿西班牙農民在說他們自己的方言時也會犯這種錯誤」。

　　這些批評說明，即使是大師，他覺得自己不過是小試牛刀時，也難免有跌倒的時候。《戰地鐘聲》是一齣西班牙農民愛情故事，但海明威不僅意在展現這些人的忠誠，還要原汁原味地表達，所以他在嘗試還原他們的方言時，扭曲了人物，同時扭曲了自己的作品，使得這些部分幾乎無法卒讀。

　　我要是在犯錯那時就知道海明威在方言方面的失察，應該會有所寬慰，但也沒什麼助益。

　　後來，我費盡力氣才從這個泥坑裡爬出來，開始深入細緻地思考「如何寫對白」這個問題。對白什麼時候有效，為什麼？什麼時候無效，又是為什麼？

　　作者和編輯都應該盡可能對語言的變化和微妙之處保持十足的敏感。不管是書面的還是口頭的，從「垮掉派」（beat）的說話習慣到福勒（Fowler）的《現代英文用法》（*Modern English Usage*），都應不拘一格地重視。作者對於諺語、俚語和正式的英語都要了然在胸，能夠信手拈來，像一本足本的韋氏大詞典一樣可靠，哪怕不能同樣地包羅萬有。而要想做到這一點，應該不斷地「聽」——既包括用心地傾聽，也包括用心地閱讀。（常備一個佳句本對每一位作者都有好處。）

　　一個寫小說的人多少可以算是個文字雜技演員，因為他必須同步推進構成行動、劇情和背景的諸多要素。但對白是他最好用的道具，而且一個作者的程度高下就從他對對白的運用中可見一斑。對白文字寫得好，就會潛移默化地變成讀者自己的語言。有鑑於此，聰明的作者要知道何時該收，何時該放。如果對白太多，不管是怎樣的金玉良言，妙趣橫生，也會把讀者完全壓倒——好比一個最會說故事的人要是口若懸河，卻從來不給別人機會喘口氣，最後也會變成非常無聊的存在。

　　對白還要清晰直接——混亂的對白對一篇小說來說，其致命程度無異於讓一個滿手汙泥的外科醫生走上手術檯。作者漫無目的地隨意行文，沉浸於大張旗鼓地描寫一個人尖刻地說出「哦，是嗎」時的左邊眉毛，或是聽話者動物一般的鬼臉，還不如全數刪去為好。

　　清晰不只是這樣，還意味著要讓每個角色有自己的腔調，自己的特徵和自己標誌性的說話方式。如果所有人的聲音都只是作者自己在說話，不管是精彩絕倫、輕鬆愉快還是樸實無華，也沒有角色，而只有作者。想要檢驗這一點，就把對白間隙的「他說」和「她說」全部去掉，看看讀者還能否分辨出是誰在說話。

　　光是討論「他說」和「她說」的用法就能寫一整本對白寫作指南了。這些插入語真的都有必要嗎？如果是的話，什麼時候該用？要怎麼用？針對說話人「怎麼說」的附加描寫如果也是必要的，那附加描寫應該包括哪些內容？每一個作者在寫對白時都要對這個問題有明確的觀念才行，只要他寫東西已有一段時間，並且已經形成確切的習慣。但就像所有的觀點和習慣一樣，這個習

慣肯定也有對有錯。而其中，清晰和／或簡潔，又不過分節制，就是對的。通常，「他說」和「她說」並不需要類似「開玩笑地說」這樣的附加描寫。好的對白幾乎可以只憑一對引號就能成立，並且確實經常如此。當作者讓兩個身分確定的角色開始對話，就像是開始了一場乒乓球賽。兩方高手你來我往，讓人目不暇接，最後以特別的方式一錘定音。

　　海明威就很會寫這樣的乒乓球比賽式對白，並且常被譽為這項「運動」的開山鼻祖。不過與他同代的作家之中也有不乏靈氣的，晚輩後學之中自然更是多見。J・D・沙林傑（J. D. Salinger）、雪莉・安・格勞（Shirley Ann Grau），還有約翰・厄普代克（John Updike），可以完全不需要用「他說」和「她說」或類似詞語，就能把兩個角色間的對白寫得綿延不絕——今時今日，善用這一有效而經濟手法的小說家不在少數，此處暫列三位而已。

　　之後，其他一些作者發現，「他說」和「她說」雖然是已幾近廢棄的礦藏，不過可以重新開發，帶來令人驚奇的效果。來自蘇格蘭的小說家繆麗兒・絲帕克（Muriel Spark）除了必要的代名詞之外很少會給「說」字添加其他修飾。身為作家，她極富智慧、嚴肅認真、銳利入微，所寫的每一個詞都像是活生生釘在紙上的。她將兩種對白寫作方法以乾脆、精準的技巧優美地結合起來，十足像是一個左右手皆通的乒乓球運動員，換起手來毫不費力，而且非常明確地知道要怎樣把球打到特定的位置上。她的書就像是伊夫林・沃（Evelyn Waugh）、安東尼・鮑威爾（Anthony Powell）和安格斯・威爾遜（Sir Angus Frank Johnstone-Wilson）的早期長篇小說，基本上就是一段對白接著一段描寫組成的。

　　但是，給你的對白一個特定的落腳點或是形態總是可取的，且修飾詞的使用能夠帶來極豐富的意義。然而，這種描述是對角色的行為或想法進行舞臺表演式的指導，必須以清醒的批判眼光審視，才能決定是否要落於筆端。如果修飾詞讓作者感到一絲背離角色前面的行動，會對讀者產生誤導，將角色置於荒謬的境地，或是將稀釋角色所說內容的力度，就必須拿掉——無論作者多麼不捨，或是寫得多麼漂亮。一個好的作者從來不會以辭害意，除非這樣做可以為每個人設立新的標準，包括小說裡的角色、讀者還有作者自己。

　　加強文法程度，尤其是必須熟悉形容詞和副詞的用法及二者的區別，是最好的預警措施。而在對白中，最糟糕的常見錯誤之一就是這種表達：「『我知道了。』他笑。」「『別告訴我。』她嘆氣。」「『他們真討厭。』他冷笑。」這些話裡，「說」字也許已經隱含在內，但只有文法極差的人才會願意讓一個動作性的動詞單獨出現，讓自己有望被《紐約客》收錄在反例集錦中供人嘲笑。

　　與之類似的錯誤是，有些自負的對白大師喜歡將自己視作創造新詞的能人，然而通常情況下，這些新詞的含義往往早已有了恰如其分的現成說法。例如：「『夠了！』他破肺大喊。」類似的拙劣手法，與其說有創見，不如說是自曝其短。

　　還有一個鏡花水月似的幻覺對作者們很有誘惑力，就是過度解釋角色說過的話，這是一個足以深深困住作者的陷阱。比如：「『你現在覺得自己可了不起了。¹』她俏皮地說。」然後通常後面會跟一句突兀的描述——「大家大笑起來，笑個不停。」假設剛才那句話確實機智詼諧，作者再明說出來的話就等同於侮辱了讀

者領會幽默的能力，要求讀者特別再檢驗一下這句話是否俏皮。如果「俏皮」二字後面緊跟著作者自己說出來的「大家笑個不停」，讀者毫無疑問會拒絕這種狡猾的暗示，並且不管這話到底是不是有趣，都絕不會笑出來。同時，無論讀者是多麼地寬容、仁慈和耳根子軟，他的興趣哪怕不是徹底冷卻，也是被生生打斷了，從而再難提起。幾乎所有讀者都會討厭這種居高臨下的態度，而他就算願意繼續讀下去，也會對作者抱有不信任的態度，作品的說服力最終打了折扣。[1]

避開這個陷阱並不難，所以只有特別業餘的作者才會陷在裡面掙扎著出不來。繞過對白寫作中幾乎所有陷阱的技巧是一樣的——如果非要用，盡可能低調處理。顯然，一篇幽默小說裡一定要有說話和舉止都讓人忍俊不禁的角色。以前面那段本意幽默的話為例，為了好笑（作者已經覺得好笑了），更成功的寫法也許是這樣：「『你現在覺得自己可了不起了。』說完，她滿意地看到，身邊至少有三個人臉上露出微笑。」讀者雖然也許不會加入，變成第四個人（比如我就不會），但不會感覺被強迫，願意繼續看下去，而不是停下來琢磨自己到底該不該笑。

對白寫作的荊棘路上還有一塊絆腳石，就是插入問題。幾乎所有的對白，尤其是那種中間沒有任何稍長描述或是引導，延宕不絕，只有「他說」和「她說」的長篇對白，其可讀性極大地依賴於「他說」和「她說」的插入效果。而這不僅是指把說話者訊

1 作者在這裡使用「cat's nightgown」替代英文俚語中的「cat's pajamas」，意為「非常棒，非常了不起」。「nightgown」和「pajamas」都是「睡衣」的意思，但前者常指漂亮的女性睡衣，所以諷刺性更強。

息放到合適的位置。如果某個「他說」出現在奇怪的位置，就會
打破對白中流動的韻律或是思想，進而中斷（甚至毀掉）讀者的
注意力。當然，一個好的聽眾能夠聽出來哪裡不妥，但要是沒有
這樣的聽眾，作者自己也可以聲情並茂地誦讀出來，並且學習自
己讀到的每一位優秀作者的對白寫作風格。下面這個例子可以用
來比較插入語的好壞：

　　　馬爾文開口說：「我沒有什麼要問的。艾莉死了。」

　　更好的寫法是：

　　　「我沒有什麼要問的，」馬爾文插話說，「艾莉死了。」

　　誠然，兩個版本的差別幾乎無法察覺，但從通篇角度來說，
將意外元素往後放，能讓讀者心生懸念、為之折服，而不是像看
到社會新聞一樣隨隨便便地翻過了事。此外，馬爾文這個角色的
性格在兩個版本裡截然不同。前者是一個膽怯怕事，或者沉默又
自負的人，只因為自己認可的道理才自覺地發表意見。而第二個
馬爾文是個衝動角色，喜愛打斷別人，並且很有主見。
　　對白是承載訊息、情節和角色的寶貴工具，對白受到的最讓
人煩悶的限制可能就來自「他說」和「她說」。既然好的對白不
允許使用「他笑了」「他聳肩道」，於是不少人的嘴巴被那些孜孜
不倦尋找「說」字的不同表達的作者們擰得傷痕累累。在這個問
題上，每位作者都要自力更生，唯一的伙伴就是《羅熱同義詞詞

典》（*Roget's Thesaurus*）。有些作者會把不同的「說」的表達方法浩浩蕩蕩地列出來，以便手癢時能夠迅速引用，而有些作者只會說一句「去你的吧」，然後一概就用「說」（said），「回答」（answered），還有「應道」（replied），便不再糾結。還有一些作者會把這些位置都空出來，直到時機成熟，再重新回顧和抉擇——比如寫第二稿時。但這應該是寫對白時最後才擔心的事，最重要的還是傳統新聞寫作的要訣：何人、何事、何地、何時等等。

　　研究戲劇和電影，有助於更好地呈現這些訊息。我在把電影劇本改編成小說的過程中發現了不少捷徑，同時也知道了什麼是應該斬除的朽壞枝節，而我之前在小說裡看到類似段落時，這些病灶被許多精心插入的「他說」和洋洋灑灑的描述掩蓋，我對它們完全不曾有過疑慮。

　　所以，對於那些感到無所適從的人，我要大聲疾呼，這就是唯一的靈丹妙藥。你要懂得，規矩定下來就是為了被打破的。而要明白這點，你就要先學規矩，然後祝你成功！

DESCRIPTION 描寫

不具名的合作者

羅伯特・波爾瓊
（Robert Portune）

「在我看來，」新手作者說，「最難的事情莫過於讓讀者也能看見我看見的東西。」

「具象。」老作家點著頭，喃喃地說。

「請您再說一遍。」

「具象，」老作家重複道，「意思是，一種在短篇小說或者長篇小說中描寫場景的技巧，它能夠讓讀者看到作者看到的畫面。」老作家點起菸斗，換了個更舒服的坐姿。「或者，老實講，讓讀者看到的比我們看到的還要多。」

「還要多？」

「多得多。」老作家又點了點頭，微笑地看著新手作者的表情，「這種技巧需要雙方的努力，是讀者與作者的一種合作。」

「你的意思是，讀者也會對你的小說進行加工？」

「加工得可多了。」老作家抬手比畫了一下四周，「你能描述一下這個房間嗎？」

「我覺得可以。」

「那還等什麼呢。」

「那麼——」新手作者轉了轉眼珠,「我就從書架開始……」

「白松木質地,」老作家打斷他,「尺寸,一乘十二乘七十二,胡桃木色,被三寸長的金屬支架固定在牆上……」

新手作者笑了起來:「這些細節也要說嗎?」

「這些都在你觀察的這個場景裡,」老作家乾巴巴地說,「你的視野裡不應該有任何盲點。書架上的每一本書都有大小、顏色、特別的裝幀,還有書名。這裡大概有三百本書,你知道嗎?也許你得費心把書名全都列出來。」

新手作者猶豫了一陣,然後搖搖頭:「要是鉅細無遺地寫出來,那篇幅可就太長了。」

「而且很傻,」老作家同意道,「但是,你可以提幾個書名,用來表現我的個性。」

新手作者看完一排書,皺起了眉頭。「這些書種類太雜了。」他拒絕道。

「你得挑,」老作家平淡地說,「這裡有普魯塔克的書,下面是塔西佗的。選這些的話,我就是一個古典學者。關鍵在於你怎麼挑。在這——」他咬緊菸斗,集中起精神:

　　暗胡桃木色的書架上,蒙塵的書卷混成一堆,不分大小或者顏色。塔西佗、普魯塔克……所有古書全都擁擠地塞在陰影中……

「可我沒看到其他古書啊。」新手作者說。

「我也沒有。但是讀到這段話的讀者會立刻與我合作。而這位讀者，上帝保佑他，會從他自己的經驗中取材填補這堆蒙塵的書籍。他的想像力會抓住作者所挑選的少數細節，他憑著自己已有的記憶來補充這個場景。否則，我們就得細數牆上的斑點，或者把地毯上的每一簇絨毛都描述出來。」老作家伸手從書架上取出一本普魯塔克，然後說，「你記得那個故事嗎，說的是魚市上有一塊寫著『鮮魚待售』的招牌？」他翻開書本。

「後來漁夫把『待售』兩個字去掉了，因為每個人都知道魚市的魚就是拿來賣的，對吧？」

「沒錯。然後他又把『鮮』字擦掉了，因為大家都知道，他不會賣不新鮮的魚。」老作家用一根食指點著書，「最後，那塊牌子上空空如也。」新手作者大笑：「你建議寫一本全是白紙的長篇小說嗎？」

「咱們不要那麼極端。但我想表達的是，一個場景裡必須描述的元素其實很少，只要你挑選的細節是真正重要的。」他端起了書，讀道：

> 天剛矇矇亮，他就帶部隊出了城，登上一處高地。從那裡，他能看到他的艦隊向敵人追去。他滿懷期待地肅立著。但兩股艦隊相接的一刻，他的人立刻高舉船槳，向凱撒的艦隊敬禮。對方回禮一畢，雙方立刻合為一支艦隊，徑直向城市駛來。

他「砰」的一聲合上書頁，驚得正在全神貫注聆聽的新手作者一震。

「在整個場景中，普魯塔克只挑選了這麼一點細節來描述馬克·安東尼的失敗。那你看到了多少東西？」「一切，」新手作者驚歎，「兩方的戰艦正在靠攏，船槳上滴落水珠，山頭上擠滿安東尼的部隊，都在期待著兩方戰艦廝殺……」

「有多少艘戰艦？」

「噢，上百艘吧。戰艦上塞滿士兵。而在他們互相敬禮的那一刻，劍盾紛紛高舉，船槳破水而出。」

「你這就是在合作，」老作家告訴他，「你把一些經過細心挑選的詞彙變成一幅完整的畫面。你填補了空白，加上了顏色，還配了音。每個讀者都會這樣。每一個作者也是先把這個場景具象化之後，再非常謹慎地去掉大量枝節，留下那些能夠激起讀者合作欲望的要素。」他把書放回原位。「當然，最重要的技巧，還是在於挑選。你會怎樣從一個充滿海量細節的場景中挑出有這種刺激性的要素呢？」

「你是怎麼做的？」新手作者問。

老作家微笑著說：「我先解釋一下我是怎麼發現這個技巧的。我在寫第一本長篇小說的時候，會讓我妻子讀一下當天寫好的內容。有一天，我把大部分時間都花在辛苦描寫一個爬樓梯的場景上，那天晚上，我把稿子遞給她。她讀完之後，我請她用自己的語言描述這個場景。她的描述中所包含的細節比我寫的要多得多，於是啟發了我，才有了我們現在這番對話。」老作家從書桌上的書立之間抽出那本長篇小說。「那段文字是這樣的。」

　　他喘著粗氣，爬到自己辦公室門前狹窄樓梯的頂端。從哥倫布街走過來的這一小段路把他累壞了。他的肺抽氣不停，大腿痠痛。謝天謝地，喬治‧波特不在旁邊，沒看到他抱著晃悠悠的欄杆拚命喘氣。喬治對身體上的虛弱毫無概念，只會將之歸結為意志力不足的表現。

　　卡爾閉上眼，想像自己沒了肚腩，肌肉緊實，渾身都是鋼筋一樣的肌肉。他幻想著這樣一個健美的身軀蹦上陡峭的樓梯，臉上是輕鬆的笑意，咧出閃白的牙齒。「要是我年輕十歲……」他突然泛起一陣悔意。然後他內疚地睜開眼睛。他不安地瞥了一眼二樓平臺地面上暗沉、老舊的嵌板，彷彿這些木頭會聽見他自欺欺人的假話。

老作家停了下來：「你看見那座樓梯了嗎？」

「當然。」

「很好，那我們現在把描述挑出來。」他找到文字，大聲念起來。

「狹窄樓梯的頂端——晃悠悠的欄杆——陡峭的樓梯——二樓平臺地面上暗沉、老舊的嵌板——木頭。」他合起書本，放到一旁。

「我以為遠不止這些。」新手作者說。

「這也是合作。我可以描寫欄杆是什麼木頭做的，或是開裂的臺階——要寫多少有多少，包括欄杆支柱間的灰塵。但那些東西我妻子自己都能看到。」

新手作者點點頭：「我開始明白你要跟我說什麼了。你說這

是你頭一次意識到這個現象。那你能不能再給我舉個你在之後應用這個技巧的例子？」

「那再看這段。」老作家拿起了他的最新長篇小說，「這裡有一些具象的元素，是我為與我合作的讀者們挑選的，可以讓他們想像出一間酒館。」

弗雷德看到他坐在門邊的一張桌子旁，臉龐藏在陰影裡。陽光透過威尼斯式的百葉窗，被桌椅腿切碎成帶著浮塵的凌亂圖案，差點兒就要碰到老人的腳邊。這個孤零零的身影讓空蕩冷清的酒館平添了幾分蕭索，似乎屋裡從來沒有過任何大一點的響動，沒有擠擠挨挨的人群，也沒有席爾曼先生的收銀機發出的脆響，或者達科塔在光滑的紅木長吧檯後喋喋不休的聲音。雖然收音機正發出陣陣噪聲，這地方有種清冷的寧靜，縈繞著一種教堂般舒緩祥和的氣氛。有那麼一會兒，弗雷德覺得有些悵然。在這座城市裡，金色的九月午後，似乎只有這一個地方能夠擺脫煩悶與迷茫。這間幽靜的酒館裡，掛著破舊的油布，擺著傷痕累累的桌子和摞起來的椅子。一塊白布蓋住堆成聖壇形狀的酒瓶堆，一束遊弋的日光落在支高的鋼琴上，宛如照在布道臺上。「這裡就像是收容孤魂的教堂，」他想，「老瞎子馬朱和我的孤魂。」

「我看到了。」新手作者還沒等老作家發問便說道。
「你又在合作了，我很肯定。」
「不完全是。我的意思是，這裡面有很多細節。」

「和真正的場景相比少得可憐，」老作家堅持說，「沒有窗戶，沒有門，也沒有提到桌椅的形狀，幾乎沒有說顏色——但我覺得你自己會把這些細節具象化。」

「是的。」

「也許，你還能想到這間酒館在城裡的什麼地方？」

「那是，當然。」

「以及城裡的人們，街上車水馬龍，還有成千上萬的其他細節，沒有一本書窮盡這一切，對不對？」

「從某種程度上來說，我覺得我看見了。」新手作者承認。突然，他笑了起來：「你知道嗎，我現在迫不及待地想從我的藏書裡找出幾本，看看裡面有多少細節是沒被寫出來的。」

「這就是祕訣所在，」老作家篤定地說，「讀者就是你最好的幫手，因為他的記憶和經驗會將你的草稿潤色。你一旦意識到這點，挑選要素的技巧就會開始提高，完美地達到你的目的。」

「還有一件事，」新手作者憂心地問，「我想問，讀者能看到我看到的東西嗎？我是說，我真正看到的東西。」

「不止，」老作家又說了一遍開頭的話，「會比你想像的要多得多。」老作家無比誠懇地說：「而這，就是書評那麼有趣的原因。」

簡潔為上，化景入情

唐・詹姆斯
Don James

對於多數虛構和非虛構作品而言，描寫也許仍然是必要的。但有一句話已經流傳開了，那便是簡潔為上，化景入情。

一項針對過去五十年裡出版的書籍和雜誌進行的研究指出，在很長一段時間裡，許多讀者喜歡形容詞和副詞疊床架屋的大段描述，而且醉心於辭藻華麗的散文。今時今日，在忙碌的讀者生活的世界中，各種訊息爭相搶奪著人們的時間，所以讀者更熱衷於小說中的「行動」。換句話說，他們要的是故事而不是漂亮的散文。

現在流行的寫法是將描寫融入到行動中，不管你寫的是虛構還是非虛構作品，但融入的手法往往會給初學者帶來巨大的困擾。

我要什麼時候描寫背景？什麼時候描寫角色？多久描寫一次呢？我應該把場景描寫放在開頭，還是直接開始故事？描寫多少合適？

這可沒有一定之規。有時候我們都得見機行事。但確實有一

些廣為接受的實操辦法是很有道理的。

在開場的段落中，背景、行為和角色通常都可以簡潔了當地交代清楚。

一個絕佳的例子就是賈桂琳‧蘇珊（Jacqueline Susann）的暢銷書《純情告別》（Bernard Geis Associates）：

> 她抵達那天，氣溫升到了攝氏三十三度。紐約熱氣騰騰——猶如一頭憤怒的混凝土野獸一不小心被一陣不講道理的熱流所裹挾。但她不在意高溫，也不在意被稱為「時代廣場」的垃圾遍地的遊樂場。她覺得紐約是世上最令人激動的城市。

在不到一百個字的篇幅裡，作者巧妙地點明了故事發生在熱浪滾滾的紐約，描寫了時代廣場，還介紹了一個女孩——她相信自己剛剛抵達的，是這世上最令人激動的城市。

再看一個例子：

> 一輛小型戴姆勒汽車從一間杜鵑花掩映的車庫裡嗡嗡駛出，輾過房前傾斜的碎石路。琳達再看過去時，傑瑞米已經轉上網球場邊上的砂礫路，朝著廚房花園的紅磚圍牆上的一道缺口開去。

這段開場來自弗雷德里克‧拉斐爾（Fredric Raphael）的小說《管絃樂和初學者》（Orchestra and Beginners）。它完成了許多任務。在連續不斷的角色動作中，作者描寫了場景，創造了環境，並且介紹

了兩個角色，用了七十七個字。請留意這裡面的描寫是怎樣融入行動的。

去報攤和閱覽架上隨便瀏覽一圈，你就能找到許多類似的例子。融景入事，這個技巧應用廣泛，並不特殊。

初學者經常會問：「我什麼時候要描寫角色？」我要說這仍然沒有定法。不過，在小說寫作中，人們越來越喜愛角色初一登場便描寫。

莫里斯・L・韋斯特（Morris L. West）的《巴比倫塔》（*The Tower of Babel*）中，第一個場景是透過一個角色的視角來描寫的。

> 山頂的哨衛背靠著一棵樹瘤虯結的橄欖樹坐下，調好電臺，把地圖袋放在膝蓋上打開。他取出望遠鏡，不緊不慢、仔仔細細地從太巴列湖的南端一直看到沙爾哈格蘭山，雅穆克河在這裡轉向西南，匯入約旦河。上午十一點，天空澄澈。秋天的第一場小雨剛過，空氣清新乾燥。
>
> 他開始研究東邊的山脊……

作者透過哨衛的視角，用了幾乎整整兩頁來描寫環境和行動。開頭幾個字就讓讀者進入到故事的情節中，而對背景的描寫，也藉由哨衛的視角融入到故事裡。

里昂・尤里斯（Leon Uris）在《黃寶石》（*Topaz*）的第一章裡，從一個角色的視角描寫了場景。

> 天氣和煦。哥本哈根和提沃利公園的景色如同魔法一般，

讓邁克爾・諾德斯特羅姆漸漸安定下來。他坐在威弗克斯飯店的露臺上，可以看到尼布酒店洋蔥似的穹頂，百萬盞燈火點綴其上，路對面的露天啞劇劇場倏忽傳來一陣笑聲。提沃利公園的小道兩側，精心雜植的鮮花五彩斑斕。

一個角色走向窗口，那麼從他看到的景物，我們就能推知他當下的心情，或是瞭解到周圍環境的實際情況。

在《機場》（*Airport*）開頭之後緊接著的兩段文字中，亞瑟・海利（Arthur Hailey）描寫了一個關鍵角色，布置了場景，並透過簡潔的描寫向我們展示出劇中人所面對的困難。

機場總經理梅爾是個瘦削的高個兒，精神十足，訓練有素。他此刻正站在塔臺的雪情控制臺旁。通常情況下，從四面玻璃的房間看出去，整個機場的布局——跑道、滑行帶、航廈還有地面與空中的交通——盡收眼底，彷彿精緻排列的積木和模型，就算是在夜裡，也能憑藉燈光的勾勒看清它們的輪廓和運動。但他現在眼中唯一的景象只有高處——上方兩層的空中交通管制塔。

今晚，只有近處的一些燈光可以穿過幾乎全不透明的雪幕，氤氳成一片模糊的光霧。除雪機一邊剷雪，新落下的雪花一邊堆積。地勤組已經幾近力竭。

我們知道，梅爾很在意這些情況，所以這番描寫有助於我們理解他的困境，成了情節的一部分。海利精於此道。

　　你如果非要大段地描寫不可，那最好期望今天流行的是哥德式小說。這樣的段落有助於製造懸念，不祥的背景，古怪的情境，或是非同尋常的環境。但是，這些都應該融入到故事裡，而不是遊離於其外，變成作者對華而不實的散文的致敬。

　　如果描寫是必要的，就好好寫。多用描述性的詞句。「那酒鬼無精打采地走遠了。」「馬朝我們騰躍而來。」「狂風緊逼……」

　　避免用被動句。「大量砍下來的木料被堆在山坡上」不如寫成「大量砍下來的木料覆蓋了山坡」。「我們被惡劣的天氣壓得抬不起頭」不如寫成「風暴壓得我們抬不起頭」。

　　記住，好的描寫會照顧到所有的感官。我們不僅要看到森林的樣貌，還要聽見風吹過樹梢，聞到煎培根的香味，感覺到溫暖的早晨陽光，嘗到熱呼呼的咖啡。

　　多用名詞和動詞。避開形容詞和副詞，除非能夠加強你的表達——有時候確實是可以的。但通常，如果你的描寫是依靠名詞和動詞成立的，就能夠有更好的強調、描寫和文筆。

　　初學者往往著迷於副詞：他「生氣地」說，她「安慰地」說，他「勉強地」回答。應該讓對白自己體現情緒。讓他說的話表現出生氣；讓她的回答顯示出安慰。

　　在任何描寫中，大量冗雜的形容詞都會削弱素材的力量。所以使用時再謹慎也不為過。注意不要落入俗套。學著偶爾用一些精巧的比喻為好。

　　回頭看前面所舉的例子，你會驚訝地發覺副詞全然不見蹤影。再仔細看，形容詞也寥寥無幾。

　　要避免使用類似下文中表示程度的修飾詞：「他是個真正老

實的人。」「一場十足美麗的日落。」「相當溫暖的天氣。」「原原本本的事實是……」

有時候我們可以賦予無生命的物體人格：「山巒峭壁怒指天空」，或是「樹木在人們頭頂撐開枝葉」。

不要忘了，我們的世界正在變小。有時候一段短小精確的描寫就足以點明故事的背景是在紐約、威尼斯、舊金山還是倫敦。幾乎所有人都早已透過電視、電影和照片瞭解過世界各地了。

讀者想要看到的是背景與故事和人物的關係。也就是說，我們又回到了開頭。描寫也許必不可少，但有道是：簡潔為上，化景入情。

這才是更好的寫法！

如何描寫

魯斯・恩吉爾肯
Ruth Engelken

　　我越是研究寫作這門行當，就越是同意這樣一個說法：「沒有無聊的主題，只有無能的作者。」有句老話雖然表達不同，但意思是一樣的：「你說什麼無所謂，怎麼說才重要。」實際上，我們目之所及的任何一個主題都已經被寫過，而且還會不停被重複，因為每個主題都有它的賣點。不過，一份手稿到底最終能不能賣錢還是要看作者的筆頭功夫。文章的風格就像時尚行業裡的風潮一樣因時而異，但不管是年分久遠的文學巨擘，還是今時今日的暢銷書作家，他們都有一個共同點，便是有著生動的筆觸。

　　沒有什麼魔法公式能夠令一個初學寫作者創造出血肉豐滿的角色或是栩栩如生、躍然紙上的描寫段落，但確實有一些方法可以銳化文字中的畫面，從而提高描寫的能力。毛姆（Somerset Maugham）在回憶錄《總結》（*The Summing Up*）中一針見血地說：

　　　　很多作者根本就不去觀察，只是根據自己幻想中的形象去

創造標準尺寸的角色。他們就像一群只會拿古董作為對象進行描摹的繪圖員，從來不會嘗試用真人來作模特兒。我一直都是拿真人來作畫的。

在評價自己的文學生涯時，毛姆很感激自己曾經接受過醫學訓練。身為一個年輕的醫生，他不僅得以看到赤裸的肉體下各種各樣的骨骼結構，更見識到剝去虛情矯飾之後毫無遮掩的人類情感。這些鮮活的經歷在毛姆的腦海中留下擦不掉的印記，化為他潛意識中的收藏，一旦需要就會再次浮現。我認為每個嚴肅的作者都應該掌握的能力，毛姆很早便已經獲得了，也就是：以非凡的眼光觀察平凡的事物。

你看著一張臉時，你看到了什麼？如果你只看到兩隻眼睛加眉毛，一個鼻子一張嘴，那你的觀察力就有待提高了。你要學著用醫生，或者最好是藝術家那樣的眼光（毛姆碰巧兩者都是）。你要看到大小、顏色、形狀和關係。「角色一出場你就要描寫。」毛姆非常嚴肅地對待寫作方面的這句老生常談。他的描寫細緻入微，創造了令人難忘的角色。誰能忘記《人性枷鎖》（*Of Human Bondage*）裡的米爾德麗德呢？

> 她又高又瘦，屁股窄緊，胸脯像個男孩……她五官小巧，藍眼睛，額頭矮闊。維多利亞時代的畫家們，包括萊頓勳爵、阿爾瑪‧泰德瑪，還有上百個類似的畫家，唆使當時的人們相信這是一種希臘式的美感。她的頭髮看起來非常茂密，精心地梳理過，前額留著她稱之為亞歷山大式的劉海。她的臉

色極其蒼白，薄薄的嘴唇沒有一點血色，細膩的皮膚泛著淡綠，雙頰不帶一絲紅暈。牙齒很漂亮。看起來她在工作時非常辛苦地養護著雙手。那雙手白白淨淨，乾瘦纖巧。她接待顧客時，臉上總是掛著一副百無聊賴的神情。

而誰又能忘記〈雨〉（Rain）裡面的傳教士呢？

他寡言少語，甚至有些陰沉。你會覺得他的和藹只是迫於基督精神而強加給自己的義務。他生來性格寡淡，悶悶不樂。長相也是難得一見。他非常高瘦，頎長的四肢鬆鬆垮垮，臉頰內凹，顴骨出奇地高。他周身縈繞著的陰惻氣息，會令你驚訝地注意到他的嘴唇是多麼豐潤而且充滿肉慾。他披著長髮，一雙大大的黑眼珠深陷在眼窩裡，流露出悲憫的神色。他的手指粗而長，形狀精緻，讓他看起來很有力量。但他最大的特點，就是會讓你覺得他像一團飽受壓抑的烈火，讓人過目不忘，又隱隱不安。他看起來拒人千里之外。

再或者，誰能忘記〈雨〉裡對妓女薩蒂‧湯姆森精簡又絕妙的描寫呢？

她二十七歲上下，身材豐滿，打扮俗麗。她穿著一條白裙，戴著一頂白色大帽子，長筒棉襪裹著鼓囊囊的小腿，小腿上的肉從白色小羊皮高筒靴的上沿擠出來。她對麥克菲爾拋出一個媚惑的笑容。

毛姆一次又一次讓角色剛一亮相就走到我們眼前。他坦承，研究和分析別人是他的癖好。

有時候他發現，自己在觀察別人時會看他們像什麼動物⋯⋯於是在他們身上，他看到了羊，看到了馬，看到了狐狸，又或者是山羊。

顯然，〈雨〉中傳教士的妻子戴維森夫人就讓他想到了山羊。

她全身黑衣，頸上一條金鍊，金鍊上掛著一個小十字架。她個子矮小，暗沉的棕色頭髮經過精心編織。鼻子上一副沒有邊框的夾鼻眼鏡後面是一雙引人注目的湛藍眼眸。她的臉很長，像山羊的臉，但看起來一點也不蠢笨，反倒特別機警。她像鳥兒般動作敏捷。最令人印象深刻的是她的聲音，高亢尖利、單調無奇，聽起來乏味刺耳，像電鑽一樣無情地折磨著聽者的神經。

威金森小姐，《人性枷鎖》中未嫁人的女教師，讓毛姆想起掠食的鳥。

她的眼睛又大又黑，鼻尖微微鷹鉤，讓人感覺她有點像一種猛禽，但整張臉看起來卻又討人喜歡。她很愛笑，但嘴有些大，所以她笑起來時要儘量不把牙露出來，因為她的牙齒不僅大，還有些黃。不過，最讓菲利普難堪的還是她的濃妝豔抹。

　　毛姆在描寫人物方面的突出功力絕對不是他一個人獨有的本事。所有頂尖作家都不辭辛勞地精益求精，為的就是這樣的能力。他們能夠提煉出一個角色身上最明顯的特徵，然後訴諸文字。諷刺畫家會用誇張的塗鴉和線條來表現這些特徵。與寫作者相似，諷刺畫家從平凡中抽出不凡的要素。任何初學者要是發展出這種銳利的眼光，寫作必然大有精進。那麼，能解析這種眼光嗎？我認為可以。

　　在寫出許多故事之前，你可能會發現自己來來去去都在用一些相同的標籤：所有人的眼睛都是「棕色中帶著琥珀色的斑點」，或者總是「刀刻斧鑿的臉龐」。去年的寫作班上有個學生，他的每個主角都有一雙「鈷藍色的眼睛」。作者對某種色彩的偏愛在文學創作中是有先例的：福樓拜（Flaubert）愛用藍色，而愛爾蘭小說家喬治・摩爾（George Moore）相當迷戀灰色。

　　不想描寫千篇一律，就拓寬詞彙量吧。如果你要寫眼睛，除了藍色、棕色、綠色、栗色、紫色或者幻彩，還有什麼能寫的？你不妨考慮寫眼睛的形狀，圓的、杏仁形的、上挑的（東方風格）、細長的、板條似的等等。兩眼間距是寬是窄，還是恰到好處？這雙眼睛是深藏在眉頭下的眼窩裡，還是像昆蟲一樣突出來？正常情況下一般兩者皆非，但是留意眼周的結構有助於提高描寫能力。眼睛是大是小，還是中等？瞳孔是大是小，又或是普通？眼睛的狀況也應該留心。眼睛健康，那就是清澈、透亮，虹膜周圍的眼白名副其實。而如果眼睛「生病」了，那是渾濁、充血、化膿，還是眼白發黃？眼睛周圍有沒有黑眼圈、腫眼泡？眼皮起皺嗎？有沒有眼影、眼線？睫毛和眉毛又是怎樣的？前者是

長是短，是粗是細，是卷是直，是深是淺，是貼了假睫毛還是根本就沒有睫毛？後者呢，是彎是直，坑坑窪窪還是修剪平整，是眉筆的功勞還是天然如此？是像傅滿洲[1]一樣的尖眉，還是瑪琳·黛德麗[2]的那種彎眉？是與淚腺相接，還是橫跨鼻樑，宛如在臉上畫了一個毛糙的破折號？

薇拉·凱瑟（Willa Cather）在〈保羅事件〉（Paul's Case）中特別用心地描寫了保羅的眼睛：

> 他的眼睛引人注目，帶有一種歇斯底里的光彩，而且故意有些炫耀似的動來動去，在男孩身上顯得尤其有攻擊性。他的瞳孔大得不正常，像是吃多了顛茄，但裡面晶亮的閃光，卻不是藥物能夠製造的。

納博科夫（Vladimir Nabokov）的《普寧》（Pnin）類似，著重寫了麗薩的眼睛：

> 實際上，她的眼睛是淨透的淺藍色，襯以深黑的睫毛和粉嫩的眼眶。兩邊眼角微微上挑，伸出一些貓鬚似的細紋。

初學者一般都會發覺鼻子要比眼睛、睫毛和眉毛更難寫。

---

1 英國小說家薩克斯·羅默（Sax Rohmer）創作的「傅滿洲」（Dr. Fu Manchu）系列小說中的虛構人物。

2 瑪琳·黛德麗（Marlene Dietrich，一九〇一─一九九二），德裔美國演員兼歌手。

我猜可能有兩個原因：一是新手不夠熟悉描述鼻子常見形態的名詞，二是用來描述鼻子的顏色比較有限。

喬叟在磨坊主的鼻子上安了一顆疣，羅斯丹極盡誇張地把西哈諾[3]的鼻子拉長，而狄更斯給了米考伯[4]先生一個發紅的鷹鉤鼻。那還有什麼描述鼻子的詞嗎？其實很多。我們先來看一些常見的形狀，有些參考說不定能讓你更容易記住它們。概括說來，鼻子有鷹鉤鼻（巫婆），羅馬式（凸起的鼻樑——迪克‧崔西[5]），貴族式（樣貌高貴），朝天的（鼻孔上翻），燈泡形（顧名思義——W‧C‧費爾茲[6]），雪橇形（塌鼻樑，鼻尖上翹——鮑勃‧霍普[7]），哈巴狗式（又短又闊，鼻孔上翻的樣子有點像哈巴狗），扁的（像職業拳擊手那樣），直的，寬的，瘦的，胖的，還有斷了的。除了形狀之外，顏色當然也不少，從灰白到粉紅、鮮紅、發紫這個色譜範圍裡（包括這些顏色的所有同義詞）的都可以。鼻子的狀態也會給描述增加材料——長麻子的、青筋畢露的、腫了的、流鼻涕的，還有顏色斑駁的。

聰明的作家在描寫鼻子時展露出非凡的智慧。喬伊斯（James Joyce）會說「鼻子的兩翼」；納博科夫給了普寧「一個光滑的胖鼻子」，之後又讓他「戴上重重的玳瑁眼鏡，他的俄羅斯馬鈴薯鼻

---

3 法國劇作家羅斯丹（Edmond Rostand）創作的五幕戲劇《西哈諾》（*Cyrano de bergerac*）中的主角。

4 英國小說家查爾斯‧狄更斯的小說《大衛‧科波菲爾》（*David Copperfield*，又譯《塊肉餘生記》）中的人物。

5 電影《迪克崔西》（Dick Tracy）中的主角，是一名警探。

6 W‧C‧費爾茲（W. C. Fields，一八八○一一九四六），美國導演、編劇、演員。

7 鮑勃‧霍普（Bob Hope，一九○三一二○○三），美國喜劇演員，電視主持人。

子在鏡鞍下面微微地鼓脹起來」。然後，他又給了一個老頭「一個臃腫的紫鼻頭，像一顆巨大的覆盆子」。

　　一個要寫嘴脣的作者最先想到的是顏色，然後就會把目光放在色輪上從紅到紫這塊區域——至少從前是這樣。現在，隨著前衛[8]風潮的興起，偏色的脣膏大受歡迎，所以不妨試試黃色或者極淺的藍色與綠色。嘴脣可以是豐滿的、乾癟的。上脣的丘比特之弓[9]也許清晰完整（例如蛇蠍美女盛行銀幕時的蒂達·芭拉[10]），也可能完全沒有（比如凱瑟琳·赫本[11]和貝蒂·戴維斯[12]）。嘴脣的開縫（準確地說就是嘴）可寬可窄。一張寬大的嘴暗示著本人也一樣心胸寬廣，而嘴巴窄小多半喻示著為人吝嗇或是刻薄。牙齒的寫法可以單獨提出來說。潔白還是有漬，分布平均還是擁擠，細小還是齙突，雙排牙還是豁牙，等等。除此之外，還有可能是地包天或天包地。現如今，一個作者要是說他的女主角有齒縫，那就是在說她兩顆牙（通常是門牙）之間縫很大。但在喬叟的時代，這個說法就帶有情慾的意味了。他描述巴斯婦人齒縫很寬的時候，讀者能夠意會到他在講述的是一個很有欲望的女人。後來她說自己一共有過五個丈夫，更是證明了讀者的猜測。

　　根據刻畫角色的需要，角色的耳朵、頭髮、脖子、手臂、腳、姿勢、身材、音調和手勢都有作者寫過。這就是為什麼一個初學

8　此處的「前衛」（avant-garde），意指本文寫作完成時的潮流。
9　Cupid's-bow，歐美文化中形容上脣曲線的常用說法。
10　蒂達·芭拉（Theda Bara，一八八五―一九五五），美國電影女演員。常在電影中飾演性感媚婦之類的角色，在當時引起很大的反響。
11　凱瑟琳·赫本（Katharine Hepburn，一九〇七―二〇〇三），美國影視演員。
12　貝蒂·戴維斯（Bette Davis，一九〇八―一九八九），電影、舞臺劇演員。

寫作的人要廣泛地閱讀，去學習頂尖的作家怎樣具象化地描寫。透過閱讀成名作家的作品，你會發現，哪怕是最平淡無奇的主題也能變得充滿趣味。我記得自己曾經讀過一篇講蝸牛養殖文化的小品文，文章讀起來竟也是興味盎然！因為作者理解一個道理：主題越清晰，文章就越生動。很少有新手能夠把類似拔牙這樣的話題寫得扣人心絃，但納博科夫做到了，就在《普寧》中。

　　一股溫熱的痛楚取代麻醉藥的冰冷和麻木，在他半死不活、血肉模糊、漸漸融化的嘴裡瀰漫開來。之後的幾天裡，他一直處在悼念的情緒中，懷念自己曾經親密的一部分。他很驚訝自己竟然如此中意自己的牙齒。他的舌頭就像一頭肥胖光滑的海豹，曾經在熟悉的岩石間歡樂地打滾滑水，檢視著凹凸不平但仍然安全無虞的王國邊界，從洞穴跳進淺灣，這裡爬爬，那裡蹭蹭，在老地方的裂縫裡找到一條甜美的海藻。但現在地標不見了，只留下一個巨大的黑色傷口、牙齦上無處辨認的一塊地形，恐怖又噁心，禁止任何人試探。而當假牙粗暴地擠進來時，感覺就像是一個可憐的化石頭骨裝上了完全陌生的下巴。

沒錯，沒有什麼主題是無聊的。

THE SCENE
場景

創造場景

F‧A‧洛克威爾
F. A. Rockwell

　　有人把專家定義為：懂的不比你多，但更會組織語言，還會用幻燈片的人。

　　這句話太適合用來解釋成功出版的大家手筆和被退稿的小說之間有什麼區別了！後者的創意和角色也許和專業作品一樣優秀，但往往情節缺乏組織，或是場景缺少生動的畫面質感——場景之於故事，就像幻燈片之於演說。故事之所以會陷在一堆混亂的敘述中打滾掙扎，就是因為技藝不精的作者忘記了，一幅畫面勝過千言萬語，一個充滿懸念、結構得當的場景勝過洋洋灑灑的解說。

　　一篇短篇小說，或者一部長篇小說，是一系列不斷展開的畫面，層層遞進的場面刺激著讀者，使他有機會看到角色行為的深意。並且，他還會覺得自己在跟角色與作者玩一場精彩的遊戲，從中可以獲得一種實在的參與感和興奮感。如果他贏得想要的滿足和愉悅，那麼你也就贏得了想要的成功。

　　當今的編輯喜歡畫面感突出的作品（因為讀者想要），這就意味著作者應該用畫面而不是敘述來表達觀點和想法。

　　但是，畫面難道不是一直都與好作品相伴而生嗎？人類最早的寫作行為便是那些足夠聰慧的個體以圖畫形式為當時以及後人描繪事件、想法和物件。由此開始，每個社會中天賦出眾的成員都會用畫面來記錄事件，用符號來表示物體和表達思維，而文字，也就成了代表畫面的符號。我們現在這個充斥線路的電子時代似乎又回溯到我們重圖輕文的本源，而偉大的作家總能具象地看待我們的生活，並且找到合適的詞句，以連續的場景為讀者演出凝練的戲劇。

　　許多多產的暢銷書作家都很會玩場景遊戲。P・G・伍德豪斯（P. G. Wodehouse）用這個遊戲在超過六十年[1]的創作生涯中寫出了許多暢銷作品。他唯一的祕訣就是：搭建一個引人入勝的場景，使之成為整個故事的吸鐵石。他說：

　　　　我喜歡先設想出某個場景（不管有多荒誕），將其作為情節發展的一個端點，寫出去又寫回來，直到這個場景最後變得令人信服，而且能夠恰當地融進整個故事裡。比如在《新東西》（Something New）裡，我開始的想法是，如果有一個人在黑暗中摸到一條冰冷的舌頭——牛舌，不是人的舌頭——他會以為自己摸到的是一具屍體……這可真有意思。在書裡，故事大約進行到一半的時候，埃姆斯沃斯勳爵的祕書巴克斯

1　實際上，伍德豪斯的創作生涯長達七十餘年，此處為本文完成時的說法。

特就碰到了這種事。而我在前文做好了鋪墊，所以這個場景出現的時候，你會覺得它非常自然。

你可以像伍德豪斯那樣，從一個令人興奮的場景出發，建立起整個故事。你也可以先規畫好整體情節，再將其分解成一個個場景。每個場景都必須包含：

一、精心描寫的角色；

二、隨著事件發生不斷加強的衝突或矛盾；

三、時間界限（何時）；

四、空間界限（何地）；

五、情緒界限（該場景在故事中的確切氛圍）。

字典裡關於「場景」（scene）一詞的定義或許會對你有所幫助：

1. 戲劇中的一部分，尤其指：（1）一幕戲中的一部分，其中地點沒有變化，時間也沒有中斷；（2）表演或敘述的一部分，表現單一的狀況，或是一段對話。

2. 故事或戲劇等發生的地方，即事件或行為發生的場所。

3. 被視為完整或獨立單元的事物，比如鄉村場景、美國生活場景、嬉皮士場景……

你應該把每個場景都當作整個故事的微觀縮影。起承轉合，結尾逆轉，中間還要起起落落。

在梅麗爾・瓊恩・葛伯（Merrill Joan Gerber）的〈共舞之約〉（Invitation To The Dance）（《紅書》〔Redbook〕）裡，最根本的矛盾是渴望活

力的伊蓮，和她古板、沉悶、了無生趣的教授丈夫理查之間無話可說。由於理查沒有得到學術獎金，兩人原本計畫的義大利之行只能改成聖卡塔琳娜島一日遊。伊蓮想在島上過夜，參加舞會，加入熱烈的歡慶，再買一條印花夏威夷長裙（她想拿來當作孕婦裝）。理查很冷淡，非常掃興地認為裙子太貴，而且堅持要搭下一班船返回洛杉磯。來看看在這個精妙搭建的場景中大起大落（心理和身體的均有）的表演和逆轉吧。理查皺著眉頭，而伊蓮呢，面帶失望，在等待船班把他們帶回洛杉磯。這時，旁邊的墨西哥街頭樂隊彈起琴，唱起歌，把伊蓮拉過去，伊蓮隨著他們的指點跳起舞來：

> ……她旋轉著，扭動著，掌聲愈發熱烈。她和大家一起跺腳，感覺血液在耳朵裡鳴唱。她不知道歌裡唱的是什麼，只知道有愛，還有愛人。她會的西班牙語就這麼多。
>
> 她聽見硬幣在四周飛落，看見它們像墜落的星星一樣劃過空中。這首歌無窮無盡，每當她似乎就要踏出中心時，一個笑容滿面的墨西哥人就會靠過來，把她旋得更快，直到她變成一隻飛旋的陀螺。
>
> 在一片嘈雜中，她隱約聽到輪船的煙囪裡發出轟鳴聲。人群開始散去，急匆匆地向碼頭趕去。雖然人少了，但留下來的人反而更大聲地鼓掌，她覺得自己可能永遠沒辦法停下來。
>
> 她轉啊笑啊，不停地拍手，目光偶然掠過理查。現在幾乎就剩下理查一個人和她在一起，還有樂師和島上的幾個人，而理查正在用力地鼓掌大笑——理查已然不像他自己，盡情

地享受著。理查忘乎所以地揮舞著大張的雙臂，肌肉在薄薄的短袖下鼓動。伊蓮就知道這樣能行！伊蓮現在就像是給他們兩人鼓掌歡呼，他們都很享受，這也是理查頭一回沒有指責她行為不端。

伊蓮頭暈目眩，興高采烈——因為酒，因為音樂，還因為愛。她放慢旋轉，碼頭和人群在她眼裡像波浪一樣上下起伏。她氣喘吁吁，猛然停下，腳下一絆便要摔倒，理查抓住她的手臂。樂手們也停止演奏，齊齊鞠躬，向她拋來飛吻。她的嘴彎出一個吻，卻轉頭印在丈夫脣上。

她笑得幾乎喘不上氣來。「我們要錯過船班了！」

「我們在這兒過夜吧，」理查說，「給你買條裙子，然後我們再去跳舞。」

伊蓮想起夏威夷長裙上繽紛的花簇，說：「過夜就好。我已經在跳舞了。」

這個場景充分地展示了梅麗爾·瓊恩·葛伯靈活的筆法，她能在一個精心構建的場景中展開故事，所以不難理解為什麼她的短篇小說會正中讀者下懷。

整個故事都是透過單一視角講述時，主角對其他角色和事件所產生的內心深處的情感反應就更容易表現出來。外向的伊蓮無比渴望能和內向的丈夫有更多溝通，讓他像自己一樣，熱愛生活、快樂和激情，變成小孩子。在每個場景裡，她都想盡了辦法，然而都沒有效果，直到這一刻，她的熱情無可抑制地爆發，終於點燃並解放了丈夫。

　　給經典故事和電視劇列出完整的場景大綱，你可以學到如何安排轉折的節奏，這也是你的小說裡必不可少的。比如一個先揚後抑的場景等。無論故事新舊，這樣的技巧總是有用的。

　　亞美尼亞有一個古老的傳說「傷疤」（The Scar），說的是一位年輕俊美的王子震驚地從先知口中得知，自己將會娶一個放牛人的女兒為妻，而她的身體非常臃腫不說，還處處潰爛。他找到她，捅了她一劍，把她留在原地等死。可是刀子留下的傷口卻抽乾了腫塊，讓她獲得美貌。後來，王子毫無察覺地與她成了婚，最後發現了她腹部的傷疤，屈服於命運的力量。來看一下這個傳說中的一系列場景吧。

　　場景一，先揚後抑：快樂的年輕王子打獵凱旋，一個占卜師說他會娶一個放牛人的全身生病、肚脹如鼓的女兒；王子萬分震驚，但又不敢不信。

　　場景二，先抑後揚：他找到放牛人的破舊窩棚，找到毫無察覺的預言裡的女孩，用短劍捅傷她，留下一筆錢便離開了；他心情輕鬆，想著女孩死了就意味著他戰勝了預言，把自己從命運的手中解放了出來，也讓女孩從痛苦中解脫，還讓她的父母擺脫了悲慘的貧窮。

　　場景三，先抑後揚：女孩的父母以為女兒死了，悲痛不已，但很快就發覺她正在沉睡，而且漸漸恢復健康，越來越漂亮；王子留下的錢財也讓他們變得富裕。

　　場景四，先揚後抑：放牛人造了一間奢華的別墅，加上他女兒的美貌，眾多追求者慕名而來，其中也包括王子；王子墜入愛河，大獻殷勤，終於得償所願；他看到女孩肚子上的傷疤，知道

真相以後，才明白自己終究沒有逃過命運，而是成了它的玩物；雖然故事最後有一個「童話裡皆大歡喜的結局」，但是他的自尊和自信卻遭到打擊。

　　你在開始寫自己的故事之前，先把劇情分解成一個個場景，每一個都要有具體的時間、地點、情緒、衝突和非同尋常的角色關係。在確保所有的場景都包含這些要素的基礎上，第一個場景一定要拋出一個極具懸念的問題，把讀者牢牢地吸引住。

　　你的第一句話就要勾起人們的好奇心，比如：「你不會想到，一個一百多年前出生在新英格蘭的老處女會說出這樣的話。但她確實說了。」（琳恩・考夫曼〔Lynne Kaufman〕，〈狂野夜晚〉〔Wild Night〕，《婦女家庭雜誌》〔Ladies' Home Journal〕）。

　　通常來說，開場問題多半與故事主角有關。雷・布拉德伯里（Ray Bradbury）〈穿羅夏襯衫的人〉（The Man In The Rorschach Shirt）（《花花公子》〔Playboy〕）提出的問題是，被眾多病人視作「甘地、摩西、基督、佛祖、佛洛伊德合體」的精神科醫生伊曼紐爾・布羅考為什麼會拋下醫學，隱遁人世？瑪格麗特・博納姆（Magaret Bonham）的〈盼得半日〉（Wish For An Afternoon）（《好家政》〔Good Housekeeping〕）探究無兒無女的女演員維拉・福斯特的感情。維拉碰到一個非常崇拜她的年輕粉絲，卻發現那是她十三年前拋棄的親生女兒。伊麗莎白・斯賓塞（Elizabeth Spencer）的〈重感冒〉（A Bad Cold）（《紐約》〔New York〕）問道，為什麼一位父親避而不見自己的孩子？喬納森・克雷格（Jonathan Craig）的〈該死之人〉（The Man Must Die）（《希區考克》〔Hitchcock〕）的第一句話就挑起了我們的好奇：

他如此憎惡報紙上照片裡的那個人，以至於有一陣子那張堅毅、強硬的臉都變得模糊，彷彿被一層稀薄的粉紅色阻擋了。

約翰・哈思金・彼特（John Haskin Porter）的〈殘酷之吻〉（Cruel Kiss）（《大都會》〔*Cosmopolitan*〕）的開頭也是這樣：

她已經有了愛，於是意識到自己的人生中只剩兩大恐懼。一個是新的，另一個是舊的。

再去看看伊莎貝爾・朗吉絲・庫薩克（Isabel Langis Cusack）的〈前路未卜〉（What A Way To Go）（《麥考爾雜誌》〔*McCall's*〕）的開場。梅瓦・帕克（Maeva Park）的〈呼叫生人〉（Call To A Stranger）（《紅書》）的開場則是這樣：

女生的纖細的手猶豫地懸在撥號盤上──我還在磨蹭。我能想像某一座陌生的房子裡，尖銳的電話鈴聲劃破夜晚，吵醒主人，還可能嚇壞跟我一樣膽小的人。
「很晚了。我覺得還是別幹了吧。」我怯怯地說。
「哎，梅樂迪，不要瞎操心了！」蕾伊快活的笑聲在安靜的房間裡來回晃盪，「貝蒂和我早就幹過不知道多少次了。」

海明威的《弗朗西斯・麥康伯短促的幸福生活》（*The Short Happy Life of Francis Macombe*）的開頭是這樣：

正是吃午飯的時候，他們全坐在就餐帳篷的雙層綠帆布帳頂下，裝出什麼事情也沒有發生過的樣子。

除了懸念、人物、地點、時間和動機之外，開場還決定了整個故事適合什麼樣口味的讀者。以下段落來自瑪麗‧E‧巴特（Mary E. Butt）的〈另一場婚禮〉（The Other Wedding）（《女主人》〔Chatelaine〕），開頭的語氣就是女性化的：

新娘的母親阿萊恩身子一顫才猛然回過神來。她太震驚了，獨生女兒的婚禮竟然會因為這麼一件煩人的事情蒙上陰影。

而下一篇開頭的語氣是男性化的——《花花公子》所登短篇小說那種奪人眼球的開場（威廉‧F‧諾蘭〔William F. Nolan〕，〈伎倆〉〔The Pop-Op Caper〕，《花花公子》）：

房間裡全是金髮裸女。整整一打，橫七豎八地倒在浸滿鮮血的波斯地毯上，像極了一堆壞掉的大號漂亮玩偶。瘦長臉的小子，紫色眼珠，兩隻殘廢的拳頭各握著一把冒煙的霰彈左輪，飛快地向我衝來。五分鐘之內，十二個天生的金髮妞兒死在他的槍口下，我是下一個。

這小子在笑。他咧開帶疤的薄嘴唇，露出尖利的細小牙齒。天，他好醜！我兩隻手臂都動不了——之前就分別中了他一槍。我竭力對他踢出一腳。踢空了。他一拳結實地砸在

我臉上。兩把槍都對準我的腦袋。

瘋狂的紫光在他眼裡跳躍。然後,他仍然咧著嘴笑,開了槍——我的頭被炸成一團躁烈的紅焰。

此時,我要麼死了,要麼是做夢。但我沒死。

這兩個開頭各有味道。〈另一場婚禮〉的風格偏女性,而〈伎倆〉的故事主題更適合男性讀者,但二者都帶出懸念和貫穿整個故事的尖銳衝突,衝突在最後的場景中令人滿意地得到化解。

在這兩篇短篇小說裡,主角憂心於衰老或者成長,最後都經歷了充滿象徵意義啟示,或是真相揭開的時刻。在佛羅倫斯·英格爾·蘭道爾(Florence Engel Randall)的〈初寒〉(First Chill)(《紅書》)裡,脾氣暴躁的丈夫擔心,在夏天結束,也就是九月二十三日的秋分來臨時,自己的男子氣概和活力也會一併終結。(這個可憐人顯然正在經歷女性小說容易忽略的一種痛苦:男性的更年期。)當秋天的初寒降臨,夏天的運動、歡樂和溫暖已經危在旦夕時,他也變得更加抑鬱。而他的妻子是個很會給人打氣的人,她在最後一個場景中對他進行了開示:

　　我看著丈夫,非常輕聲地說:「秋分的真正定義不是你說的那樣。」

　　他很迷惑。「就是夏天的結束啊,」他說,「誰都知道的。」

　　「是夜晚和白天變得一樣長的時候,」我說,「是一個季節的結束,另一個的開始。」

　　「噢,」他說,「是這樣嗎?」

他用手背輕輕蹭了蹭我的臉。那天晚上，天變得很冷，他關上所有的門窗，輕柔地吹著口哨，調高了暖氣。

在拉爾夫‧麥金納利（Ralph McInery）的〈女大二十五〉（When A Girl Is Twenty-Five）（《好家政》）中，珍同樣很憂鬱，因為她過完生日就會「感覺自己有四分之一個世紀那麼老了。」她覺得在生命的長廊裡，為更年輕的女孩打開的門已經在她面前關上──尤其是她愛的男人（馬特）顯然對她愛理不理。她對馬特念念不忘，不斷拒絕查理的邀約。在最後一個場景中，情節來了個反轉，漫不經心的馬特給她打了一個冷冰冰的電話，於是她決定和真誠關心自己的查理共赴晚餐：

> 「稍等一會兒，讓我梳個頭。」她盯著浴室鏡子裡自己的影子。如果生命是一條長廊，長廊兩邊會有許許多多扇門。而那扇屬於她未來的門，卻一直被她關著。她走回客廳，吹滅蠟燭。
> 「你許願了嗎？」查理問。
> 「差不多。」
> 查理為她拉開門，兩人一起走出去。她發覺自己和查理一直都在笑。

每種類型的小說都會把啟示安排在最後一個場景中。相比流俗的快餐之作，高級小說帶出的啟示通常更為真實，或是更加深刻。〈波比〉（Bobby）（約瑟夫‧懷特希爾〔Joseph Whitehill〕，《大西洋

月刊》〔*The Atlantic Monthly*〕〕說的是單身漢約翰‧迪米特的姐姐弗蘭茜雖然嫁了一個好人,但他們的婚姻「感情冷淡,死水一潭」,他們已經打算離婚。約翰很替姐姐難過,便帶著十二歲的外甥波比去釣魚,想讓他開心一點。接下來一系列精彩的場景寫出了波比的頑劣和無禮。他故意表現出的叛逆、自大、令人緊張的好奇心和飛揚跋扈,讓我們越來越清楚地看到他的形象,還有越來越不耐煩的舅舅的形象。最後兩個場景說的是波比故意搗亂,阻撓約翰和愛人凱西‧布琳親近(凱西是一位寡婦,同樣被難馴的子女折騰得夠嗆)。在最後一個場景中,波比因為吃得太撐而難過地反胃,又因被太陽晒傷(因為沒聽約翰舅舅的話)而大哭大嚷,還有一些撒嬌耍賴的花招。留意所有這些要素怎樣營造出高級小說的啟示:

　　「天啊,她還在這裡嗎?」波比說。

　　約翰立刻站起來,走到這小孩面前。他抓住波比熱烘烘的細胳膊,把波比帶到床邊,按倒在床上。「晒傷膏給你了,你自己塗。不要再開門了,聽見了嗎?」波比把臉埋進枕頭,尖聲大哭,全身發抖,床都晃動了。

　　約翰將連通兩個房間的門重重地關上,波比在哭叫中都能聽到。接著約翰走向站在床尾邊、面帶關切的凱西。約翰用力地吻她,她很驚訝,鼻子大力地吸氣。然後,約翰給她做了一杯高球酒,讓她靠著自己在床上坐下來。「別出聲,等一會兒。」他說。男孩的尖叫和抽泣聲隔著門都能聽得清清楚楚。約翰拿起電話,給接線員報了塔爾薩市的一個號碼。

電話鈴響了又響，約翰伸手摩挲凱西背後兩塊肩胛骨中間的地方。「喂？喂，弗蘭茜？是我，約翰。你醒了嗎？對，我知道很晚了。去他媽的……你聽我說，弗蘭茜。聽好。你的婚姻問題到底出在哪兒了，我現在懂了……」

高級小說帶出的啟示一般和商業小說大相徑庭。一對父母的爭吵最終會由於兩人對孩子共同的愛而平息，「是孩子帶領著他們」這樣的陳舊主題昇華而出，這是通俗女性讀物會講的故事。但這篇小說的啟示是「是孩子帶領著他們走進痛苦……或者離婚」。更為誠實，也更契合這個放任成風的時代——波比這樣的怪物正是拜其所賜。並且，我們還能從中讀出一點額外的啟示，也就是「當局者迷，旁觀者清」的道理。

小說的最後一個場景還必須提供一個解釋，把所有的線頭和繩結都收攏到一起。通篇小說中，重點要一直懸而不決，牢牢吸引讀者，直到最後的高潮將懸念一一解開。在傑拉德·格林（Gerald Green）的〈調度員〉（The Dispatcher）（《花花公子》）中，軍方的一個代號叫M. A. C. E. 的機構既能大顯神通，又能帶來災難，引得一眾角色心神不寧，也影響著情節的走向，直到最後這個場景：

「上校，你有沒有聽說過一個叫M.A.C.E.的機構？就在戰後那陣子？」

「M.A.C.E.？啊，我想起來了。很久之前就廢棄了。我們只用過很短的一段時間。是個實驗性的項目，相當粗糙。那個時候我們成天瞎擺弄。」

「這幾個字母代表什麼意思？」

「軍方及民用工程（Military and Civilian Enterprise）。一點兒也不神祕。」

「被廢棄了？」

「很自然。我們今天有更加精密的系統。數據處理、線路規畫，所有操作都是電腦化的。必須承認，華盛頓那幫人幹得真漂亮。你說的M.A.C.E.！老天啊，那套老牛拉破車的操作，我好多年都沒想到過了！」

除了啟示和解釋，你還可以在高潮場景裡加一點意料之外但符合角色設定和故事發展的東西。G・L・塔索涅（G. L. Tassone）的〈三一二號房〉（Room 312）（《花花公子》）就是個不錯的例子。為人暴虐、好色、吝嗇、肥胖又邋遢的山姆・韋伯斯特擁有一家破爛的賓館。這家賓館裡意外地出現了一間神奇的三一二號房。任何住進這個房間的客人都會不留痕跡地消失。山姆自然不會放過這個機會。他把房間租給那些想要解決掉什麼人的客人，並且最終用這個房間擺脫了自己肥胖的中年老婆希爾達。之後，他驚訝地看到老婆在格羅夫劇場的歌舞團裡跳舞，看起來和三十年前一樣。她身材苗條，可愛至極，而且優美的舞姿正像她婚前一直渴望的那樣。這下山姆明白過來，三一二號房會讓人轉世成年輕時的樣子，而且實現終生渴望的夢想。於是他懷揣著成為足球健將的夢想，走進三一二號房。意外來了：

……他轉動鑰匙，走進黑暗的房間。他躺到床上。等待。

他時不時會看一眼手錶上的螢光表盤。足球、校園、歡呼的人群在他腦海裡翻騰。

突然，一道奪目的光伴隨著震耳的音樂襲來。他站著，感覺到自己的手腳正在動。終於，他從耀眼的白光中勉強能夠看清其他人的臉孔。他的四肢仍然在瘋狂地擺動。一個個俊美的年輕男女圍在他身旁，全都在跳舞。他看向自己的腳。那雙年輕又健美的雙腿，正跟著音樂的節奏躍動。他現在全明白了。他們成了舞者。他們全都在跳舞。山姆・韋伯斯特正在格羅夫劇場的舞臺上跳舞。

為了保證最終場景裡有這三要素：啟示、解釋和意外，你應該將這三要素提前構思並寫出來，加入到場景描寫的必備五要素之中：突出的角色性格、矛盾衝突、地點、時間和情緒基調。規畫好每個場景的內容，保證在推進故事時，場景不會重複。既然所有場景都包含整篇小說最基本的衝突，你必須調整場景的起伏——一段上揚，一段下抑。

矛盾的主體可能是互為對立的角色（英雄與反派，或相反想法的對抗）。許多古老的經典小說裡，正義與邪惡——或者說上帝與惡魔，爭奪英雄的靈魂。一方在一個場景中占了上風，但在下一個場景中又落敗。可以想見，如此一來，懸念會一直抓住讀者的心，令他們不停地猜測最後誰會取得勝利。

這招依舊奏效。實際上，固有的道德觀念方便我們將對立的價值觀賦予不同的角色。比如在艾薩克・巴什維斯・辛格（Isaac Bashevis Singer）的〈公主之爭〉（A Match For A Princess）（《紅書》）這篇

小說裡，好運氣（希伯來語：Mazel）和壞運氣（希伯來語：Shlimazel）爭奪著掌握英雄命運的權力。你應該很容易就能想到將這個基本模式套用到你自己的角色、矛盾和適時問題上，比如世代衝突、公民權利、國際和平、當年的政治話題，或是為迎合一本雜誌與市場而設的主題等。定下一個難解的根本性矛盾，就可以在各個場景中埋下形式不一的爆點。休・巴內特・凱夫（Hugh B. Cave）曾經出版過一系列短篇小說，說的是家長內心掙扎，不知道應不應該相信自己正值青春期的兒子。

在瓊恩・威廉姆斯（Joan Williams）的〈帕里亞〉（Paria）（《麥考爾雜誌》）中，飲酒的欲望和矛盾情緒撕扯著露絲・帕克的靈魂。她十六歲的女兒辛西亞不願和她溝通，她的丈夫迪恩公開表示對她不滿，還有橋牌俱樂部裡不懷好意的婦人們，這一切都讓她備感挫敗。每當她在一個場景中遭到白眼，自怨自艾的心情就會滋長，她酒也喝得更多。她覺得自己唯一的盟友是小兒子皮特，因為他年紀尚小，還不能理解世故，也不會對她不滿。下面這個場景始於上揚——她和皮特快樂地跳著舞；結束於下抑——丈夫迪恩橫插一腳，大罵一通，把她趕出了飯廳。

> ……迪恩來的時候，她正在給皮特唱著關於孤獨的歌……皮特大笑著。她抱起皮特，舉到齊眼高，把他當成舞伴，在飯廳裡跳起舞，嘴裡還哼著布魯斯：「誰還在意星星閃亮的天空——當你的愛人啊已經不在。」她和皮特動靜太大了，所以都沒聽到迪恩的車子回來，也沒聽見他走到家門口。
>
> 迪恩突然出現在飯廳裡，而她還以為迪恩生病了。迪恩

臉色蒼白，掛著暗沉的眼袋。他兩大步就跨過房間，抱過皮特，放下來，然後質問她晚上十點半還不讓孩子睡覺是想幹什麼。皮特已是穿著睡衣，一溜煙跑掉了。露絲聽到皮特跳上自己的小床，彈簧發出嘎吱聲。懷裡的皮特突然被奪走，讓她一下子靠在牆上。她站在那兒，暈頭轉向地喘著氣，但還在大笑。她笑得那麼厲害，只能蹣跚地走向餐桌。

「立刻去睡覺。」迪恩說。

「我為什麼要去睡覺？」她負氣地說，朝樓上的房間走去。「就因為你是個死腦筋，」她突然很想吶喊，於是嚷了出來，「死腦筋自己晚飯前會喝一杯，卻不讓別人喝兩杯……」

顯然，自憐情緒，以及認為自己沒錯而是丈夫有愧，只會讓露絲越飲越凶。而下一段是一個先抑後揚的場景。橋牌俱樂部的一場午宴被她的貪杯給搞砸了，她喝得爛醉，睡了過去。

……辛西亞拉開床單，問：「媽，皮特去哪兒了？」

她坐起來，在梳妝檯的鏡子裡看見一個頭髮蓬亂、眼泡浮腫的女人，縮在一團皺巴巴的綢緞睡衣裡。今天星期幾，現在幾點？她睡過了頭，又沒有趕上早餐。

「媽，皮特去哪兒了？」辛西亞問。

「他不在床上嗎？你去叫醒他沒有？」

辛西亞大叫：「現在都快晚上七點了！他是不是去別人家了？」

她搖搖晃晃地站起來，想要取下手鐲。冷風掃過地面，也

沒過她的腳背。她回想自己爬上床的時間，那個時候皮特應該已經回家了。她沒辦法，只能老實說：「我不知道他在哪兒。」

她想著皮特可能在雪地裡，才意識到皮特比嬰兒大不了多少。為什麼她沒有早點發現？外面夜幕沉沉，正是冰天雪地。

女兒辛西亞淚如泉湧：「媽，你怎麼能不看住皮特呢？」

她穿好衣服，走下樓梯，一手拎著鞋子，另一手扶住欄杆。在客廳裡，她穿上鞋，想著該打電話叫警察來。那一刻，她看到警察來時會看見的景象。餐桌上全是沒洗的盤子，沙拉化了，一隻貓正在舔白乳酪。廚房裡酒氣沖天，立著一個空的伏特加酒瓶，還有四個喝過的杯子。在一個有孩子、丈夫就要回來的家裡，沒人準備晚飯。一個念頭狠狠地擊中她——她該照顧好皮特的生活。要是他被殺了，受傷了，殘疾了，凍壞了，沒有人能原諒她。任何藉口都沒用。

「你要幹什麼？」辛西亞問。

「我要報警。」她的手摸到電話上。就在這時，電話鈴響了，是鄰居打來的。聲音聽起來很遠，很冷淡，說她在街上看到皮特沒穿靴子，就把他帶回了家，還以為帕克太太很快就會到家。

她朝辛西亞比了個指頭，示意她穿上大衣，並悄聲告訴她皮特在哪裡。她眼眶含淚，辛西亞抱著靴子，猶豫了一會兒，然後抱住她，鬆了口氣。「我女兒現在就過去。」她的聲音不再有半點渾濁。雖然她道了歉，但電話另一頭的沉默讓她明白，古德溫太太對皮特媽媽的印象，看來已經沒法改變。

但親人們會看到她的變化的,她想。

在以上兩個場景中,作者點出兩個對立的方向,一個是繼續酗酒,另一個是改過自新。皮特走失的危險讓露絲動了悔過的心思,但並不現實,因為問題的本質不在於此,所以我們需要一個最終場景,加入新的想法:她要正視酒癮,認識到悲慘的原因不是別人而是自己,以及她需要他人的幫助。迪恩到家時,她已經把家裡收拾好了,正在做晚飯。她鼓起勇氣跟他坦白:自己搞砸了橋牌俱樂部午宴,還有後來一整天的事情。這也是小說裡她頭一次承認自己的過錯:

> 「我喝多了,就睡著了。」她吞吞吐吐。但迪恩的眼睛瞪大了。「皮特也丟了,但我們找回來了。我不想再發生這樣的事了。」
> 「你打算戒酒了嗎?」
> 「對,但我做不到。」
> 「你怎麼知道?」
> 「因為這會兒你要是不在,我會立刻喝一杯。」
> 迪恩從房間那頭走過來,雙臂抱住露絲。但一到明天,這愛意也約束不了露絲。露絲覺得很可怕,居然有比愛更強大的東西。
> 迪恩說,他會陪她去尋求幫助。她繼續做飯,迪恩也洗乾淨了手。露絲聽到旁邊的房間裡,孩子們正跑來跑去,等著開飯。為了讓生活更加刺激,她徹底地逃避了生活⋯⋯

　　一篇小說裡應該有多少場景？我倒是希望有人能告訴我答案，比如每一千字算作一個場景，但每個場景的數字是不定的，完全視乎故事情節以及讀者口味，男人的故事和地攤小說通常比女性鍾愛的通俗讀物或高級小說擁有更多的動作和場景。但不管場景有多少，每個場景有多長，從頭到尾都要有情節和人物關係上的起伏，也必須包含五種要素：鮮明的角色，漸強的衝突，時間界限，地點界限，還有情緒界限。

　　動筆寫小說之前，一定要先擬定出各個場景的完整藍圖，如此，作品成功大賣就有希望了！

用場景來檢驗你的故事

弗雷德・格羅夫
Fred Grove

　　我聽過缺乏耐心的初學者們嘲笑戲劇性的場景讀起來賣弄又做作，然而，如果善加利用，場景可以發揮不可或缺而又有益的作用。

　　場景的好處數不勝數。它會賦予你的小說結構和連續性，可以處理章節之間的斷裂，而許多年輕的小說家都為這個問題痛苦不堪。它會推進角色和情節，並且場景間的轉換體現了時間的流動，使得角色的變化因為有時間作為參照而更加可信。

　　用戲劇性的場景來檢驗你的故事是非常可靠的一個辦法。假設你察覺到故事的情節陷入停滯，那麼也許場景能幫助你發現哪裡出了問題。也許是情節太順利，沒有足夠的阻力。也許你在寫作時覺得某個場景產生了作用，實則不然。也許你的角色只是在等待事情發生，而沒有主動地去迎擊他的問題。再或許，你的角色沒有受到任何威脅或者遇到任何危險。

　　我建議，把下面這個配方印出來擺在手邊，並且記在腦子裡：

一、會面——對立的兩方力量會面。記住,這兩方力量或人物必須發生碰撞。一定要有情緒。

二、目的——每個場景都要有目的。

三、角色互動——可以包含這些要素:嘗試詢問或尋找訊息;告知,或傳達訊息;透過論證或邏輯來征服對方,使之信服;勸說;影響,吸引;強迫。

四、結局——勝利、失敗或放棄。

五、引出下一個場景的後續或者後果(事件的狀態;心智的狀態)。

你會注意到,「角色互動」中的前三項是以理服人,後面兩項是訴諸情感,最後一項則是使用強力。

下面的例子是一個有力的場景,涉及當下廢除死刑的運動。一個年輕人因為謀殺罪而即將被執行死刑,假釋委員會的意見是處以監禁,但地方長官拒絕假釋委員會的意見。

所以你可以想像出這個場景:

會面——假釋委員會主席與地方長官在州議會見面。

目的——主席的目的是說服地方長官將死刑改判為終生監禁。理由呢?其一,主席認為犯人已經悔改;其二,他認為剝奪他人的生命是不道德的;其三,他認為死刑對犯罪的威懾作用並不顯著。

角色互動——兩人你來我往,爭論不下。地方長官表示,法庭已經做出判決,而他本人曾經起誓要維護本州法律的地位。劍拔弩張。

結局——地方長官再次拒絕假釋委員會的意見。

後續——主席生氣地離開，決定要求本州的立法機構成員廢除死刑。這就引出了下一個場面。

因此，你會看到後續的功能是顯示角色對剛剛發生的事情的反應。它還啟動了他對下一個場景的用途，並形成了場景之間的連接或過渡。

已故的 W・S・坎貝爾（W. S. Campbell）多年前在奧克拉荷馬大學創立了專業寫作課程，他本人也是場景寫作的箇中好手。他描述了三種場景，每一種都包含需要克服或避開以下三樣東西之一：障礙或壁壘；對手；災難。在第一種場景裡，比如，下了班的警察沒法逮捕罪犯——障礙就是他沒帶左輪手槍；一列火車沒法擺脫打劫的科曼奇人——壁壘就是奔騰的河流。

在第二種場景裡，你的角色會和一個致命的人類反派對抗，這也是最常見到的場景。這種場景會討論到人的動機。人與人的衝突總是效果最好的。

在第三種場景裡，你的角色要避開某種危險的災難。比如，一個空軍士兵自告奮勇去清理滿是啞彈的越南空軍基地。再比如，一場威脅到財產的洪水或火災，或一場有損聲名的災難。有時候，一個人為了抵擋災難而做出的努力，要比他為了克服障礙或者戰勝對手而經受的苦難更加有趣。

要想場景有戲劇性，就需要安排對立的角色。而且，你必須讓角色的目標產生交集，但在此有一個古老的警鐘：沒有什麼比意見一致的對話更無聊的了。進一步來說，如果你選擇的角色出身不同，導致他們的背景和天然形成的價值觀不一樣，所以他們

從一開始就無法理解或是同意彼此，讀者的興趣就會更大。C·S·佛雷斯特（C. S. Forester）的小說《非洲女王》（*The African Queen*）中就有一個很好的例子。露絲·賽亞是一個恪守教義的女人，而查理·阿努特是一個愛喝杜松子酒的英國機械師，兩人為了生存而在非洲的叢林中歷盡艱險。

　　在一個場景中，任何有助於實現目的的嘗試都是促進力量，而任何希望阻止這一目的的努力都是障礙。場景寫得好，就會展現出二者的交錯：有節奏的一進一退。一方朝著目標前進，另一方阻止其前進。一個角色拚命地想要實現一件事，而另一個人會拚命地阻止。面對面的談話，兩個人之間的殊死角力，一人占了上風，另一個人立刻後來居上……這些都生動具體地表現出這一點。

　　有時候，你的短篇小說可以用場景而不是描寫來開頭。我寫過一篇短篇小說〈勇敢點兒，小子〉（Be Brave, My Son）（發表在《少年生活》（*Boy's Live*）上，之後被選進丁香盲文出版社的《少年生活：盲文版》），開頭就是一個場景。小馬是一個瘦弱的印第安科曼奇族人，正在一列高速飛馳的火車上和其他平原印第安人一起被送往佛羅里達的監獄。時間：十九世紀七〇年代。火車眼下正在密西西比河東岸。開頭是這樣的：

　　　　悶熱的火車車廂裡，小馬在濃煙和灰燼中喘息著。陌生的白人世界從車窗外掠過。他失神地望著窗外，想起明媚的天空中劃過的矯健雄鷹，還有芬芳草原上翻滾的草浪，拱起遠方青嵐氤氳的山巒。

他轉回頭。守衛重重地踏在車廂走道上，仔細檢查每一個印第安人，同時在黑皮本子上做記錄。

小馬的目的是逃出去，想辦法回到西南方的家鄉。為了這個目的，他必須使用強力。不僅要解決手腕上的鐐銬，不被察覺地溜下火車，更困難的是，他想到也許要永遠拋下夥伴時，決心便有些動搖（障礙）。但小馬仍然行動了。他拚命把細瘦的手從手銬中掙脫出來（推進）。

然後，他有些不情願地拉起毯子矇住腦袋，頭一低，撞出玻璃窗戶。

接下來又是一個障礙。他撞暈了頭，一時半會兒爬不起來。耳畔傳來靴子踏在鐵路路基上的聲音，他竭力爬起來，跌跌撞撞地逃進夜幕中（結局）。後續發展帶出下一個場景：

直到躲在灌木叢裡喘氣時，他才明白自己已經自由了（心理狀態）。又過了一陣子，燈籠也看不到了，火車開始發出突突聲。他轉過臉，面朝西邊，沿著鐵軌走。

有時候，你的角色互動也許只有一種形式，並且很顯然，一個場景的結局也只可能是三種結局之一。並且，會面的重要性可能高於目的。不過，總而言之，你應該在看每個場景時心裡都想著場景的目的和衝突。

有目的而沒有衝突，那麼你寫的就是插曲，可以用來連接兩個戲劇性的場景，或是作為刻畫角色的方法。比如，兩個朋友在

街上碰見了，一個人有事要問，而另一個人毫無異議，直接告訴了他。

那要怎麼創造戲劇性場景呢？我的建議是，用場景來思考，把你的小說看作是一系列場景的集合。動筆之前，你可以在腦海裡想像出一個具象化的場景，再把它寫到紙上，不需要太精細。

然後自問，這個場景有說服力嗎？列出所有的目的。我的英雄要做什麼？他為什麼會落到這般田地？我為他設置的這個窘境足夠困難嗎？會有人以這樣的方式來行動或是做出反應嗎？他的動機足夠強烈嗎？他的心理狀態如何？有什麼重要的事正在千鈞一髮之際嗎？想像他用什麼姿態來表達情感，而且是具有個人特色的姿態。

你可以用一張紙來做這件事，長短皆可。不要帶著評判的眼光去看自己寫下的東西，直到你把你能想到的所有東西都放進去。然後就可以開始寫了。如果你有了一個會面，或者一個目的，這就是你的開頭。通常目的就會引出會面。很多場景敗就敗在沒有目的上，原因也很簡單，作者沒有給角色一個需要達成的目標。主角們因此沒有任何值得拼盡全力去獲得的東西。

另外一些場景失敗，是因為新手作者太輕易地略過了各個步驟，而沒有完全釋放出戲劇張力，讓讀者的期待落空了，他因為疏忽，所以沒能從情境裡擠出所有情緒。一個長場景，比如一部長篇小說裡的場景，可以讓你把角色互動的所有形式都用上，並把角色的性格寫到極致。

試著以戲劇場景來作為參考吧。如果你還不熟悉它的結構，它會把你帶去你從未涉足的地方。它會給你的寫作與情節提供形

式和方向——當然，前提是你願意經受必不可少的自我訓誡，清
晰地理解它的可能性。

PLOTTING

情節

情節於當今小說中的地位

R・V・卡希爾
R. V. Cassill

　　情節是構成小說的眾多要素之一，但是讀者從來看不到它最純粹的形態。因為出於對小說整體性的考慮，情節會被剪裁取捨，以配合其他要素。

　　然而在某些故事裡，情節過於浮誇，其他成分也被作者輕率潦草地隨意布置。不過我們也不能一概而論地認定，這樣的小說必然質量低劣（雖然普遍而言確實如此），因為對情節的強調是基於小說的概念，基於作者非說不可的東西。

　　有時候，情節相對其他要素過於次要，以至於幾乎不能體現出表達或串聯全篇的作用。情節只是一個衣架，掛著更有價值的貨物供人欣賞。還有一些作品——尤其是當代的一流之作——作者苦心孤詣地將情節與故事裡的其他諸多線頭織成一片，只有特意仔細勘查才能發現情節的存在。

　　比方說，我可以想像到，一個心思敏感、反應靈活的讀者在看了吉恩・斯塔芙（Jean Stafford）的〈動物園中〉（In the Zoo）之後，

也許能夠感受到小說的衝擊，領會大部分的內涵，卻不一定能意識到情節的存在。這位讀者興許會說：「這篇小說只是描述了兩個女人一段難過的童年回憶。一個典型的《紐約客》故事，靠的是上佳的文筆，還有對傷心事毫不避忌的描繪。」

因為有這樣的讀者，我們不妨認為，情節在不被察覺的情況下完成了任務。也許對於作者技藝最高的評價莫過於，她把最核心的表達手法隱藏得實在太成功了。

這個故事的情節之所以含蓄如斯，是因為情節的起點並不在故事的開頭。故事的第一個場面就是情節的尾聲。只有當故事進入倒敘，提到亞當斯鎮時，我們的注意力才被悄然地拉回到情節真正開始的時間點。

把一個精心編織的故事條分縷析，抽出情節線頭單獨檢驗會顯得有辱斯文。但這也許是證明情節確實存在的最簡單辦法。

大體上，〈動物園中〉的情節是這樣的：兩個成了孤兒的姐妹來到一個小鎮，寄宿在普雷瑟夫人家。普雷瑟夫人獨斷專橫又自以為是的管束，讓兩姐妹生活得非常悲慘。於是，她們和墨菲先生交上朋友，暫時忘掉痛苦的生活。墨菲先生在小鎮上如同聖法蘭西斯的化身，充當動物們的守護神。他由於看到兩姐妹被普雷瑟夫人玩弄於股掌間而痛苦不堪，送了她們一隻小狗，供她們排遣寂寞。然而，由於在普雷瑟夫人眼中，對人或者動物天然的喜愛就等同於攻擊她古怪的清教徒主義，她便把那隻可憐的狗馴化成自己的翻版，摧毀牠和姐妹倆之間的關係。於是，墨菲先生發現自己的善舉被這個老巫婆破壞了，便帶著兩個孩子，像堂吉訶德一般找上門。

由於墨菲先生膽敢反對她陰險（然而強大）的暴虐，普雷瑟夫人指使品行敗壞的狗跑去咬死墨菲先生的猴子香儂。

這番不講道理的惡行讓老好人墨菲深受刺激，促使他毒殺了那條狗。由於普雷瑟夫人的詭計，墨菲先生心驚膽戰，便再也沒有辦法代表正義。墨菲先生成了這次反抗舉動最大的受害者。他殺掉一隻自己必須愛護的動物，因為他不知道還有什麼辦法能夠打擊堅不可摧的普雷瑟夫人。

姐妹倆由於被迫目睹了墨菲先生可怕的失敗，只能屈服於普雷瑟夫人不可戰勝的淫威。（「逃跑是我們唯一的念頭，但我們又能去哪兒呢？」）墨菲先生如果是錯的——錯在殺掉那條狗，但顯然是被普雷瑟夫人逼迫的——那麼這兩個女孩，因為毫無保留的同情而與他站在一邊，自然也是錯的。（「……夫人……把我們困在罪惡感之中。」）

於是，正是出於這種罪惡感，女孩們變成普雷瑟夫人的同謀，並且這種挫敗感令她們痛苦不堪。她們無論多麼後悔成為從犯，多麼悲傷於這樣的轉變，也必須認識到自己是什麼樣的人。

這一認識的出現，就是情節的終點。

這便是斯塔芙小姐的小說裡最核心的情節。對我來說，這個情節有力而又恐怖——用亞里斯多德的話來說，它會激起「遺憾和恐懼」，哪怕我用這麼乾巴巴的方式將其複述出來。

這難道不是一個關於所有反抗的殘忍寓言嗎？堂吉訶德故事的一個悲慘改編版——堂吉訶德一般的墨菲先生所做的無外乎把自己的追隨者獻給邪惡的巫婆。而在塞萬提斯的小說裡，有多處暗示，不管怎樣，這位愁眉苦臉的騎士還是靠著一腔不可戰勝的

愚勇，完成了自己的救贖。

任何一個對現代戰爭有所關注的人都會意識到，這個情節也在尖銳地提醒我們：在征討這個時代的暴君的路途上，正義的士兵最顯耀的功績就是屠殺暴君座下的受害者。

是的，我們一旦忍痛將其分離出來，這一「幾乎無法察覺的」情節，在任何一種現實中都非常具有衝擊力。

那麼作者為什麼，又是怎麼把情節掩藏起來的呢？首先，她是怎麼做的？

一、將故事的開頭和情節的起點分離。

二、允許情節——雖然其核心是緊實且連續的——不時淡出焦點。讀者可以近距離地看清楚其中一部分。而另外的部分，也許也是交代得最多的部分，就會曲筆婉書，或是迫使讀者盡力揣度才能領會。事實上，兩個女孩轉化成普雷瑟夫人邪惡同謀的過程，也是整個情節裡最重要的部分，但不像墨菲先生與猴子的那一段情節那樣平鋪直敘。

三、變換敘述的節奏，讓其與情節的節奏相異。允許故事出現分支，描寫次要場景，以及與情節發展的前後因果沒有太大關係的場景。墨菲先生朝戲弄鸚鵡的小男孩扔石子的段落寫得很棒——但不在情節之內。關於普雷瑟夫人對待房客們的一些細碎描寫也在此列。

四、在開頭和收尾的段落裡建立一種腔調（將長段的倒敘「封裝」起來），讓其與情節體現出的殘酷宿命論形成諷刺性的反襯。

其次，為什麼要對情節的焦點和重點進行這樣的錯置？（在

尋找這種特別安排的理由的過程中，我們能夠一窺作者謀篇布局的方法。當然，我們可能永遠也沒法確知，有多少選擇是特地為之，又有多少是直覺的驅使。我們能做的只是有理據地猜測，哪些素材經過了作者理性操控。）

一、故事的開場安排了一些引人入勝的線索，暗示我們接下來會碰到的情節的意義。開場與結尾在時間上是連續的，所以這個開頭實際上隱含了情節的終點，讀者此刻還不明所以，但通讀全篇之後就會恍然大悟。這種處理手法相當於設下一個懸念：在開場暗示之後情節的走向，直到情節亮明目的。作者彷彿在說：「看，彈孔在這裡。那麼接下來，我帶你去那邊把剛才那一槍重演一遍。」

二、這個故事裡的情節涵蓋面很大。如果透過一個個、一組組場景的發展，將情節的所有部分都清晰地呈現出來，意味著會拉長故事的篇幅，也許能寫出一部長篇小說。作者用一段情節向我們展示了一種模式──這種模式在其他段落中不斷地重複、加強，要麼是大略提及，要麼是完全交給讀者自行想像。多虧這一精妙的手法，作者解決了如何壓縮篇幅的問題，不然這部作品一定會變成長篇小說。墨菲先生和普雷瑟夫人的會面發生時，我們便理解了這個故事裡最核心的模式。故事接下來的任務就只是明確地指出，這個模式會不可避免地不斷重複出現。我們說兩姐妹的轉變是情節中最重要的環節，並不是指它寫得詳細具體，以至於代表了文中可以被具體描寫的所有內容。這一轉變相當微妙──我們面對這種微妙的方式，在現實中和在故事裡差不多，主要透過推測來掌握，而非觀察具體行為。因此，作者的高明之處

在於，一旦情節的模式清晰之後，她就把姐妹兩人的轉變過程留給我們去推測了。

三、既然作者已經決定讓讀者靠推斷來拼湊起情節的主體，那她似乎就有必要以充沛的細節來包覆那些可以具體描寫的情節段落，賦予其繁複的外觀，而在這外觀之下，情節單一的核心模式一直重複著。由於作者有意不將很多情節明說出來，那麼所有偏離主線情節的段落都相當於對這種留白的補償。她依賴讀者的想像力來填充畫面上的空白。同時，她要刺激讀者想像出讓人眼花繚亂、目不暇給的內容，以免他們意識到情節正在像一具具不通人性的機器一樣運作著。生活確實在我們眼中呈現出五彩斑斕的表象，儘管我們的眼睛習慣於從目之所及的一切事物之中讀出單一的意義。由於作者把延展性如此之強的情節壓進一篇短篇小說裡，敘述節奏的變換就是另一種補償手段。

四、換個角度來看，開場和結尾那種輕佻、嘲弄、幾無悲劇色彩的腔調，將這篇倒敘小說中「荒涼的悲劇」意味置入一種語境裡，我們可以將這種語境視為整個人生的縮影。冷酷像汙跡一樣滲進兩姐妹的人生。我們理應認為，她們倆所經歷的每件事情都在某種程度上被普雷瑟夫人打下了烙印。然而，我們難道會認為，作為主角的兩人從來沒有過既不好也不壞、既不開心也不傷心的時刻嗎？從某種程度上說，詛咒一直都在。在小說裡，這種詛咒的「程度」時高時低，作者便是用這些痛苦的經歷消除讀者的戒心，實際上加強了自己的表達。一個直截了當、不加潤色的情節概述也許確實會讓我們震驚不已、過目難忘，但我們難道不會因此在心底有所保留，忍不住抗議嗎？「哎，不可能糟糕到這

種地步的。」作者也許由於預見到這種心理，便利用了這一點。這樣她還可以說：「比你能想到的還要糟啊……」

實際上，我感覺，在這篇絕妙的短篇小說裡，一切針對情節做出的調整與遮掩都為全文增色不少。理查・威爾伯（Richard Wilbur）在一首詩裡說過：「被輕掩的，被理解得最深。」輕薄的偽裝，還有情節裡刻意留下的溝壑，將這篇短篇小說寫活了，烙進了讀者的心裡。

值得稱道的另一點是，這樣的做法加強了故事的真實感。真實感雖然與情節沒有直接的聯繫，但其自身便具有價值。因為，一個情節完全暴露的故事不可能讓我們認為，自己所讀的東西描繪了我們經歷過的生活。

此外，我們在小說的某一處理解了作者的手法時，就會感覺到一種完全出於審美的激賞。除了小說的內容，情節的活動和隱藏、形式的建立與消解，還有高度協調的進展，讓我們讀之心喜，彷彿在欣賞一群精心排演過的舞者在舞臺上表演。這位作者所進行的精密控制，有如敘事方面的「編舞」。

談論一件事時，是應該在認識到給出定義的必要性之前先展開討論，還是應該先下定義，再在之後的討論中反覆提及定義？我並不確定。我知道的是，我們在正常討論中兩種方式都會採用，而正是在這種正常的討論中，我們會不斷地切近——並不總是直截了當，有時候會像帆船逆風行駛那樣走「之」字形路線——討論的邊界，獲得更多有益的認知。

我意識到，我已經討論了情節許久，卻未曾給它下過定義。根本原因在於，我害怕過早地下定義會預設一些偏見，妨礙我們

之間的溝通。想到這個，我便有些懶得下定義。

我們既然都讀過小說，那麼想必早就知道情節為何物。可是啊，我們的理解似乎各不相同。

讀者和評論家，以及教授寫作課程的老師，分成兩個派系，分別是「親情節派」和「反情節派」。前者不遺餘力地對他們眼中缺少情節的小說大加批判。（令人沮喪的是，他們口中的情節非常具體，而且往往會和特定的主題有關。比如，在一個西部故事裡，要是情節中沒有孤膽槍手和墮落的當地土豪之間的較量，那就相當於完全沒有情節可言。）

反情節派則主張，情節會摧毀小說素材的生命。這話只是「有時」正確，並非必然正確。情節能夠好好地融進小說裡，就會與其他要素一起，給人小說有了生命的幻覺。因為人類是演員，表演[1]是其天性。

情節，就是一串有因果關係的行為序列。

注意，僅僅一串序列並不能構成情節。比如，「貝莎染了紅髮。那天晚上她自己吃的晚飯」，這裡面就不存在什麼情節。而我們如果換一個說法，「貝莎不好意思讓朋友看到她剛染的頭髮，所以那天晚上就自己一個人吃飯了」，就有了一段情節——起碼是一段情節的微小起點。染髮和一個人吃飯這兩件事之間的因果關係只存在於第二種表達中。

但我們必須清楚一件事，那就是情節中各個段落之間的因果關係在絕大多數情況下不會這麼明顯。如果我們把情節從小說中

1　原文為「action」，既是「表演」，也是「行為」「情節」。

剝離出來看，因果聯繫也許就會明顯許多。當我們把情節與其他要素相結合時，因果聯繫便不會直接顯現，而是透過角色境況、動機或者情感的變化來展現。

　　我在複述〈動物園中〉的情節時，將表示因果關係的詞標了底線。然而，你要是想在小說原文裡找到這些機械的關係連接詞，只會無功而返。這麼說好了，這是因為情節已經融進故事的素材裡，但並沒有因此而失去連貫性。透過角色的行為與感情體現出的因果聯繫，遠比作者自己陳述出來的因果聯繫引人入勝。

　　我在複述過程中添加因果連接詞，並為其標底線，不僅是為了展示因果聯繫，還是為了點出貫穿故事始終的因果鏈所具有的連續性。

　　情節的完整性依賴於這種連續性，但這還不夠，還需要行動序列的收尾。如果一個故事在情節的起點提出的各種問題在隨後的情節中全部得到完滿的回應，那麼我們就能很容易理解整體情節，並且認為情節已經完結。在喬治・P・埃利奧特（George P. Elliott）的短篇科幻小說〈桑德拉〉（Sandra）裡，敘述人買回一個女奴。在敘述人將所有可能的選擇都試過一遍之後，這段相當微不足道的情節便自然地結束了。在理查・葉慈（Richard Yates）的〈最好的事〉（The Best of Everything）裡，拉爾夫向我們展示了他將要迎娶的女子在他的價值天平上究竟分量幾何時，情節收尾。威廉・伯居（William Berge）的〈可愛的綠船〉（That Lovely Green Boat）的情節，結束於那群年輕人摧毀了暫時由他們保管的那艘可愛的小舟。

　　我們一旦意識到這些因果相連的行為自然圓融地結束了，就會從這一結局與角色的需求、欲望、有意或無意的選擇之間的聯

繫，看明白它在故事的完整性方面發揮了什麼作用。通常來說，情節的開端建立在一個角色對他所必然面對的處境所做出的反應。激發這種反應的事物，我們稱之為動機。

　　動機的意義和複雜性可以天差地別。我如果覺得腿癢，就有撓一撓的動機。奧賽羅如果懷疑妻子，就有解決懷疑、瞭解真相的動機。但不管動機重要與否，我們如果沒有認識到情節的推進是被角色有意的抉擇支配的，那就幾乎不可能發現任何情節的存在。

　　作者無論選擇用大量篇幅分析角色的動機，還是將角色動機留給讀者自行揣摩，上述情節和動機的關係都是毋庸置疑的。我們絕對不能只憑藉作者分析動機的深度，去斷定故事本身深刻與否。動機最大的意義在於將角色和情節聯繫起來。如果你問作者需要給出多大的動機才合適，我覺得可以用另一個問題的答案回答你：讓角色做出有意義的行為，需要多大的動機？

　　批評——既是對自己的小說，也是對別人作品的評價——必須用一些精細的標準，衡量某個情節是否獲得了足夠的動機。個人經驗告訴我們，有些事似乎就是平白無故發生的。其中不僅有外部世界加諸我們的遭遇，也有我們必須在法律或是上帝面前完全負責的自身行為。不過，另一個極端是，某個行為的展開如果沒有經過一個或多個角色所做選擇的參與或者推動，那麼看起來就會不合人情，因此不能成為故事的合理內容。

　　對任何故事來說，根本不存在一個公式來決定動機要到什麼程度才合適。角色會融入情節，情節又會刺激角色變化，在這條模糊的分界線上，作者的責任在於聲明他對人生抱有的個人觀

點。在湯馬斯・哈代（Thomas Hardy）的小說中，毫無人性的命運如同勁風掃過，逼迫角色做出違背自身意願的選擇，動機也就變得不那麼重要了。（在《無名的裘德》〔Jude the Obscure〕裡，主角引用埃斯庫羅斯〔Aeschylus〕的話說：「世事順其自然，皆有命定結局。」哈代的大部分小說似乎都是為了表達，人們不管如何期望、努力，結果都不會有太大差別。）

在二〇世紀的文學作品中，恐怕並不容易找到極端的反例。當代作者都不怎麼熱衷描寫個人意志的力量。但也許在珍・奧斯汀、狄更斯，或是喬治・艾略特（George Eliot）的小說中，我們能找到個人動機與情節的結果的大量緊密聯繫。

情節既是表達的工具，也是將小說的素材統一起來的手段。它表達了作者對於人類命運本質，以及個人意志對事件所產生作用大小的信念。

作者會決定某個情節以這樣或那樣的方式發生。在嚴格限定於素材可能性的範圍內，吉恩・斯塔芙在〈動物園中〉可以重新構思情節，傳達出完全不同的觀點。假設，作者沒有讓墨菲先生毒死那條墮落的狗凱撒，而是告訴我們他從普雷瑟夫人那裡偷回了狗並躲進山裡，這樣的行為序列就給身陷困境的姐妹倆指出了一條出路──一個常見的反抗並逃脫的視角──她們也不會像在下毒情節中那樣病態地理解一切。於是，她們的前景也不會像我們後來所看到的那樣苦澀。

（我在這裡要插一句，我很肯定這樣的修改要比我們現在看到的小說糟糕許多。對於這樣一篇精到的作品，我得立即為這番粗暴的改寫道歉。但是我相信我已經表明觀點：情節一旦改變，

小說的意義哪怕沒有削弱，起碼也已經不同了。）

再拿一部更有名的作品，進行更加粗魯的改寫好了。我們假設《包法利夫人》的情節改變了。艾瑪・包法利並沒有在與人私通帶來的道德漩渦中越陷越深，反而在一連串的情慾糾纏之中發現永保靈性和魅力的法門。

這樣一來，悲劇就成了喜劇。如果艾瑪・包法利沒有歇斯底里並最終自盡，反而變得如秋日一般靜美成熟，這本書的主旨就會更接近十八世紀的樂觀主義和理性主義，遠離了十九世紀的愁雲慘淡。

但是，這樣一改會不會也更接近私通的真實結果呢？這個問題似乎沒有確切的答案。某個時代的某個作者可能會說是的；另一個時代的另一個作者也許會反對。我們從這番改編設想中能夠得到的唯一啟示是，情節的走向和結果完全是作者的特權。他會操縱情節以表達他在自己的人生旅途中所尋獲的真相。

但這並不意味著作者可以肆意安排情節。慣常的情節必須遵循情理。但每一種情節裡通常都會有為數不多的幾個轉折點，事態的發展完全出人意料。這裡一點運氣，那裡一點運氣，於是我們的人生之路就有了好壞之分。而因為故事是對人生的臨摹，運氣同樣適用於故事——同樣，而非更加。

隨心所欲地改變情節走向只會摧毀我們對情節的連續因果關係的期待。比如，我在上文中對《包法利夫人》和〈動物園中〉所做的重大改動，會迫使作者本人進一步修改角色、腔調、語言和關鍵性改動所引發的後續情節，以「爭取」寫出不同的結局。情節與小說裡其他的要素融合得越好，就越是有牽一髮而動全身

的可能。

在修改作品的時候，請謹記這一點。在你最終決定完稿之前，情節應該都有修改或變動的餘地。小說的形態完全取決於你，直到它表達出你對於生活的認知。但是，角色和情境雖然都是你創造的，它們也會有自己的訴求。這些訴求是你在修改過程中必須予以滿足的。

一般說來，「理所當然」的情節會受到讚嘆。也就是說，如果事件A發生之後，事件B卻沒有緊隨其後，讀者們就會覺得難以接受。一旦事件B發生了，那麼接下來就必須發生事件C。當然，現在的作者有理由懷疑任何情節的合理性。他知道自己可以在寫完事件A之後緊接著寫事件E或者J，K或者X。只要行文過程中的某一刻，他腦海中的素材仍然處於流動不定的狀態，事件的組織完全可以由他一時的興致決定。

是的，在某一刻。愛情的真意也是如此。「愛無所顧忌。」莎士比亞的一首十四行詩如此說道。愛意也許（也可能相反）來自一次隨性的抉擇。「但誰人不知，顧忌恰是愛的產物？」不管是在愛情中還是寫作裡，隨性的抉擇一旦做出，相應的理由也就應運而生。而當各種要素開始各就其位時，你會發覺這些理由變得愈加正當。

我們也可以像E·M·福斯特（E. M. Forster）那樣認為，情節就是小說的「邏輯和理性方面」。情節表達了作者對生活的評判。

這話說得不錯。但我們是寫作者，不是退隱的聖人。如果我們對生活——一般意義上的——有任何確切的邏輯及理性的評判，這些評判只會在我們決定要寫生活中某個特定階段時發揮微

乎其微的作用。先入為主的評判和傾向明顯的情節很容易變得味同嚼蠟或者自以為是，對承載情節的素材有失公平。

你的評判——也就是情節的形態——應該產生於對自身經驗的運用，這裡指的是寫作經驗。作者在發現意義的過程中，同時找到了情節。一個好的作者等同於情節的助產士，而不是獨裁者。他幫助情節從角色和情景中浮現，獲得形態，正像他的邏輯和理性會告訴他在生活中應當採取什麼樣的行為一樣。只有當小說完全寫就，評判才宣告完整。

我覺得，在完全確定情節之前就動筆，是最好的寫作方法。

當然，先將情節構思完整再開始遣詞造句也是可行的。也許有些作者在有些時候會覺得這是最有效的方式。這個方法的問題在於，你一旦開始往預先架設好的情節骨架上添加血肉，基本上肯定會發現其他要素面臨著削足適履的窘境，這樣一來可能會適得其反。不管作者本身經驗如何，我覺得他在把角色置入故事的環境中加以展開之前，不可能預見到角色身上所有的細微差別，例如他們的強項或弱點，而這些會影響他們的行為。所以，要是提前預設他們的行為，有可能到頭來會發現這些行為完全是不合適的。這就好比，你要創立一家結構複雜的企業，結果員工全都是從一本電話簿裡隨機挑選的。

一個故事裡的所有要素，都必須先經過「審驗」，然後作者才能果斷地做出決定，賦予情節確切的形態。他先是從自己頭腦裡的構想中拎出一些東西，然後寫下角色們的行動。但隨後他要暫時擱筆，考慮這些角色到底是什麼人，以及他們接下來要做什麼。

　　我雖然強烈建議你停下來審驗，但並不認為你應該允許角色
自己決定自己的命運。有些作者會說：「我會從創造角色入手，
他們獲得生命後，就會幫我寫下他們自己的故事。」我懷疑這話
並沒有完全道出事實。如果事實真的如此，以這個方法寫出的小
說也許會顯得支離破碎。

　　誠然，角色有自己的需求，其他要素也是如此。但是，作者
要頂住這些壓力（而不是忽略不計），保證情節的連續性和完整
性。兩方面的需求互相角力，故事就像轉盤上的陶土花瓶緩緩成
型。製陶人一手在外一手在內，兩隻手共同決定了花瓶最終的樣
貌。

　　這不是針對情節的壓力，這一壓力加上素材因自身需求而對
這一壓力產生的抗力，將導致最佳情節的產生。

　　從這一點來說，最好的情節多少都會讓作者驚喜。可以想
見，它們來自作為一切創造性工作根源的那些構思。但隨後生發
出來的枝葉很難一開始就被預見，直到整個故事塵埃落定。它們
代表的是邏輯和理性的勝利，這番勝利得來不易，是作者與自身
未成形的頑固經驗較量的結果。

　　要是在一段情節裡，動機、可能性和無意識的決定可以完美
地融為一體，那麼這個情節的大綱就是在寫作過程中才確定下來
的。為什麼？我不能確切地講清楚，但可以和你分享一個理論：
作者在寫作過程中的行為，也許會和情節有一種微妙的相似之
處。也就是說，他筆下的情節實際上是他在寫作時發生的事情的
隱喻。他所描述的客觀行為，象徵著他在構思和寫作過程中的主
觀掙扎。海明威寫了一個老人在小船上，死抓著一根魚線不放，

魚線的另一端連著一條海明威看不見的大魚。這也許就是在描述海明威自己寫《老人與海》的過程。所以，一切出色情節裡的英雄舉動，從某種程度上講，都是作者的自畫像。不僅如此，還可能是作者將自己交付寫作事業的寫照。

這是個異想天開的理論嗎？我不介意你這樣想，只要在你看來這個說法恰當地描述了寫出精彩情節所需要的投入。當一個作者把自己也看作是某種配角，會和他所創造的其他角色一樣，對故事中的情節做出相同的反應，他的構思就會開始勾連成篇。

我相信，情節創作的過程，就是這種原始的個人參與意識與責任意識的延伸。

當一個作者在想像中與自己的角色一同受難時，他的直覺就會告訴他接下來會面臨的遭遇。正是在他把這份直覺轉化成情節的過程中，他知道的最深刻的真理昭然若揭。

從前提開始的短篇小說

丹尼斯・維特科布
Dennis Whitcomb

故事的前提很簡單，就是對故事主題的一句概括。你的故事不妨就從一個前提開始，類似下面這樣的前提：

一、過分的野心導致背叛、最終醒悟並受到懲罰。

二、愛情會征服放任。

三、自吹自擂，最終自取其辱。

但是更普遍的情況是，你是先想到一個情境，這個情境要麼滑稽可笑，要麼大起大落，要麼危機重重。又或許，你先想到的是一個有趣的人物，覺得可以為他寫一個故事。你不管怎樣開始，在開始寫作之前，應該用前提來檢驗一下你的故事，看看你的故事能不能被塞進一句話裡（就像上面那幾句一樣）。可能你會發現自己其實在寫好幾個故事，或者意識到自己將要偏離故事的重點。前提一旦確定，你就會明白自己想要用這個故事說什麼

東西，也會意識到小說中的每一句話都必須是對這一前提的演繹。任何一句沒有演繹前提的句子都應該被捨棄。

　　你的前提不一定得是放之四海而皆準的真理，只要是一個可以透過你的故事證明的觀點就行。比方說，下面任意一個前提都能用來寫故事：

　　　　野心帶來成功；

　　　　野心導致失敗；

　　　　野心導致謀殺；

　　　　野心帶來死亡；

　　　　野心導致欺騙；

　　　　野心帶來責任。

　　前提裡應該包括三件東西：角色、衝突、解決。

　　一、你會發現，幾乎任何一種惡習，或任何一種品德，都可指向有趣的個性。比如：有仇必報、勇敢、懦弱、善妒、聰慧等等。

　　二、你可以僅用「導致」這個詞來描述衝突（這是故事的核心）。或者可以再明確一些，比如：

　　（1）自滿導致怠惰。這種怠惰阻礙了成功。發覺自己有可能失敗時，自滿就會轉變成不顧一切的努力，可惜為時已晚，於事無補。上述就是把一個簡單的前提——自滿導致失敗——進行了擴展。

　　（2）自吹自擂導致自取其辱。一個士兵碰巧遇上一隊正在休息的敵方巡邏兵。出人意料，他把五個敵兵都俘虜了。他因此獲

得勳章，受到戰友們的欽羨。過了一陣子，他感覺其他人逐漸淡忘了他是英雄。於是他不斷提醒他們，自己曾經獲得過一枚勳章，以此證明他高人一等。他甚至會跟上級軍官頂嘴。因為他的僭越行為，長官安排他做雜役。他幹活的時候，戰友們對他大加嘲笑。他不顧一切地想要贏回大家的尊重，自願報名參加一個危險的任務，但因為資格不夠被拒絕了。於是他決定在沒有得到許可的情況下自己去完成任務。其他士兵發現他不見了就去找他。經過一番艱苦卓絕的努力，他們終於打敗輕鬆俘虜了主角的敵人。整個故事都是從「自大導致自辱」這個前提發展出來的。與之類似的故事不計其數。

三、前提的結果（如前所示）可以是你認為自己可以透過故事證明的任何東西。例如：失敗、凱旋、破滅、希望等等。你在寫故事的時候，也許會想要改變故事的走向。沒關係，扔掉原先的前提，再想一個就好。

記住，前提的作用是確保一個核心衝突的存在，並給你一條可以遵循的路線。

以下是一個小練習，你不妨試一試。

一、寫出四個不同的前提（每個都只用一句話），檢驗你是否理解了前提。

二、把每個前提進行擴展。用十到十二句話來大略地講一個故事（一共四個）。

三、挑出一個最好的，將其發展成一個一頁紙的故事大綱。

切記，前提必須包含：角色、衝突、解決。

　　沒有什麼是一成不變的（除了基本的人性），一切事物都隨時有變化的可能，人類這個種族因此永遠會有不安全感。一個人不知道什麼時候會有一場意外，一場疾病就能讓他失業。我們起床時永遠不知道到了晚上自己是不是還活著。我們還必須不停地安慰孩子，告訴他他仍然是父母的最愛。

　　這種支配著我們所有人的不安全感是必要的。我們要是確定自己哪怕毫不費力也能被照顧得很好，那就不需要做任何事情了。生命會陷入停滯。不安全感意味著我們為了必需品和欲望必須拚盡全力甚至還要爭吵和戰鬥，所以我們成天忙碌不停。不妨這樣考慮：你做一件事，哪怕是最微不足道的小事，都是為了你自己。這話猛然一聽有些刺耳，對不對？但事實確實如此，而且一點兒也不刺耳。因為正是這種自利，導致了惠及他人的結果。我說你做每件事都是為了自己的意思是，你每一天中做的每一件事，都是你的本性使然。你的一舉一動都會受到自身個性的支配。假設你拒絕慈善機構的募款請求，那是因為你的不安全感（這也是你最關心的東西）讓你覺得自己需要錢，否則就會過得拮据。又假設，你把錢捐給慈善機構，同樣也是出於不安全感。一方面，你在捐款時會有崇高的感覺；另一方面，你意識到自己將來有一天也許也需要幫助，捐款可以讓你安慰自己好人會有好報。又或許這些都不是你的動機，你只是看不得別人受苦罷了。不管怎樣，你的一切行為都是你在個性驅使下的必然選擇。

　　既然不安全感激發了行為，那麼自然也會激發衝突。你想要的東西恰好也是別人想要的。你看，衝突。你發覺有必要外出工作掙錢餬口，而這份工作就會帶來很多衝突：你在的公司要和對

手競爭；你可能要和別人競爭一個更高的職位；你的工會也許正在和你的僱主談判；你也許每天都要強迫自己去上班。所有這些都是衝突，而衝突正是一切故事的基礎。隨便挑一個故事，無論什麼類型，全都是靠衝突才成立的。一個關於「決定」的故事，描述的就是導致某個決定的衝突。一個關於「成就」的故事，描述的就是帶來某種成就的衝突。沒有衝突，故事就會停滯，什麼事都不會發生。

衝突會推進每個場景——但為了避免千篇一律，每個場景裡應該有不同種類的衝突。我們來數數衝突有哪些種類：身體衝突——打架鬥毆、籃球比賽；意志的較量——辯論、爭吵、法庭上的交叉質詢；毅力的磨鍊——節食、戒斷毒癮；色誘——浪蕩子誘騙可愛的年輕女孩去他的公寓，蛇蠍美女想要從間諜口中套出訊息；人與自然的戰鬥——生存、醫藥、工程、探索。每種類型還可以細分，可寫的場景成千上萬。

衝突還會在故事中推著角色一路抵達結尾。動人的故事需要合理的動機，所以你要將角色最性命攸關的東西置於險地。岌岌可危的通常是一個人（或者一群人）的性命；有時候是金錢、愛情等等。來看看有什麼東西是我們所有人都會爭取的：愛、尊重、生命（或者他人的生命）、自我的心安理得、財富、地位、權力。

這些東西都可以是非常強大的動機，足夠讓角色竭力地爭取或是守護。如果一個角色只是偶然間被捲入一場衝突，他的動機就不夠強烈。所以要讓他面臨的衝突涉及他的根本利益。

以下是一些用來檢驗故事寫作技巧的方法：

一、看完一集電視劇或者一部電影後，用一頁紙的篇幅寫下

故事梗概，標出故事裡有什麼類型的衝突。最後再評論這些衝突夠不夠強烈，以及為什麼。

二、看一集電視劇、一部電影或者一齣戲，列出在故事開頭所設下的伏筆性質的衝突，然後解釋每一個伏筆怎樣演變成了更強烈的衝突。

三、寫出可以引出不同故事的三種不同的衝突。用一段話來概述每種衝突。

四、挑選其中一種衝突，將其發展成一份情節梗概。記住，情節梗概必須說明是什麼導致了衝突，衝突如何愈演愈烈，最終產生結果，情況由此回復常態。

切勿說真話

約翰・D・費茲傑羅
John D. Fitzgerald

　　你如果不會撒謊、不會誇大其詞，就寫不了小說。我記得莎士比亞說過，寫情節無非就是撒謊。這個傳統可以追溯到很久以前的吟遊詩人，他們很早就明白，自己要是不會誇張不會撒謊就會餓死。所以，遠方的一隻動物吃掉了一頭小羊，在吟遊詩人的嘴裡就變成一條惡龍吞掉了十名成年男女外加小孩。

　　既然已出版的短篇小說裡九成以上都是關於困境的，一個新手作者在學習寫作此類小說時最需要掌握的就是如何構思困境。字典中對於「困境」的解釋是：「一個角色所遭遇到令情節的主線變得複雜的情況或者事件。」我們不會和字典爭辯什麼，但是為了本文的主旨，也為了讓你更容易理解，我所說的困境指的是在任何虛構作品裡角色所面臨的問題，或者危機，又或者兼而有之。我所定義的「困境故事」是這樣的：

　　　　困境故事展現並解決了一個或多個虛構人物在虛構故事的

生活中所遇到的一個困境，而這個困境及其解決方法一定比我們在現實生活中的遭遇更有趣，同時在讀者眼中也是可信的。

你在生活中幾乎每一天都會碰到一些微小的困境。你烤焦了吐司。你錯過了巴士，上班遲到了。你打電話給愛麗絲，但是電話占線。小孩不肯吃菠菜。鄰居開派對，吵得你大半夜睡不著覺。丈母娘不請自來。

但如果你把這些困境放到了短篇小說裡，有誰願意讀呢？所以我們說，困境故事裡的困境和解決方法必須要比現實生活中的遭遇更加有趣才行。要做到這點，就必須誇大其詞，添油加醋，直到你把故事困境寫得比現實生活中的困境更加精彩有趣才行。

千萬不要忘記，你越是誇大，越是撒謊，你筆下的困境就越複雜；而困境越是難解，小說也就越好看。所以，我們就拿上文舉例的最後一個小困境丈母娘來做客作為例子，編造出一個棘手得足以當作小說情節的困境。我們假設你叫比爾・謝爾頓好了，你的妻子名叫黛安，你們有一個十二歲的兒子保羅。

小困境：丈母娘來看比爾・謝爾頓一家。

你肯定不會光用這個來寫一篇短篇小說，因為這事實在太司空見慣了。但你可以在這個困境上撒謊。

謊言一：比爾的丈母娘成了寡婦，所以要搬過來和他們一家人一起生活。這樣雖然把情況變得棘手了，但並不會引起讀者的

興趣。許多丈母娘都和自己已經成婚的女兒住在一起。所以我們要把困境編得更糟糕些，它才能比現實生活更有趣。

謊言二：丈母娘從來都不喜歡比爾，也一直對女兒下嫁無法釋懷。她希望黛安能和哈羅德‧卡特結婚。（哈羅德‧卡特是誰？我不知道，我就是寫到這裡時突然腦子裡蹦出這麼個名字。他是什麼人不重要，我們可以用他來把困境變得更加複雜。）

謊言三：比爾在一家工廠的採購部當調度員，而哈羅德‧卡特是他的經理。（這個謊言讓可憐的比爾更加難堪，因為老闆成了他的情敵。）

謊言四：丈母娘反覆在比爾耳邊嘮叨，說哈羅德‧卡特多麼富有，多麼有社會地位，弄得比爾苦不堪言。困境現在相當棘手了。可憐的老比爾白天要被老闆騎在頭上，回到家還要被丈母娘折磨得生不如死。

在編寫困境時需要避免四個問題：

一、困境與日常生活的遭遇太過相似。我們如果只編到第四個謊言便滿足了，那就恰好犯了這個忌諱。現實生活中有很多人不喜歡自己的工作，或是討厭自己的上司，同時也有許多人有個胡攪蠻纏的丈母娘。

二、困境很容易就能解決。如果我們讓比爾告訴黛安，這個家裡她母親和他只能留一個，而她同意給母親找一間公寓，這個困境就太容易解決了。讀者希望看到主角為了解決困境歷盡險阻。困境越是艱難，他們就越喜歡這個故事。

三、困境被不是主角的角色解決了。假設丈母娘在一次教堂活動上遇到一個鰥夫，第二天早上，比爾喜出望外地得知她就要

和那個人結婚了。比爾的困境當然解決了，但這樣的故事沒有哪位編輯會買帳。讀者們想看的是主角親手解決自己的困境。

　　四、困境被天意、機緣或是巧合解決了。如果我們讓尖酸的丈母娘外出購物時被一輛卡車撞死，比爾的困境自然也就迎刃而解。但仍然不會有哪位編輯買你的帳。寫作訓練班裡的新手作者們最愛犯的毛病就是這個。他們編造出了一個困境卻又不知道如何解決時，就會藉助天意、機緣或者巧合來收場。

　　幸運的是，有一個方法可以避免你在編造困境時犯下以上這四種要命的錯誤。這個方法就是，在任何一種困境裡，要讓重要的事物處於危機之中，並且解決方法必須來自困境內部。

　　以下是從一本當下的雜誌裡挑出來的三個例子：

　　困境：一位教授的名譽和事業處於危機之中，因為一個暗戀他的女學生在投懷送抱遭拒之後對他大加誹謗。

　　解決：教授證明女學生在撒謊，解決了自己的困境。

　　困境：一位父親發現兒子的未來處於危機之中，因為這個男孩和一群不良少年在街上鬼混。

　　解決：主角讓城裡的商人們建了一座青少年娛樂中心，解決了自己的困境。

　　困境：一個無辜之人的性命陷入危機，因為有三個證人作證說他是殺人凶手。

　　解決：身為主角的刑事律師在庭審中推翻三個證人的證詞，解決了無辜者的困境。

在困境得到解決之前，為了確保某樣重要東西處於危機之中，你要讓困境足夠棘手，才能讓重要的東西懸於危難之際。

接下來我們回到比爾‧謝爾頓身上，看看能怎麼做。比爾是一個老好人，我們現在要把他逼得和妻子攤牌說要麼丈母娘走要麼他走。那就用兒子保羅來做戲好了。保羅成天聽著外祖母念叨哈羅德‧卡特比他的父親更有錢也更有名氣。於是，我們就可以用第五個謊言來構造困境了。

謊言五：比爾發現，自從丈母娘搬過來以後，兒子對自己的態度發生了變化。保羅原本是個乖巧可愛的孩子，但現在變得頑劣，有時還會表現出為父親感到羞愧的樣子。創造一個場景，讓比爾發現丈母娘教唆他兒子跟他過不去。比爾這樣的老好人可完全受不了這個。於是他對黛安發出最後通牒，要求她母親搬走，否則他就會離開。

這一下，我們就把重要之物置於危險之中，困境因此進一步惡化。如果這個困境得不到解決，那麼他們的婚姻就會破裂，與比爾感同身受的讀者們絕不願意看到事情演變到這個地步。但是，單純地把重要之物放到危機之中，還不能確保故事賣座，除非我們可以從困境內部找到解決辦法。比如：

　　如果我們讓丈母娘和那個鰥夫結婚了，那我們就是在困境之外找解決方法。

　　如果我們讓她被一輛卡車撞死，解決方法依舊是外部因素。

　　如果我們讓她搬到一間公寓裡獨自生活，這個困境便太容易解決了。

　　你一旦來到這一步，發現沒法從困境內部找到解決之道時，只有一個方法能夠讓你的小說受人歡迎。那就是讓困境繼續惡化。把困境變得越來越糟，直到解決方法浮現在你面前。

　　讓困境惡化的最常用方法之一，我稱之為「發現與改變」。

　　發現與改變，就是讓你的角色發現一件他之前不知道或者沒有意識到的事情，進而改變了想法。我們就用這個方法來處理比爾的困境。

　　謊言六：比爾發現丈母娘教唆他兒子跟他唱反調之後，改變了想法，不再為了妻子委曲求全，而是責令黛安必須在他和她母親之間做出選擇。

　　謊言七：黛安不情願地同意讓母親搬到公寓去。但當她和母親說起這個決定時，她的母親呼天搶地，表示自己不會搬去公寓。如果女兒不願意和她住在一起，那她就去養老院好了。黛安發現自己不忍心讓母親住進養老院，於是改變主意，哀求比爾能夠留下她母親。

　　比爾現在被迫要做出決定，而這一決定勢必會引出困境的解決方法。如果他決定繼續忍受陪丈母娘度過她的餘生，這個困境就仍然沒有解決。所以，比爾決定離開家庭，辭去工作，搬到另一個城市，並和黛安離婚。他意識到，反正兒子對他的愛和尊敬已經無可挽回，而且丈母娘會不斷給黛安洗腦，直到她也開始後悔自己沒有嫁給卡特。他的決定必然會帶出這個困境的解決方法。

　　上面空了兩行，代表長久的停頓——我想不出解決方法。我

知道答案已經呼之欲出，因為我不可能把比爾的困境編得更糟糕了。等等，有了。如果不是因為哈羅德・卡特，困境也就無從談起。從某種程度上說，比爾必須經由卡特解決困境。我們對卡特瞭解多少？他在工作上老是欺負比爾。這個角色的特點一定就是解決困境的關鍵。

謊言八：唯一能讓比爾高興的事情是，總有一天他要跟哈羅德・卡特說出自己對他的看法。他從來沒有和家裡人說過工作中的衝突，所以突然意識到，丈母娘和黛安說不定會覺得他的同事們都把卡特奉若神明。但是，比爾知道其實工廠裡人人都對卡特恨之入骨，因為他總是騎在大家頭上，作威作福，逮到機會就破口大罵。比爾不禁想到，也許卡特在家裡也是這副德性。他只見過卡特的妻子一次，卡特的妻子看起來是個膽小的婦人，不怎麼敢說話。比爾發現卡特在家裡也許跟在工廠裡一樣跋扈蠻橫，於是改變主意，不再打算辭去工作、離家出走。他找到一個破釜沉舟的機會來解決自己的困境，那就是請卡特一家來吃飯。他很有把握地推斷，卡特一定不會放過吹噓自己的機會，還會跟黛安表示她當年沒有嫁給他是多麼錯誤的決定。

於是我們來到困境的最後一步，接下來的情節就順理成章了。

謊言九：卡特接受邀請，帶著妻子和比保羅小一歲的兒子來了。比爾的推測果然沒錯。卡特對待妻子和兒子的態度，和他在工廠裡的囂張跋扈一模一樣。他的妻子生性怯懦，完全不敢開腔，有問題問到她時全是卡特幫她回答的。卡特對兒子也是頤指氣使，命令他坐有坐相，看到他不小心打翻盤子就是一頓痛罵。他們一家走後，丈母娘因為發現卡特是怎樣對待家人的，對比爾

的看法也就改變了。她請求比爾原諒她。保羅發現卡特對待他兒子的方式之後，也<u>改變</u>了對父親的態度。他和比爾說起這個想法時語氣裡帶著愛意和重新尋回的尊重。困境到此解決，故事結束。

　　現在只需要把困境部分的情節套進一般小說公式化的結構中，再給比爾編出幾次解決困境卻失敗的小嘗試，我們就有了一個足以賣掉的情節了。

　　那麼，我們再回頭看一下關於「困境故事」的定義，就會發現我們已經創造出一個比現實生活中的遭遇更加有趣的困境，那定義中的後半部分呢？讀者覺得可信嗎？

　　你如果有那麼一絲的懷疑，覺得寫故事不一定非得學會撒謊和誇張，我們就來客觀地分析一下這個困境好了。在現實中，黛安的母親確實有可能會偶爾跟她說，她當初要是嫁給哈羅德・卡特就好了，但是她絕對不可能會和比爾說這番話，因為她得靠比爾贍養。她更加不可能會不停地在外孫耳邊念叨這些，想要教唆他和他父親鬧彆扭。那麼，你要怎樣讓讀者相信她會幹出這些事呢？把她的主要性格誇大就好了。在鋪陳困境出現的背景時，必須誇張地描寫她的貪心不足，一心想要女兒釣一個金龜婿。當她算盤落空，黛安嫁給比爾時，必須誇張地描寫她懷恨在心，對比爾橫豎看不順眼。這樣讀者就會相信這個女人在搬過來之後的所作所為。

　　在現實中，比爾絕對不可能容許丈母娘把自己逼得離家出走，婚姻破裂。所以必須誇張地描寫比爾的性格特徵，塑造出一個勤懇工作的老好人形象。他知道自己幾斤幾兩，覺得自己走了

大運才有現在這份工作，哪怕老闆為人刻薄。他深愛著妻兒，所以願意忍受丈母娘的虐待，最終痛苦萬分地做出離開的決定。

在現實中，一個有哈羅德‧卡特這種地位的人斷然不可能只是為了吹噓自己而前來赴宴。他有必要這樣做嗎？他很清楚黛安知道他是比爾的老闆，兩人的財富和地位都不可相提並論。那就有必要誇大卡特的自負情緒，並讓黛安嫁給比爾這件事對他的虛榮心造成巨大的打擊。於是，卡特接受邀請並在餐桌上大肆吹噓自己的這段情節讀起來就可信多了。

並且，正因為我們誇大了這些角色的性格特點，後文的解決方法也就很容易讓讀者們一碰就上鉤[2]了。

我會拋給你一個微小的困境，作為這篇文章的結尾。你現在應該有本事把它寫得足夠棘手，讓其成為一篇能賣掉的小說的情節。

一位年輕的家庭主婦走進廚房，逮到自己八歲的兒子正從罐子裡偷餅乾吃。

謊言一：一位年輕的家庭主婦走進臥室，逮到自己八歲的兒子正從她的錢包裡偷錢。

接下來就交給你了。

---

2 原文「hook」一詞除了表示「魚鉤、鉤住」，還表示故事中的「伏筆、特意設計的橋段」。

無情節的故事

瑪麗蓮・葛蘭貝克
Marilly Granbeck

身為創意寫作課程的老師，我經常會被問：「為什麼這年頭的雜誌上有那麼多要麼沒情節要麼沒結構的短篇小說？」聽了這個問題十來次之後，我意識到很多新手作者都在困惑這件事。有沒有一個說法能解釋，為什麼這些「非小說」如今會這麼流行呢？

當然有。

這個問題實際上有兩個答案。首先，你真的確定自己看到的小說確實如你所想，沒有結構可言嗎？其實很多小說是有情節的，只是初讀之下很難發現而已。

如果你受邀擔任美國小姐選美大賽的評審，你能看到很多入選者。作為選美評審，你必須對每個女孩的外貌做出評價。有一些女孩能打動你，有一些則不行。但在不同的人眼裡，她們每個人都是美麗的，否則她們不可能代表自己所在的州來參賽。每個女孩都是經歷過初賽選拔才進入到決賽階段的。

你在品評時，眼裡看到的是各個女孩的外貌。你關注的重點是她整體的風姿，也許根本不會想到她的骨架——她的美貌和身姿的基礎。儘管骨架確實存在著。

已經出版的短篇小說就像是選美比賽決賽的選手。登在雜誌上的每一篇短篇小說都經過初賽的篩選，否則不可能付梓面世。編輯覺得它在某個方面有可取之處，有資格印刷出版。他認為讀者們會喜歡這篇短篇小說，所以他願意支付作者稿酬。一位編輯必須從整體上來評價一個故事，但是作為資深的評審，他能感覺到小說表面下的結構，因為他知道這是小說之所以優秀的原因之一。在一個熟練作者的手中，小說的框架就像美人的骨架一樣，是看不到的。就好比女孩的整體外貌是因為有了骨架才得以呈現，一個故事之所以精彩，也離不開它那隱藏起來的結構。有經驗的作者能夠巧妙地將骨骼偽裝起來，不會讓讀者看到它們像枝節一樣旁逸斜出。小說的骨架可以藏得很好，以至於讀者以為它們根本就不存在。

瑪琳・方塔・夏爾（Marlene Fanta Shyer）的〈理所當然〉（A Sure Thing）（《紅書》）就是一個很好的例子。這個故事的情節搭建得很妙，完全沒有突兀的骨頭。乍一看，這篇小說寫的只是一個妻子認識到自己的婚姻已然光彩不再。故事發生在一個夜裡，作者對角色的描寫簡潔但又精確。雖然角色們的戲份不多，看似不能容納情節的基本要素，但仔細檢視之下卻發現樣樣俱全。因為讀者被小說本身牢牢地吸引，所以不會留意到這些要素。

故事裡的問題在開頭幾段便已經寫明了，一句話概括就是：

「七年來忠貞不貳的婚姻，讓我絕對不會擔心露絲·安妮這樣的人！」問題就這樣拋了出來，作者接下來就開始描寫主角對這個問題如何反應。首先，泰絲和自己的理論產生衝突，她雖然抱著一副「我完全不擔心」的態度，但看到自己丈夫哈里和露絲·安妮在一起時還是會心生不安。在一場派對上，哈里搶在別人之前跟露絲·安妮跳舞，泰絲只能找另一個男人做舞伴。她開始慌了。「哈里自然是和露絲·安妮跳起舞來。我偷瞥他們一眼，腳下亂了一步。」……「我對著約翰·弗拉德的衣襟笑了起來。但要是這事真那麼好笑，我為什麼會張皇失措？」

　　泰絲拚命想要找回那種毫不介懷的感覺。她不停地安慰自己高興一點，直到丈夫告訴她，露絲·安妮邀請他們去她家喝咖啡。她是該拒絕，還是該赴約，然後受更多的罪呢？泰絲雖然渴望家裡的安然，家裡都是她熟悉的東西，樣樣都代表著她的婚姻，但她還是同意去了。然後又是一個挫折——她發現哈里和露絲·安妮都不在房間裡，撇下她和露絲的丈夫寒暄，妒意又一次強行冒出頭來。『露絲·安妮呢？』我一股腦地問出來。」她終於去找他們，看到兩人在花園裡，還聽到哈里在聊自己在通勤列車上碰到的一件事情。這下，泰絲被逼得必須直面自己的問題了。為什麼她的丈夫會和另一女人說起一件他從來都不想費心跟她說的事情呢？危機就在這裡。

　　泰絲突然明白過來，並不是哈里不跟她說話，而是自己不再聽他說了。她一門心思地撲在日復一日的瑣事上，在自己的生活裡糾纏得太深，忘記丈夫也是一個人。震驚之下，她回到客廳，露絲·安妮的丈夫給她變了一個撲克牌戲法。她沒猜到自己的那

張牌在哪一堆裡，儘管她「十分確定」。露絲的丈夫笑了，告訴她這個戲法的奧妙就是把牌洗一洗。

泰絲意識到她把自己的婚姻看作是理所當然的事情，於是決定把這副牌也洗一洗，找回一點魔力。她的這個打算給故事畫上了句號。到此，短篇小說的所有要素都得到呈現：問題、衝突、挫折、危機和解決。作者由此創造出一位不見骨架的選美大賽決賽選手。

但是那些確實沒有情節的故事呢？哪怕悉心分解之後仍然看不到它們作為故事應有的骨架，這種情況怎麼解釋？我的很多學生都會說，這些故事能夠發表是運氣使然，或是作者跟編輯有所謂的私人關係。實際上，答案要簡單得多。這些故事看起來沒有情節，是因為它們的確沒有情節，而這些沒有情節的短篇小說也是完全可以被接受的一種虛構文學形式，只要它們能夠達到其他方面的標準。也可以稱這些「無情節」故事為「計畫性短篇小說」。

計畫性故事不需要情節類故事通常具備的情節或任何其他要素。這一類故事並不依靠情節。它的構思和編排是為了創造情感上的或者戲劇性的效果。整個故事目的在於讓讀者心中引起某種特定的情感。計畫性故事透過展現一個事件、一個有趣的情境或者一種情感體驗來達到目的。作者首先會定下一種他希望喚起的感受，然後精心地朝著這一效果遣詞造句。這種感受也許是快樂、恐懼、愛意、同情，或是十幾種其他感受中的其中之一，但一定是單一且具體的感受。

《紅書》雜誌最近登出的另一個故事就展示了這種「計畫性」而不是情節性。小羅伯特‧梅耶斯（Robbert Meyers）的〈朝花之戀〉

（Puppy Love Is Mainly Flowers），題目就暗示了作者希望在小說裡創造一種情感。「她看著他，看到風信子拂過他的頭髮，藍雪花親吻著他的耳朵。」……「他看著她，看到流蘇般的龍膽草溫順地搭在她的胸前，飄舞的風鈴草繞著她的頸項，柔軟的紫藤摻在她絹絲般的髮間。」從故事的一開頭，梅耶斯先生的每一句話都是為了描寫初戀的甜美。他選擇一種天下人無不為之動情的情感，然後帶領讀者走進一種繁花似錦的情緒氛圍，讓他們沉浸在他們自己關於初戀的美好回憶裡。細心分析將發現，這個故事沒有困境，因為它不需要。它也沒有衝突、掙扎或解決，因為也不需要。作者讓讀者感受到故事裡兩個年輕人所感受到的情感。這是他特意為讀者創造的情感，並且效果非常好。讀者掩卷之餘，嘴角不禁挑起一抹微笑，腦海裡的回憶也會瀰漫著春日繁花的香氣。

《好家政》雜誌刊登過帕翠西亞・珀斯頓（Patricia Poston）的一篇短篇小說〈夢之景象〉（The Image of the Dream）。這篇短篇小說描寫了一個角色的幻想，充分展現了計畫性故事是怎樣創造效果的。珀斯頓小姐很明白讀者更願意感受而不是思考，所以寫了一位年輕的妻子擔心自己即將出生的孩子會長相平平，喚起讀者的同情心和移情心理。身為母親，瑪格不願意讓女兒承受自己曾經經歷過的苦痛。她在產期到來前的話語和想法非常準確地展現了這種人之常情。她知道自己會生一個女孩，所以祈禱女兒能夠漂亮完美。最後，她又帶著內疚不由自主地補了一句：「我請求祢，不要讓她有一頭紅髮。」

珀斯頓小姐隨後帶著讀者經歷瑪格的童年，讓讀者看到一個樣貌普通、生著雀斑的紅髮小女孩所遭受的痛苦。「……不單單

是紅髮，還有你知道自己並不美貌，而且永遠如此。」女性讀者讀到這篇小說，就會將自己代入這種心理，因為她們大多數人在年輕時都有過相同的恐懼，或是相似的想法，所以能夠產生相同的感受。當作者寫道：「有時候瑪格不免覺得，她對威爾的愛應該部分源自她對他的一種感激，感激他不計較她的平凡外貌，看到她真正的內心……」讀者會感受到同樣的感激，同樣的對於愛和安定的渴望。讀者會希望瑪格相信自己是美麗的。

珀斯頓小姐熟練地、不斷地拉扯著這種情感，直到她對角色的描寫進入高潮。小女孩出生了，頭髮確實是紅色的。威爾對瑪格說，孩子很美，就像她的媽媽一樣美麗。瑪格最終意識到他說的話是真心的——他說她很美，並不是為了逗她開心。她看著懷裡小小的嬰兒。「你不漂亮，」她想，「但你很美。因為我帶著愛意在看著你。我的母親也一定是這樣看著我的。威爾也是。這才是最重要的……」讀者感受到瑪格的頓悟和幸福。整個故事透過畫面一般的文字，描寫了讀者最能感同身受的角色，達到了作者的目的。一個出色的故事如果能被珀斯頓小姐這樣精心地計畫過，就並不需要情節了。

計畫性故事在二十世紀三〇和四〇年代非常流行。也許是因為短篇小說在那個時期風頭正勁。之後，計畫性故事就像長裙一樣，不再受到追捧。情節性故事開始大肆占領市場。在二十世紀五〇年代，還有六〇年代的大部分時間裡，讀者和作者開始把情節性短篇小說當成短篇小說的唯一形式。教師們會教，作者們會寫，編輯們會買。有些作者和教師甚至都忘了計畫性短篇小說曾經存在過。

　　如今，風向一轉，計畫性小說重新開始流行了。對這種潮流我們能解釋緣由嗎？就好像重新流行起來的裙邊一樣，有一個合理的說法？誰能說得清為什麼會風水輪流轉呢？也許是因為今時今日，人們越來越關注情感了吧。這或許可以解釋為什麼情感類故事——也就是相對情節性小說而言的計畫性小說——吸引了大量讀者。無論原因為何，計畫性短篇小說已經捲土重來，今天的作者必須要跟上編輯和讀者的需求。

　　如果你掌握了計畫性小說的寫作技巧，你可以寫出這樣的故事並將其發表。但千萬不要錯誤地認為這些故事「空無一物」。它們絕對不是你一開始想的那種「非小說」。這些故事自有特殊之處——情感的衝擊力和感染力。它們誕生自作者的計畫，並且成功地實現了作者的目的。

CONFLICT
衝突

如何將衝突戲劇化

羅伯特・C・梅里迪斯、約翰・D・費茲傑羅
Robert C. Meredith & John D. Fitzgerald

　　短篇小說的作者會利用場景來描繪角色、傳達理解故事所需的訊息，以及製造衝突。為了清晰起見，我們把展示衝突的場景稱為「大場景」，滿足其他功能的就是「小場景」。在這篇文章裡，我們只會討論大場景。

　　一篇短篇小說中的大場景由四種要素構成：

　　一、兩股對立的力量相遇。

　　二、作者對相遇雙方內在衝突的深入發掘。

　　三、對於相遇結果的暗示。

　　四、雙方相遇的結果必須是下一個場景中所發生事件的主要原因，並承擔場景間的過渡的角色。

　　作者引入兩股對立力量的唯一目的就是，製造衝突以抓住讀者的興趣。在每個大場景中，兩股力量相遇的結果指的是，某人

或者某物的勝利、失敗、輸了一招、被迫做出決定，對自身或他們之前未意識到的困境有了新的認識，或者直接撤退。

這些似乎在初出茅廬的寫作者看來都很淺顯。但困擾他們的問題是，如何決定將故事的多大比重放到大場景裡進行戲劇化呢？只有在瞭解短篇小說中可能存在的衝突形式，並且能夠將衝突作為故事的中心主旨進行表述的情況下，這個問題才有答案。你開始考慮一個人物可能遇到的衝突包括哪些時，就會很容易又很意外地發現，大多數商業小說裡只有三種我們見慣了的情節：

一、消滅對手的衝突。
二、克服阻礙的衝突。
三、避免災難的衝突。

還可將這幾種常見的衝突分解成以下這些流行的形式：

男人與男人。
一個人與一群人（或戰爭）。
男人與女人、女人與男人。
女人與女人。
人與自然（或上帝）。
人與災難。
人與自身。
人與環境。

　　我們來看一看幾份雜誌上刊登的小說是怎樣刻畫這些衝突的，給寫作新手一些如何運用大場景的提示。

　　一個永恆的三角戀故事。兩個男人想要同一個女人──男人與男人的衝突。兩人每次相遇時，作者都是在製造衝突。

　　一個懺悔的故事。妹妹想要搶走姐姐的丈夫──女人與女人的衝突。兩姐妹每次相遇時，作者都是在製造衝突。

　　一個通俗的青年人故事。一對夫妻正面臨離婚的危機──女人與男人的衝突。兩人每次見面時，作者都是在製造衝突。

　　一對城裡年輕夫妻買下一座農場，各種考驗接踵而來──人與自然的衝突。這對夫妻每次為了莊稼與自然鬥爭時，作者都是在製造衝突。

　　一群城裡人在拚命地救火，否則整座城鎮就會化為灰燼──人與災難的衝突。人們為了保住城鎮與烈火搏鬥時，作者是在製造衝突。

　　一個懸疑故事。一個男人目睹了一場謀殺。如果他出來作證，他的妻子就會知道他與另一個女人有染──人與自身的衝突。主角天人交戰時，作者是在製造衝突。

我們再來看一些優秀小說中的例子：

　　毛姆的《上校夫人》(The Colonel's Lady)：因為妻子的愛情詩集大受歡迎，高傲的上校佩里格林覺得自己在社會輿論面前抬不起頭來──人與作為社會性動物的人的衝突。佩里格林每次與來自自己社交圈子的人或事相遇時，毛姆都是在製造衝突。

莫泊桑（Maupassant）的《一個農場女孩的故事》（*The Story of a Farm Girl*）：一個天真無知的農家女孩追求真愛，到頭來不幸有了一個私生子，社會對她大加羞辱──女人與環境的衝突。她每次面對自己所在的小世界時，作者都是在製造衝突。

馬克・薛勒（Mark Schorer）的《夏日陽光中的男孩》（*Boy in the Summer Sun*）：一個年輕的大學畢業生在夏天即將結束時發現自己必須接受一些改變，才能適應新的世界──人與自身的衝突。主角每次面對變幻的世界時，作者都是在製造衝突。

經驗不足的寫作者常常會把場景寫得偏離重點，因為他們忽視了一個事實：大場景之所以能夠立得住，是因為作者透過它們對特定情境中內在衝突的要素進行了分析。就像上文的例子，三個故事可以用一段話來概括，能讓作者確保所有場景都在寫作的焦點內。

理解了正敘故事的情節結構，寫作新手就能懂得從故事中選出合適的比重，放到大場景中進行戲劇化處理。所有已出版的短篇小說中，大約有四分之三擁有正敘情節結構。我們來看看這些結構，以便瞭解哪幾步尤其需要大場景。

開頭：

一、建立場景。

二、介紹主要角色，間接交代他們大致的年齡，確定敘事視角。

三、定下文風和基調，讓讀者知道自己在讀一個什麼類型

的故事。

四、將最終會引出困境的情境作為背景介紹。

五、埋下伏筆，吸引讀者一直讀下去。展示一個小問題，這個小問題稍後會演變成困境，或喚起讀者對主角命運的興趣。

中段：

一、展示困境。

二、展示主角一系列嘗試解決困境的努力，但最終都是徒勞。

三、展示一段反高潮，主角似乎終於可以解決困境，但遭遇了前所未有的失敗，以至於讀者開始相信根本不存在圓滿的解決辦法。

四、中段的第三步迫使主角做出痛苦的抉擇，最終會引出解決辦法。

結尾：

一、困境得到圓滿的解決，並且讀者認為解決辦法是可信的。

關於選擇故事的多少比重進行戲劇化的大場景描寫，我們有一個原則性的指導建議：只選擇兩股對立力量相遇時的部分進行大場景的戲劇化描寫。從正敘故事的情節結構中，我們很容易看出，主角會在中段的第一步遭遇困境；他在第二步會嘗試解決，但只會以失敗作結；在第三步，他決定最後一搏，卻遇到巨大的失敗，讀者相信他已經無力回天；在第四步，主角做出痛苦的決

定，引出最終的解決辦法；也有可能作者在開頭部分的第五步就用一個大場景展現足夠的衝突。故事的篇幅決定了故事有多少個大場景。在一篇小小說裡，作者可能會把中段的第一、二、三、四步全部塞進一個單獨的大場景中。一篇五千字以上的小說一般會有四到五個上文所說的大場景。

現如今，固然有一些高級故事以正敘情節結構來構建故事，而作者也跟隨結構來安排大場景，但是絕大部分的高級故事都違反這種標準的正敘結構。也正是因為這種不守規矩加上出色的文筆，才有了這些高級故事。相對說來，所有的商業故事都偏向樂觀——讀者知道主角一定能夠戰勝困境。

高級故事相比商業故事，對於生活的解讀更為深刻。這些故事意趣微妙、智慧通達、暗藏機鋒，更關切精神層面的變化和角色內在的問題。結果就是，主角或者其他角色都不能看到衝突中的問題的終極意義。讀者比主角看到的東西更多——因此，很多高級故事裡的大場景常常預示被戲劇化的衝突，只是所有衝突的冰山一角。重點在於，故事主角對於自身困境的程度完全無知，最終認為這是生活的一部分。他由此對自己的存在得出一種悲劇性的認識，使得大場景與其說是一種顯見的掙扎，不如說是逐漸開悟的成長經歷。高級故事的作者用來決定何時使用大場景的方法只有一個，就是分析故事裡場景呈現的緊迫性。為了讓寫作新手明白這一過程，我們來分析一個高級故事。

芙蘭納莉‧歐康納的〈好人難尋〉（A Good Man Is Hard To Find），第一句話就告訴我們，奶奶不願意去佛羅里達。這句表述就概括了故事全篇的衝突。相較於她窩囊的兒子、媳婦還有兩個

不聽管教又沒有禮數的孫子，奶奶代表著舊時代的美國傳統。她之所以不願意去佛羅里達，是因為她想帶上兒子一家去田納西州見見她的朋友，讓他們繼承她的傳統和習俗。

　　造成衝突的關鍵問題並沒有被作者直接呈現出來，所以也沒有引發什麼爭論。不過，故事的開頭就是一個大場景。奶奶在兒子耳邊念叨，但是兒子沒有搭腔，只顧看著手裡的體育報。她說報紙報導了一個名叫「怪人」的逃犯，據說此人正往佛羅里達逃亡。這是個駭人聽聞的罪犯。她害怕孩子們在那地方會有危險。兒子一直對她不理不睬，所以她就找媳婦說這事，可媳婦也沒搭理她。這個時候，兩個孫子跟奶奶吵起來，還對她出言不遜。

　　這個大場景包含我們之前談到的四個要素。裡面有兩股對立力量的相遇，但我們只能間接體會到這種對立背後的涵義。作者挖掘了這場相遇的內在衝突。奶奶的說服失敗了。一家人要去佛羅里達。相遇的結果成為兩個場景之間的過渡。

　　這個場景還有一個重要的作用，就是深化角色。因為角色具有象徵性和概括性（雖然他們都被賦予了很具體的個性），衝突也因此具有普適性，代表大部分美國人與傳統之間的對立。衝突一旦變得普適，作者就有可能把很多情境都進行戲劇化的處理。

　　因為這種可能性的存在，高級故事的作者也許會傾向於認為，自己可以隨心所欲地將任何事變成場景。然而，事實並非如此，因為他會受到故事本身的形態——比如〈好人難尋〉的形態——所限。這是一篇高級悲劇故事。奶奶掙扎於自己面臨的困境，有一絲取勝的可能，但迎來慘重的失敗。第一個大場景就展示了她將失敗。但故事的形態，以及她的掙扎的手段，都讓她的

敗退顯得說服力不夠。於是，故事出現了一種壓力，要讓奶奶在某些大場景裡看似即將成功地克服障礙。

在隨後的幾個大場景中，奶奶確實看起來就要贏了。她吸引了兩個孫子的注意力；她斥責了他們的傲慢無禮；不管他們再怎麼不滿，她給他們上了一課；她讓路邊烤肉攤的攤主也承認了「好人難尋」；她勸一家人拐下大路去參觀一個舊種植園；而兩個孫子好奇心大盛，強迫父親拐上一條老舊的土路。

在所有這些場景中，奶奶都是勝券在握的樣子。奶奶的疏忽（但這如此符合這個角色的性格）導致車子出了意外，他們遇到了「怪人」。最後的大場景因此展開。在這個場景中，奶奶把「怪人」看作是自己的另一個兒子，他逃避了自己的過往卻又無處可去，只能沉湎暴力。四大要素在這個大場景裡都得到展現。雖然奶奶直到最後一刻也盡力地勸解「怪人」，說他本質上是一個「好人」，「怪人」還是和同夥槍殺了奶奶全家老小。

仔細分析這篇小說就會發現，作者從開頭到結尾一直在使用大場景，這是因為奶奶這個角色的個性太強勢了。這個故事向我們做出最佳的示範，展現了作者自始至終都將技巧視作實現目的的方法。奶奶為了讓全家人接受過去的價值觀所做的努力，實際上是她在對抗自己生活的整個大環境。奶奶並沒有和她兒子正面交鋒，但我們能感到大場面即將出現。只有這樣的呈現手段才能讓我們體察到這個角色身上的悲劇性。

為了決定用大場景來寫故事的哪些部分，高級故事的作者一定要理解衝突所蘊含的內在壓力。並且跟商業故事的作者類似，高級故事的作者應該只把兩股對立力量相遇的情節安排進戲劇化

的大場景。但關鍵之處在於，高級故事的作者在研究故事的時候，關心的是其本身的意義。而由於悲劇性的線性敘事的高級故事以及反常規故事破壞了正敘性標準故事的情節結構，所以也就沒有一個統一的公式用以計算故事中應該有多少部分適用於大場景。這一比重的大小完全取決於作者的個人選擇。但有一個事實不容忽視：透過對反常規故事和高級故事的研究發現，大場景從來只會出現在兩股對立力量相遇的時候。

舊式的低俗故事會將主角放置於現實世界中。所以，角色在大場景裡所遭遇的衝突都很套路化，無外乎武力的對抗和激情的演出。而今天的通俗故事作家透過大場景刻畫衝突時克制得多，衝突更加微妙，也更洞明世事。在高級故事裡，衝突往往帶有凌駕於角色之上的象徵意義，衝突中的角色往往不能完全意識到自己的困境。正因為高級故事的微妙意趣，其大場景並不需要也確實罕見直接的暴力舉動。

寫作新手所作短篇小說的一個常見毛病也值得在這裡提一下。有個錯誤的觀念認為，大場景中一定要有對白。雖然大部分已出版的短篇小說的確會在描寫大場景時用到對白，但我們也能看到，很多反例一句對白也沒有。反面力量不一定非得是另一個角色，可以是一個事件，比如一群士兵要奪下一座山丘，整個事件經過可以用其中一個士兵沒有說出來的想法來記敘。反面力量可以是大自然，比如風暴、洪水等等，只要對主角產生威脅就行了。並且，寫作新手尤其不要忘了「人與自身」這種衝突形式。反面力量可以是一個人的良知，可以用整個場景描繪主角的內心活動和行為。

對你的角色狠一點

保琳・布魯姆
Pauline Bloom

要說一封退稿信裡最讓人懊喪的編輯評語，「太過單薄」這四個字一定榜上有名。你反覆推敲，終於覺得自己所寫的東西足夠可信，角色豐滿動人，情節跌宕起伏，充滿懸念，這個時候，你很難冷靜地看著自己寫的故事，認識到究竟哪裡「太過單薄」。

編輯口中的「單薄」，通常指情節結構中缺少衝突。而幾乎每個作者都會覺得衝突最讓人頭疼，衝突讓人頭疼的程度遠甚於故事主旨所要呈現的思想問題。如果衝突寫不到位，故事很可能就賣不出去，因為成功的商業小說中，最重要的要素就是衝突。

為什麼衝突這麼棘手？看到我的一些學生為此苦苦掙扎，我領悟到了一個可能的答案。這些學生記的筆記車載斗量，聊起小說結構的各個方面也頭頭是道，並且他們都覺得自己已經徹底理解他們之前所寫的小說是在哪裡栽了跟頭。然後他們坐下來拿起筆，寫出來的新小說又在同一個地方跌倒了。

那究竟是為什麼？因為他們雖然在理智上明白好的故事衝突

包含什麼要素，但情感上不願意循序漸進地發展一個衝突。衝突的建立其實是一個刻意的過程。我們在日常生活中碰到問題時，總會尋找最簡單最快捷的手段來解決問題。我們不一定每次都能成功，但解決問題是我們的目的。所以，當我們創造的角色遭遇到問題時，我們會和他們一樣脆弱，祈求上天能夠助我們一臂之力。出於對角色深沉又長久的愛意，我們只想儘快替他們擺平難題。一旦困境出現，我們就會動用創造者的全部力量，一舉掃除角色面前的障礙。所以，衝突看起來變得平淡了。

為了克服心裡自然產生的矛盾情緒，寫出有力的好小說，你需要在動筆之前，趁你還沒有機會把自己代入到筆下的角色，就充分理解這種矛盾情緒，有意識地構建衝突。

這就是職業作家與業餘者之間最大的分別。業餘者會夢想著靈感憑空降臨，自己生出文字；職業作家卻知道必須親力親為，並且也是這麼做的。業餘者不願意規畫小說；職業作家卻對規畫習以為常。

不要以為提前規畫就會導致你只能寫出和其他作者一模一樣的「標準化」故事。我們身體的骨架也許大體上是一樣的，因為這些骨頭進化到今天這副形態是為了實現特定的功能。優秀故事的骨架也不會有太大的差別，因為各個部分也是為了特定的目的而組合到一起的。但是，當我們給故事骨架披上血肉和筋絡，角色、主題、背景、情緒、風格和各種其他要素各就其位之後，不同的小說就像各人的性格一樣大異其趣了。

你對故事做出的最重要的貢獻其實就是你自己——你所有的經驗以及面對這些經驗的反應。經驗不僅是發生在你身上的事

情，還有你在事情發生之後做了什麼。你看在眼裡的也不是事物本身，而是你自我意識的投射。沃爾特・德・拉馬雷（Walter de la Mare）是這麼說的：

> 有件事真稀奇，
>
> 要多稀奇有多稀奇，
>
> T小姐吃的任何東西
>
> 都會變成她自己。

在你計畫這樣做之前，大量的經驗，經過你再次的加工，都會進入你的故事。這些東西決定了你故事的主題以及所有的組成部分，讓你的故事有別於其他故事，哪怕你故事中的基本衝突早已被前人重複過許多次。而這種基本衝突往往能夠帶來最有衝擊力的故事。

衝突中的各方力量，有三種可能的組合形式：

一、人與自然的衝突。大自然作為威脅出現的時候，會成為絕佳的戲劇性素材。傑克・倫敦（Jack Lomdon）就知道如何利用北極的荒原和海上的風暴來挑戰主角的體力與智謀。叢林、野獸、大霧、颶風、洪水等等，把你的角色放到任意一種情況中，他就會為了達成目的英勇地與之搏鬥。許多冒險小說都是圍繞這種類型的衝突寫就的。

二、兩個自我的衝突。一個經典的例子就是傑奇博士和海德先生[1]。類似的例子數不勝數。直到幾年前，這種心理衝突仍然是許多文學故事和高級故事的主題。但現在，流俗小說和低俗小

說也越來越看重對角色的刻畫。到了今天，幾乎任何類型的故事都有可能建立在這種衝突之上。

三、**人與人的衝突**。如果是一個懸疑故事，可以是警探和殺人犯的較量；愛情故事可以是一個棕髮女孩與一個金髮女孩的爭鬥；西部故事則可以是自耕農與牧場主的糾葛；等等。你大可以把常見的衝突寫得別出心裁，創作出高度原創的故事。

一個人與一群人的衝突也可以歸入這種形式。比如，你的主角也許要前去解決一夥罪犯、一夥破壞狂，或任何有違公義的有組織團體。如果壞人最後罪有應得，這種類型的故事就會非常有戲劇性。

一個好故事，本質上就是對衝突的記錄。主角先是發現衝突，然後隨著故事發展，衝突不斷加劇，直到高潮段落來臨。最後在結尾處，衝突得以化解。

在開頭和結尾之間，主角從一開始想要達成某事，一直到最後成功或失敗，這個過程裡一定要有一些轉折點——衝突在這些位置達到高峰。而且一峰要比一峰高，衝突不斷加強，越發激烈。情節的最後高潮，當然戲劇性最強。高潮促成解決方法的產生，將故事帶入令人滿意的結局。

或者，我們換個說法：你決定自己想寫一個什麼類型的故事。你決定主角是一個什麼樣的人，然後你再決定他想要什麼。讀者如果處在主角的位置，應該也會有相同的渴望。現在，你的主角為了這個重要的目標邁出了第一步。你身為作者，接下來應

1 出自英國作家史蒂文森（Robert Louis Stevenson）的科幻小說《化身博士》（*The Strange Case of Dr. Jykell and Mr. Hyde*）。

該做什麼？你要把他打倒。

主角換了個辦法——而且更加努力——那你就把他打得更重。然後他也許會採取更孤注一擲的手段。這一次你可能就會心軟，讓他得償所願。但只是可能，這要看你的故事是怎麼寫的。

你必須克服矛盾情緒，在你的主角眼前豎起重重障礙。這一點需要牢記在心。此時此刻，你已經明白你為什麼想要讓自己的角色在一開始就取得成功。但你如果想要成為成功的作者，就必須想出各種方法來挫敗你的主角。

篇幅以及類型決定了故事可以包含多少個衝突高峰。比如說，一個主要寫角色或者一種氛圍的文學性故事，不需要把情節安排得非常緊張，尤其是在故事篇幅不長的情況下。一個三千到四千字的通俗故事一般有兩到三個高峰，在極其罕見的情況下甚至只有一個。如果這個通俗故事有五千至六千字，三個高峰會比兩個高峰更有力。而一篇六千字上下的好的低俗小說就應該至少有三個高峰，也許四個，也許更多。

你在開始構思故事的中段之前，就應該已經知道結尾的樣子。因為只有這樣，你才能保證故事穩定地前進，進入一個邏輯合理的結局。也只有這樣，你的故事才有方向，才能保持目的的唯一性。

衝突雙方應該彼此爭鬥，直到其中一方獲得確鑿的勝利。絕對不能寫成握手言和，否則故事的力度會大打折扣。絕大多數投給商業雜誌的故事，要是主角能夠成功地達成他最重要的目標，就會有更大的發表機會。

你不要認為大團圓結局的故事一定會有損你的藝術追求。如

果你的主題和衝突有理有據，你便能透過證明自己堅信的原則，做出具有建設性的貢獻。

趁你還沒揭開打字機上的布罩，你還要想好自己打算寫一個什麼類型的故事——愛情故事，冒險故事，還是有關婚姻危機的故事？等等。這會在一定程度上限定你能選擇什麼東西來作為衝突各方。然後再問問自己，你要寫的是人與自然，人與人，還是人與自身的故事？

回答了這些問題之後，你就會有一個確定的人物，這個人物過著一種確定的生活（角色開始成形），這個人物的生活有別種生活所沒有的衝突和問題。

當然，你肯定已經讀過不少和自己想寫的故事屬於同一類別的東西，自然明白這個類別裡最成功的那些故事包含什麼樣的衝突。所以你可以決定讓自己的主角面對什麼，他要努力翻越什麼障礙，達到什麼目的。然後，用一句話把故事的核心寫下來。

舉例來說，你寫的如果是愛情故事，你的故事的大意也許是：「一個墜入愛河的女孩，想要從一個毫無廉恥的情敵那裡把自己所愛之人搶過來。」主角有一個毫無廉恥的情敵這一設定，為之後一系列的衝突鋪出了一條路，路的盡頭就是她的最終目標。

在西部小說「一個牛仔發現一個趕牛人為了賺更多錢而不顧大家的性命，去冒不必要的風險，於是挑戰趕牛人的權威」中，趕牛人可不會輕易妥協，尤其事關一筆不小的財富及他自己的尊嚴。同時，一個如此有性格的牛仔既然勇於挑戰既有權威，勢必會為自己的原則奮力拼鬥。所以，這個故事很有可能一步一步發展至合理的高潮，成為一個有力的故事。

在故事核心概述的開場情境與主角目標的最終實現之間，就是上文所說的衝突的高峰。你把這些高峰都構思完畢之後，用一頁紙寫下故事大綱，標出每一個衝突高峰和高潮的位置。

穩住自己，這一頁大綱完成之前不要動筆。如果你在不知道方向的情況下就開始寫作，你的小說走在正道上的機會微乎其微。心存僥倖的結果通常都是離題萬里。而且，你漫無目的地寫了好一陣子之後，很有可能到頭來只想丟掉整篇東西，出門看部電影了事。就算你硬著頭皮繼續寫下去，寫出了一個故事，也不知道它到底能不能中靶，而且裡面會有很多錯誤，你卻看不到。

因為文字一旦落到紙面上，就有了一種神聖性，尤其是對初學者而言。「這句話太漂亮了，」他會對自己說，「我沒辦法刪掉。」

即使他懷疑這裡或者那裡有些瑕疵，可是，哪個母親會因為孩子腿瘸而心生嫌惡呢？通常他只會變得更加護短而已。

不，最安全的方法就是提前規畫故事，並且只在你知道方向的前提下開始寫作。

規畫依靠的是思維，而不是情感。你越是堅定地只靠思維規畫故事，你故事的結構就會越漂亮。

誠然，在作者的生活中，情感扮演著至關重要的角色。一個故事首先要讓作者感受深刻，才能讓讀者感受深刻。但是作者只有理解和控制自己的情感，才能讓故事的魔法征服讀者，而不是吞噬他自己。

冷靜地規畫你的征途——把激情留待行文之際。這樣，你才能寫出一個精緻的故事，而且能賣掉它。

VIEWPOINT
視角

如何選擇合適的視角

露易絲・波吉斯
Louis Boggess

想像你是一個編輯。你拿起一份手稿，上面寫的是：

　　一小撮人擠在機場大廳的角落裡。珍妮斯在想，自己為什麼這麼傻乎乎地要來，還把真實的情緒徹底暴露出來。保羅擦去相機鏡頭上的一個汙點，心裡打算把那個破壞他婚姻的男人解決掉。李在腦海裡起草一封辭職信，因為那個過氣的女明星要是沒有在這次公開活動上露面，他也不用再幹廣告策畫這行了。

故事屬於掌控情節的那個角色。在這個例子中，在短短一段話裡，作者卻在三個不同角色的腦海裡進進出出，只會讓人一頭霧水。你和編輯一樣，可能讀到這裡就要放下了。但是編輯們每天都會收到這樣的故事，這些作者都沒有掌握視角的簡單使用技巧。

　　視角就是你發展故事的情節時所依據的情感焦點。客觀的視角並不會深入任何一個角色的心理，只會毫無感情地陳述事實。既然短篇小說需要濃烈的情感，那就必然要用主觀視角來寫。

　　有了主觀視角，你就可以把角色的想法分享給讀者。瞭解了角色在想什麼、感覺怎麼樣之後，讀者就能在情感上認同這個角色，從而投入到故事的情節中。你的故事是透過一個角色展現出來的，我們稱這樣的角色為視角角色。你所選擇的視角類型決定了故事情感的豐富程度，以及戲劇性的連貫程度。大部分短篇小說都是用單一主角視角寫就的。

　　一、單一主角。

　　如果你選擇主角作為視角，就不要進入任何其他人的心裡。只用他一個人的情感為小說著色就好。你應該一開始就擺出這個視角，讓讀者能夠立刻代入角色。以喬治‧R‧克雷（George R. Clay）的〈掌中鳥〉（Bird in Hand）（《女士家庭雜誌》〔*Ladies' Home Journal*〕）為例：

　　　他剛走出電梯，家裡的電話鈴就淒厲地響起來，嚇得他緊握著欄杆盡頭的立柱，半天沒敢動彈。自從昨天下午從紐哈芬回來，他就有種不祥的預感──萊斯莉也許會誤了火車，或把週末過得一團糟。

　　你雖然並不知道視角角色的名字，但能感受到他的不安，希望他能一切順利。

　　一旦視角角色登場並勾住了讀者的注意力，你就不要再用

「他看到」「他聽見」之類的表達來反覆確認視角。你不需要提醒讀者注意視角的存在。因為他已經走進這個視角，已能將自己代入角色的任何反應。

不過也有例外。你如果寫了好長一段或者幾段都只寫了視角角色的心理衝突而沒寫什麼行動，就需要偶爾插入一些「他覺得」或者「他認為」來提醒讀者。

上面的例子展示的是第三人稱視角。你如果選擇了第三人稱，那麼在表達想法和展現行動時就必須用「他」而不是「我」來作為代詞。有些時候，你可能想要在視角角色的想法中放進一個重要的事實。只有在這種特殊情況下，你可以讓他用第一人稱來思考，但要用一對引號把他的想法框起來，並且加上「他覺得」或者「他考慮」作為限定詞。

單一主角視角可以輕鬆地用於第一人稱或第三人稱。如果你用的是第一人稱視角，想法和行動就要透過第一人稱代詞來表述。以《現代傳奇》雜誌（Modern Romances）上刊登的〈汝勿殺人〉（Thou Shalt Not Kill）為例：

> 那是一個明媚的春日，星期天早晨，我和迪克坐在教堂裡。父親的布道我幾乎沒怎麼聽。我滿腦子想的都是那場我們誰也贏不了、誰也輸不起的爭論。

第一人稱也好，第三人稱也罷，取決於角色塑造的需要和作者的喜好。通常情況下，第一人稱會讓角色顯得更為親切，第三人稱則會讓人物顯得相對內斂。有些作者喜歡用第一人稱視角

是因為他們更容易化身成角色，寫的東西更有感情。你如果覺得某一新視角更合適，只要簡單地改一下代詞。比如前文引用的喬治‧克雷的〈掌中鳥〉，改成第一人稱視角是這樣：

> 我剛走出電梯，家裡的電話鈴就淒厲地響起來，嚇得我緊握著欄杆盡頭的立柱，半天沒敢動彈。

你如果是個新手，運用單一主角視角能夠很快讓讀者產生代入感，建立起牢固的連貫性，還可以簡化角色發展以及情節的走向。

二、單一配角。

在一些故事裡，作者會把配角對主角的看法作為視角。如果小說的主角很難引人同情，或是不太能讓人代入，旁觀者或者敘事者的視角就能派上用場了。有時候，一個精彩的背景能夠更好地透過配角的眼光傳遞給讀者。配角視角同樣適用於以同一角色貫穿始終的系列故事，因為故事不斷引入新主角。在某些情況下，主角不會出現在故事的所有場景中，這個時候就需要使用配角視角了。比如威爾‧斯坦頓（Will Stanton）的〈曲奇餅叛亂〉（The Cookie Rebellion）（《紅書》）：

> 從來都是一句閒談帶來了麻煩。我們一家人當時坐在飯桌旁，甜點吃的是冰淇淋和曲奇餅。
>
> 「我記得我小時候，」我父親說，「家裡有一個很大的曲奇餅罐子，放在架子上，麵包盒旁邊。我們放學一回到家就要

去掏那個罐子。不管帶回來多少朋友都沒關係。我們知道那個罐子永遠都會是滿的。」

「真的嗎？」我母親問。

在這個例子中，父親和母親都不是貫穿所有場景的角色，是這個作為旁白的孩子出現在每一段情節裡。注意，作者在這裡立即交代了視角角色和主角的親密關係。如果可以，讓旁觀者和主角的性別一致，這樣讀者就會加倍地認同角色。

運用這種視角，可以讓敘事者捲進主角的問題，對主角的決定做出總結，經歷小說主題所要表現的角色變化。

還有一種叫「潛在敘事人」的旁觀視角。作者會在故事裡充當旁觀者的角色，但從來不會用一個人稱代詞來指明自己的存在。他會講述情節，也會以視角角色的身分產生情感反應。這並不是客觀的視角，因為故事會被潛在的敘事人塗上自己的情感色彩。

伊麗莎白・斯賓塞（Elizabeth Spencer）在〈卜福德一家〉（Those Bufords）（《麥考爾雜誌》）裡就用了這種視角。透過其情感反應，我們看到敘事人是社區裡的老人家，可能和學校有些關係，而且對卜福德一家以前幹過的好事記憶猶新。

有一些窗戶，離地很高，很大，滿映著天空。那個孩子的眼睛，凝視著空房間的中央。四處空空，傑克遜小姐的頭腦睡意沉沉，疲於應付小傢伙們一整天了。各種麻煩，包括應付他們的髮帶、算術題、想法。現在一片寂靜。

　　巨大、粗笨的樓裡滿是寂靜，爐子滅了，一個個寬敞房間的地面開始漫起冷意，冷意攀上她的腳踝。每週有兩三個下午，等所有人都走了以後，傑克遜小姐會在那兒坐著，通常還有卜福德家的一個小孩——或者是因為卜福德家的小孩惹的事。大家都說她今年帶的年級是最差的，因為有卜福德家的小孩。

　　你可以感覺到有人在講這個故事，但找不到點明敘事人的代詞。這種視角的使用難點在於，你要儘量避免進入任何一個角色的內心世界。除了少數幾句話，作者會一直保持潛在敘事人的視角。

　　三、多重視角。

　　全知視角意味著進入所有角色的腦海，揭示他們的想法。今時今日的短篇小說基本上已經很少會採用這種視角。短篇小說的平均篇幅在五千字左右。你把視角從一個角色轉到另一個角色身上時，就擠掉了太多用於情節和角色塑造的字數。因此，多重視角更適用於中長篇小說。

　　通俗雜誌偶爾會登出一篇採用雙主角視角的短篇小說。兩個主角遇到相似的問題，兩人在彼此認識、瞭解之後，會朝著共同的解決辦法前進。簡而言之，你會有兩條出現在不同方向上的故事線，最終殊途同歸地結束於一個共同的解決方法。

　　格特魯德・施維策（Gertrude Schweitzer）發表於《好家政》雜誌上的〈我的孩子不見了〉（My Child Is Missing）就是一個很好的雙角色視角例子。小說的頭兩段描述了將兩個角色拉到一起的事件：

也許是因為母親疏於照看，一個小男孩走失了。新聞記者東尼·路易斯也是這樣弄丟了自己的孩子。他被指派去採訪這個母親——「姓卡本特的女人」。小說先以他為視角，讀者因此瞭解到他的過去。

> 東尼·路易斯開著舊車來了，擋風玻璃上插著他的記者證。他下車以後看了一眼四周，才走上樓梯前往那女人的公寓。

東尼充當小說的視角，直到他開始採訪「姓卡本特的女人」。以下是視角第一次改變的長長的過渡段落。

> 「我想請您和我說說經過，從頭開始，」他對她說，「我不會打斷，也不會提問，直到您說完為止。但如果您不介意，我會記筆記。」
>
> 她坐在椅子邊緣，任茶水變冷，只望著門口，目光一刻也沒有離開。過了一分鐘，她說起話來。她的聲音一開始顯得平淡而且毫無生氣，之後隨著她的回憶慢慢變得生動。
>
> 「都怪那輛公車，」她說，「公車晚了二十五分鐘。我每天傍晚，從伊林伍德教授家做完工作出來，都會在五點十分坐上從斯特拉頓街來的公車。教授經常要我加班，但我跟他說我沒辦法……」
>
> 說不上是第幾百次了，她又開始一股腦兒地說起來，在腦子裡追尋那天下午的每一步、每一個細節。

　　東尼為讀者描繪了這個姓卡本特的女人，之後她就開始講述自己的經歷。下一段文字就變成了她的視角。她保持著視角角色的身分，講述起她那一部分的故事。作者在兩個主角的視角間順暢地來回切換，直到故事尾聲。

　　雙人視角對初學者來說很難，因為這種寫法會割裂讀者的認同感，打斷故事的連貫性，削弱懸念，還會從情節發展和角色塑造那裡偷走字數。你除非像格特魯德・施維策一樣經驗老到，否則不要輕易嘗試這種視角。

　　最重要的規則就是，切記不要轉換視角，除非這樣做利大於弊。你現在必須學會如何挑選一個角色來作為故事的最佳視角。有些老練的作者會在短篇小說裡把多個角色作為視角，分別寫上幾段。當角色視角下的詞句可以毫無阻滯地流淌時，這才是最好的選擇。但是一般的初學者並不具備這種感知，所以有另外一些選擇視角的辦法。

　　既然大多數短篇小說都是以單一主角作為視角的，我們就來總結一下勞倫斯・威廉姆斯（Lawrence Williams）的〈寶藏〉（The Treasure）（《好家政》）裡的情節，你可以看到作為視角人物的瑪西怎樣透過我們後面會提到的「六點檢驗法」。

　　瑪西要更新駕照。她在填表時發現自己需要額外一張紙來解釋，一個家庭主婦會做許多事，但沒有一件是具體的，也沒有一件特別擅長。她的丈夫提姆是個住宅承包商，他讓瑪西明晚準備一頓晚餐，招待一些有意向的客戶。瑪西很高興，直到提姆開始在她面前大肆讚揚他的室內設計師阿黛

拉，說多虧了她，客戶才感興趣。瑪西很嫉妒阿黛拉，因為她每件大事都辦得漂亮，而且還能把室內設計師作為自己的職業。瑪西決定，盡己所能做一頓豐盛的晚餐，再給丈夫出一些賣房小主意，這樣提姆就會真心地感激她所做的一切了。

第二天，麻煩接踵而來。先是孩子們得了感冒，瑪西要照顧他們睡下。然後車子發動不了，於是她打電話給維修廠安排修理。她打掃了屋子，還跟水管工因為修洗衣機的價錢吵了一架。她去市場買烤肉時碰到了小提姆的老師。老師問她加拉哈德爵士的戲服做得怎麼樣了。但孩子從沒跟她提過這件事，所以她又去了圖書館，查一查戲服要怎麼做。

回到家裡，她看了看孩子的情況，然後把烤肉放進烤箱，盤起頭髮，開始縫製戲服。她在園子裡採了鮮花，收拾了蔬菜，餵飽了孩子們，梳妝打扮好了以後，等著賓客們光臨。

她覺得沒人真會在意晚餐或者想要聊天，大家都只是在談生意。阿黛拉拿出了裝修計畫書，而瑪西要洗盤子。她在客廳招呼大家時睡著了。客人走的時候也沒有叫醒她。瑪西感覺天昏地暗，因為她覺得自己讓丈夫丟人了。

第二天早上，提姆幫她在表格上的職業一欄填了「魔術師」。他對她說，魔術師就是創造奇蹟的人，而且看起來還毫不費力。瑪西明白了，提姆對她做的一切都心存感激。

知道角色在故事中所承擔的具體功能，你就能選出最好的視角角色。雖然有一個或者一些角色都滿足六個功能之中的某些功能，但只有視角角色能夠面面俱到。記住上面的故事梗概，我們

來看一下瑪西是否發揮了以下這些功能。

一、情緒。

視角角色對愛情、名氣、認同懷有徘徊不去的渴望或憧憬。角色嘗試滿足願望的方式決定了統領全篇的情感，比如戲劇化的、神祕的、浪漫的或幽默的。

瑪西希望丈夫欣賞身為家庭主婦的她，就好像欣賞設計師阿黛拉一樣。為了準備一頓絕佳的晚餐，並且像阿黛拉一樣幫提姆把房子賣出去，她必須解決一個又一個意料之外的問題。她展現出一個家庭主婦可能經歷的一切事務，賦予了小說一種淡淡的幽默感。

所以，你要選擇的角色會帶來一種瀰漫整個故事的情緒，這是身為作者的你希望帶給讀者的情緒。

二、衝突。

合適的視角能夠加強故事的衝突。本例中的衝突來自視角角色的性格特質、其所面臨的問題和嘗試解決的努力、其他角色，還有背景。所以你要選擇最急於解決問題的角色，其性格特質會帶來最強烈的內心衝突，跟背景中的其他角色也會有衝突。

瑪西錯誤地以為提姆並不欣賞她，所以她要做些什麼，讓他發現她身上真正的閃光點。她的打算是給丈夫的客戶們精心準備一頓晚飯，讓丈夫明白家庭主婦也是有大用處的。她的丈夫稱讚了阿黛拉，加劇了衝突。瑪西想要盡可能地像阿黛拉一樣能幹，但是家庭瑣事不停地干擾她。她開始準備晚餐之前，必須解決任何一位家庭主婦都會碰到的各種小問題。所以瑪西絕對是能加強故事衝突的角色。

三、懸念。

視角角色在整個故事中都在努力嘗試解決問題，自然也就承載了懸念。這個角色所做出的每個決定必然會帶來新的問題。為了實現這一點，視角角色對於真實情況的瞭解必須非常有限。

視角角色知道太多，會迫使作者透過隱瞞一些事實來欺騙讀者。讀者一旦發現視角角色並沒有把自己知道的全部訊息和盤托出，通常會感到憤怒或者震驚。懸念並不只是「視角角色能解決問題嗎」，更是「到底怎樣才是正確的解決辦法」。

瑪西在通篇故事中都在場，而且沒有意識到自己其實在丈夫的生意中扮演著重要的角色。為了給客戶準備晚餐，她必須先解決一個又一個小麻煩。讀者會好奇她到底能不能準時把晚餐做好。大家看起來好像心思都不在餐桌上時，讀者會擔心瑪西是不是失敗了，並且和她一起感覺到天昏地暗。但第二天早上，提姆透過駕照表格向瑪西表達了感激之情。綜上，瑪西就是背負故事懸念的角色。

四、讀者認同。

視角角色必須能夠以最快的速度在讀者心中建立起最強烈的認同感。這樣讀者才會認同故事的情節。

瑪西能讓這本《好家政》雜誌的女性讀者產生巨大的認同感。多數女性在生活中都有一個阿黛拉這樣的對手。並且，沒有哪位母親可以在被家庭瑣事干擾的情況下有什麼了不起的成就。再者，女性讀者非常能理解那種頂著壓力準備晚餐的疲憊感覺。最後，每一位女性都極不願意把自己為家庭所做的一切輕描淡寫地概括成「家庭主婦」四個字。對於女性讀者這個群體來說，故

事裡沒有哪個角色會像瑪西一樣給她們帶來足夠強烈的認同感。

　　五、作者意圖。

　　視角角色必須透過故事情節，向讀者傳遞作者的意圖。結局無論是好是壞，對這個角色的影響一定要是最大的，並且角色一定要表現出令人信服的變化。這種變化會將一個本質不壞的角色在某方面的疏失或是盲點擺出來供人檢視。在故事臨近尾聲的時候，透過視角角色的對白或者想法，作者將這個變化昇華為小說的中心思想，或者一個人人皆知的真理。

　　瑪西的幸福感完全來自提姆是否感激她所做的一切。當瑪西聽到提姆解釋，魔術師就是每天都看似毫不費力地創造奇蹟的人，她才發覺，自己一直以為他對自己做的這些瑣碎小事並不在意，其實完全是錯怪了他。所以瑪西改變自己對提姆的錯誤印象，她的想法也就帶出了故事的主題。

　　　我明白了提姆的意思──也知道了他一直以來的想法。一百個小把戲其實和一個大把戲一樣重要。大小把戲共同保持演出能一直進行下去。

　　於是每個家庭主婦都會覺得瑪西就是個魔術師，這也正是作者想要傳達的訊息。

　　六、能力。

　　視角角色擁有解決問題的能力。作者讓我們看到，瑪西解決了一件又一件麻煩事之後仍然按時準備了晚餐。她會決定事情的輕重緩急，果斷地採取合理的措施。在她身上，清潔工人、花

匠、廚師、護士、裁縫、學者、外交官等等，所有能與家庭主婦有關的身分融為了一體。所以用這六點來檢驗你小說裡的每個角色吧。能夠把這些功能發揮得最好的，就是你的視角角色了。

寫作講究的是演繹。如果你展現的是視角角色的行為、言語和想法，以及其他人對其的反應，讀者會覺得這個角色更加生動。所以最好避免使用記錄性或者陳述性的語句來描述角色。

作者向我們展現的瑪西是一個家庭主婦，她每天都在解決各種瑣碎的緊急事件，但她渴望丈夫像稱讚助手阿黛拉那樣稱讚她做出了了不起的貢獻。

一、透過行為。

視角角色的行為揭示了其個性。沒有衝突的行為所揭示的東西很少，所以要讓你的視角角色處於壓力之下。作者描述了瑪西是怎樣解決每天的麻煩事的。

就算車已經修好了，孩子們已經被哄上了床，屋子差不多收拾乾淨了，我又花了四十五分鐘和水管工在電話裡因為維修洗衣機的價錢大吵了一架，我仍然沒有時間好好想想這頓至關重要的晚餐要怎麼準備。

二、透過對話。

對話可以讓角色在讀者眼前栩栩如生。每一行對話都必須達到塑造角色的作用，或者大致符合角色性格。瑪西在市場碰到自家孩子的老師。老師問她演出的戲服做得怎麼樣了。瑪西完全不

知道演出這回事，但絕對不能讓老師看出來。

　「噢，演出啊。」我一邊說，一邊緊張地把豆子塞進購物袋裡。我之前從來沒聽說過這件事。「做得馬馬虎虎吧。只是這個角色……提米說得不太清楚。」

在這段對話裡，瑪西再次展現了自己的應急能力。
三、透過想法。
　視角角色會向讀者詳細地吐露自己的想法和感受，如果言行不一，就必須告訴讀者原因。讀者會非常在意角色的想法，所以視角角色必須告知讀者自己對其他角色和不同情況的反應，為自己的行為辯護，但作者尤其是要保證其內心的衝突愈演愈烈。
　提姆告訴瑪西，阿黛拉在業餘時間完成了一份計畫書，實在是太了不起了。瑪西流露出羨慕。

　　不會的，我覺得沒人會真的放棄，徹底認輸。但是我接受，我就是比人差勁，而且永遠都是這樣。我是能做事，雞零狗碎的事，不值一提的事，但是歸根結柢都是沒人注意的、毫不出奇的事。

瑪西再一次在阿黛拉面前自慚形穢。
四、透過其他角色的反應。
　視角角色是故事裡的焦點，所以你要用其他角色的反應來實現眾星捧月的效果。瑪西認為魔術師就是個變戲法的，但是提姆

糾正了她的想法，以此讓瑪西明白了她究竟是誰。

> 「這些事只是看起來像小把戲。瑪西，魔術師是創造奇蹟
> 的人，而且還能看起來毫不費力。這才是你。」

作者以此向你展示了瑪西真正的形象。而且作者在描寫任何一個角色時，沒有用一句聲明性或紀實性的語句。

視角角色在你眼前彷彿觸手可及的時候，你就可以用這些技巧來寫上幾段，看看能不能表現出你所希望表現的角色特點，甚至是角色的全貌。

如果你選擇了正確的主觀視角，也找到了可以最大程度發揮上述六點功能的角色作為你的視角角色，而且能夠用以上四種方法描繪這個角色，你便掌握了運用視角的技巧。

FLASHBACK

倒敘

如何運用倒敘

蘇珊・泰勒
Susan Thaler

　　想要讓角色更有深度、更有層次，倒敘必不可少，而且其功能也是不可替代的。透過描述幾年前（昨天也可以）發生在主角身上的事件，讀者能夠更清晰地理解這個角色為什麼今天是這樣。也就是說，在你為角色設置的各種情境中，讀者能更容易理解他為什麼會做出這樣的反應。

　　雖然「倒敘」這個詞意味著從現在的時間抽離出來，但是如果將其運用得當，倒敘也能為故事帶來一種重要的即時性。一旦你牽著讀者走進倒敘，順利的話，他會被深深吸引，那麼只有當你溫柔地把他帶回到現時進行中的情節時，他才會意識到剛剛讀到的是一段倒敘。

　　我們假設你要寫一個有關父子關係的故事。男孩剛剛通知父親（主角），他已經退學參軍。父親被兒子的魯莽深深地激怒。兩人交鋒的場景可能會是這樣：

「你這麼做是想證明什麼？」馬丁（父親）咆哮道，「你有沒有搞清楚，你是要去打仗──你會受罪，會死！會死，你個蠢貨！你會死在戰場上！……」

傑瑞米挺直身體。「爸，我明白。」他腆著下巴，像是隨時要躲開一拳，「我知道自己在幹什麼。」

多年輕的小子啊，馬丁心想。他覺得兒子的臉龐似曾相識得令人心痛，那一副急欲長大成為男子漢的莊重而堅決的表情……他想起從前，想起另一場戰爭。他的父親送他去車站。兩人站在昏暗的燈光下，四周嘈雜又混亂。他的父親突然變得親切，親切得幾乎讓他無法接受。馬丁只好轉過臉。

「孩子，你要保重。」他父親反覆叮嚀，「你要好好照顧自己……」

他只想撲進父親的懷抱──就像小時候那樣，告訴父親他其實有多害怕。但這時，列車員大喊：「上車！」馬丁立刻立正，擠出一個士兵該有的笑容。

「爸爸，你多保重。」畢竟，他已經不再是小孩子了。火車離站前，他和父親再一次握了手……

「爸？」傑瑞米的聲音把他拉回來。這孩子一下子顯得那麼蒼老卻又那麼年輕，和他當年一模一樣。

這個隨手舉的例子達到了幾個方面的效果：透過回憶自己曾經經歷過的類似事件，馬丁能夠更全面地看待兒子，從而更好地理解兒子。更重要的是，讀者可以由此看到不同人生階段的馬丁，而不僅僅是故事指派給他的父親角色（深度和層次）。讀者

看到，馬丁曾經經歷過的事情，恰是他的兒子即將要面對的，所以他的反應——憤怒、恐懼、溫情——就更加容易理解了。

沒有什麼規則能告訴我們何時該用倒敘。從小說的開頭直到結尾，任何位置都可能出現倒敘。在某些情況下，甚至從第一句就開始倒敘：

> 從我七歲起，崔斯特扎就和我們在一起生活，至今已九年。

這句開場白出自刊登於《美國少女》雜誌（*The American Girl*）的〈我的朋友崔斯特扎〉（Tristeza, My Friend），我寫的這個故事用了很大的篇幅進行倒敘。雖然身為青少年的女主角是以現在的口吻去講述故事的，但故事的大部分情節都是她在孩童時代的成長經歷。緊接著開場白的下一段是這樣：

> 有一天，大姐雪莉爾和隔壁家的唐尼叫我跟他們一起去寵物認領處。我永遠也忘不了那天。唐尼的狗，喬喬，這個月已經是第二次被捕狗人史奎爾先生抓到了。「你現在給我聽好了，小子。」史奎爾先生怒吼⋯⋯

運用倒敘的訣竅就是，要輕巧地穿梭來往於角色的現在和過去，同時不會打破你費盡心力營造的故事基調或者情節的連續性。既然你希望在有限的篇幅裡盡可能交代更多的角色訊息，倒敘就要寫得非常精妙。這段敘述的用心之處在於對時態的處理：我想要描述過去發生的某件事時，說的是「有一天，大姐雪莉

爾⋯⋯」，還有「⋯⋯唐尼的狗，喬喬⋯⋯被抓到了」。但這一點一旦跟讀者講清楚了，我就想讓讀者儘快忘掉這個時態──因為我希望他會認為之後的情節是發生在當下（即時性）。所以史奎爾先生說話時，對話再次回到現在式：「你現在給我聽好了，小子⋯⋯。你如果不拴好自己的狗，讓牠隨便跑到街上⋯⋯」諸如此類，情節從這裡發展下去。

倒敘的長度也沒有定論，可以是角色腦海裡飛速掠過的一兩句回憶，也可以是包含重要情節的高度戲劇化的事件。想要在故事裡製造張力，倒敘是最好不過的方法。我們有多少人看過這樣的故事：在危機一觸即發的緊張時刻，故事突然跳到去年、上個月或者上個星期的某個時間？（Ｊ・Ｐ・馬昆德〔J. P. Marquand〕就因為特別會吊人胃口而名聲在外──或者說臭名昭著！）

雖然在中長篇小說中，你可以用海量的篇幅去揭示某人的過往，但是在短篇小說裡，太多倒敘就會讓人讀來煩躁不已。（我們有多少人會跳過倒敘的場景，只想知道後來發生了什麼事？）一個作者被限制在二十頁甚至更短的篇幅裡時，為了烘托當下的情節，他必須慎重地決定有哪些過去的背景值得點明。他必須非常清楚自己到底想要表達什麼，並且可以本能地感受到故事的節奏，才能知道該在什麼時候插入倒敘。

然後，倒敘還必須能和情節成為一體。你如果希望倒敘可以細膩地融入故事的肌理，就必須讓它和現在發生的事件有一定程度的關聯──與之有情感聯繫。

你如果在描述一個正在和歹徒拚死搏鬥的角色時，想告訴我們更多有關他的事情（這就是你會用到倒敘的原因！），千萬不

要從頭開始，告訴我們他的父母怎樣相識然後有了孩子（不就是他嘛！），然而父親生意破產，一家人只能搬到小鎮的貧民區。你要立刻告訴我們的，是與現在的事情相關的訊息——比如，從前他在放學回家的路上被一群小混混盯上了。

> 他跑，但兩腿使不上力氣，就像那時一樣拖累他。心臟在胸中狂跳，像那時一樣。他很害怕，一如當時，但那天他沒地方跑。布奇‧霍布斯和湯米‧布雷恩跟著他一路從學校跑到家門口。

你可以繼續敘述他的童年，直到你覺得，你的觀點已經透過這段倒敘交代清楚了，然後就要把筆鋒轉回到你一開始打算寫的故事裡！雖然倒敘可以提供重要的背景訊息，但你絕不能依賴它們承載故事，也永遠不要用倒敘來「填補」千瘡百孔的情節。

回顧過去，會喚醒角色和讀者心中一種甜蜜而又苦澀的懷念情緒——那段無論結果是好是壞的經歷，只能放在記憶中追思，再沒有可能重現。對往日美好的追憶可以為你的故事增添一股尖銳的刺痛。

在〈早晨八點鐘〉（The Eight O'clock of Morning）裡，我的女主角是一位年輕的妻子，也是一位母親。在下面這個場景裡，她和丈夫正在開車前往她父母家，因為她的父親過世了。小說是用第一人稱來寫的：

> 「我為什麼哭不出來？」我問哈爾。我們正開車經過春意

初生的原野。「我那麼愛他，為什麼哭不出來？」我記得爸爸媽媽在澤西海岸買下一座房子。就是那座房子。我一想起自己的少女時代，就不能不想起在那兒度過的夏天。想起那立著屏風的小小門廊，還有破破爛爛的石板路（爸爸總說要修，卻從來沒有動手）。想起小小的後院裡生著一叢叢頑固的馬唐草，還有爸爸總在週日午後小憩的吊床。

「這房子讓人產生一種寧靜的感覺，」爸爸會說，「我在其他地方從來沒有過的感覺。勞莉，你不覺得嗎？」

臨近傍晚，我們的車子到了爸媽家。可房子看起來已經破敗……

你現在不僅知道爸爸是個什麼樣的人，也透過女人對美好過去的追憶，倍加體會到現狀的淒涼。

如果你對自己要寫的角色瞭若指掌，那他們在故事之前的經歷對你來說也不是什麼需要苦思冥想的事情。

就好比你會說：「噢，你說傑克・史密斯？我對他可太熟悉了。我能跟你說一百件他的事情……」你想要聽眾對這個人有和你相似的透徹理解，所以會選擇一件（與傑克・史密斯的現狀）關係最大的事情來分享（關聯性）。你會告訴我們足夠多的東西，直到我們點頭認同：「啊，沒錯，這就是傑克・史密斯本人。所以他會幹出某某事情來……」

從某種意義來說，倒敘是作者遞給讀者的鏡子，讀者從中能夠看到角色的正面、側面和背面。這些鏡子不管出現的時機多麼罕見，一定要能讓人窺見一系列關聯事件，也總能告訴我們一些

之前未曾瞭解的事實，恰如其分地撩撥我們的好奇心。

「總而言之，」我的一位老師曾經一針見血地指出，「這不就是寫作的精髓嗎？」

倒敘運用須知

瑪利亞娜・普利托
Mariana Prieto

　　我們都聽過這樣一個說法：「過往就是鋪墊。」這句話自然可以用來形容倒敘的作用。

　　完全按時間順序講的故事太陳腐。倒敘則能讓故事保持新鮮有趣。但前提是必須輕巧地將其融進故事。故事就好比是一面精心鋪排的馬賽克牆面，我們必須讓倒敘與其他的馬賽克嚴絲合縫。

　　我敢肯定，我們都有一些這樣的朋友，他們在聊天時會大段大段地解釋之前發生的事情。很多時候，他們講的東西都和主題沒什麼關係，導致我們忍不住想說：「請講重點。」

　　這就是過長的倒敘帶給讀者的感覺。他只想翻過這一頁，回到故事的主線中。

　　這也是為什麼，我們必須非常謹慎地使用倒敘，你的故事要是倒敘過了頭，就會一個跟頭摔得四分五裂。

　　短篇小說的開頭理應盡可能是一個高點，一個戲劇性場景。如果讀者有必要知道這個角色是怎樣碰到這個情況的，或者之前

發生了什麼事導致了眼下的情景，我們就必須用到倒敘了。這個
敘事方式能幫助我們把情況交代清楚。所以倒敘應該把讀者帶回
過去，告訴他是什麼事情引致了故事的開頭。

倒敘有時候一句話就足夠了，而有時候需要一段話。但是小
心，不要讓倒敘占據太多篇幅，否則會拉偏故事的重心。

短篇小說裡的時間跨度也不應該太大。所以為了確保時間短
促，運用倒敘的技巧非常重要。作者在講述與故事有關的過往事
件時，應該確保讀者的注意力仍在當前的故事上。所以練習、潤
色和技藝非常重要。試著基於節奏分析你的素材吧。我們生活在
一個快節奏的世界，不管一個素材多麼重要，若是會拖慢故事的
韻律和進展，就一定要捨棄。

在下面的選段中，倒敘是必要的。作者用一段話介紹了祖父
的人生背景，讓讀者瞭解了卡洛斯家的家史。

> 「爺爺，告訴我你小時候在西班牙是怎麼放風箏的吧。」
> 卡洛斯懇求。
>
> 於是爺爺又和他說起自己做的風箏，還有他們一家人是怎
> 麼搬到古巴，他在那兒做了更多的風箏，之後又搬一次家，
> 最後才到了美國。

這裡用來開啟倒敘的技巧就是「告訴我」。一種與之類似的
工具是音樂。一段旋律可以將角色的思緒帶回過去，讓他談起從
前。一陣鳥囀或一陣噪聲也能啟發角色的回憶，從而順暢地引出
倒敘。在威廉‧桑森（William Sanson）的〈十月之歌〉（October Song）

（《麥考爾雜誌》）中，音樂的作用是這樣：

> 《詼諧曲》寵溺著她。糟糕的茶具，她想，但隨它去吧。她聽著那令人寬慰的叮咚聲，被安全感籠罩。像是陽光照耀的奶白色牆壁，像是印花布的窗簾，這樂聲帶著她回到三十出頭的年紀。輕鬆得多。孩子們都還小，一家人快樂地生活在薩里郡一座有山牆的寬敞大屋裡。生活似乎一片光明。花園裡種著冷杉，碎石車道上汽車的擋泥板閃著光澤，門口來往的小販們，廚房裡的廚師⋯⋯
>
> 好嘛，現在搬進肯辛頓一套三居室，戰爭還沒結束，孩子們四散各地，也有了自己的孩子。

過去自然轉到現在，並且作者還介紹了現在的背景。

弗朗索瓦・莎岡（Françoise Sagan）的短篇小說〈幫個忙〉（Help or Something）（《時尚》〔Vogue〕），向我們展示了另一種交代必要訊息的聰明手法。她是這樣寫的：

> 那年春天，我們住在諾曼第的一座豪宅裡。漏水兩年的屋頂終於修好後房子更顯豪華。擺在房梁下未雨綢繆的水盆突然消失了，我們夜中酣睡的臉上不再有冰冷的水滴，腳下沒有了沾水的海綿似的地毯。我們幸福得頭暈目眩。

一個技藝不精的作者可能會按部就班地把這些問題羅列出來，讀起來就會枯燥無味，好比一個煩人的親戚在嘮叨。如你所

見，作者開篇就是房頂修好了的喜人消息，然後倒敘到之前的問題，而這些問題的消失自然襯托出他們現在的欣喜。

我在寫作課上告訴學生，不是每一件已發生的事情都有趣。最起碼，按時間順序複述出來是沒什麼意思的。我們作為作者，必須挑出對讀者而言最有趣的部分。我們必須吊起讀者的胃口，抓住他的注意力，再寫下去。所以這就是你最好把開頭吊足胃口，必要時再回到過去解釋原因。

《紅書》上有一個例子，是拉爾夫・麥金納瑞（Ralph McInery）的〈衝破桎梏〉（Breaking Free）。這個例子展示了第一人稱故事中的倒敘。敘事者告訴我們一些有關他這個角色的訊息以及觀察。

> 我點點頭。我從來沒見過她丈夫──珍十來歲時他就過世了，但我很難想像雷諾茲太太會像我母親現在這樣千瘡百孔。倒也不是說我母親有多麼痛不欲生。我父親被死神帶走時正躺在另一個女人的床上，而我母親也認識這個女人。阻止我母親酗酒的東西不管是什麼，也和我父親一同逝去了。

在我發表於《頌歌》雜誌（*The Magnificat*）的成人故事〈金絲星〉（The Tinsel Star）中，有一段非常短的倒敘：

> 她輕拍著嬰兒，看到自己手上的戒指上嵌著的星形藍寶石閃閃發光。她收下這枚戒指，還有艾瑞克所有的禮物與愛意，決意不再歸還。

　　這短短的一段話表明角色以前和現在一樣自私。

　　獨白、行為、對白、回憶，都可以自然地引出倒敘。要避免讓讀者感覺生硬或突兀。

　　倒敘的加入不應打斷故事本身的流動，讀者當然也不需要回頭再讀一遍倒敘才能理解。

　　在篇幅更長的故事裡，可以把倒敘分成幾個部分來寫，不必一口氣甩出來，這樣反而能夠更好地推動故事。但回顧過去的段落若是太長，會妨礙讀者理解當下。

　　不妨想一想報紙的頭條標題。它們向讀者點明了故事中最刺激的部分，然後等人上了鉤，再來告訴他們這個標題的前因。換句話說，它們靠的就是對倒敘的運用。

　　即使是最會聊天的人也要用倒敘來吸引聽眾。他一開口就說：「我的房子燒光了。」於是聽者豎起了耳朵。

　　「為什麼？」聽眾問他，「什麼原因呢？」

　　這就像讀者想要知道，是什麼樣的前情導致了現在的境況或混亂。

　　是的，生活中充滿倒敘，我們不能逃避，沒法否認。但是我們可以藉由研究其他作者的技巧，掌握熟練運用倒敘的技巧。

　　我強烈希望你能夠對倒敘有所認識。你在一篇小說裡讀到倒敘時，用紅筆標出來。你讀完小說，把它放到一邊，看看自己能不能回憶起倒敘段落。甚至可以寫下來，看看你能不能記得是哪句話把這段倒敘巧妙地嵌進故事裡。

　　倒敘就像導覽，應該只覆蓋必要的領域，這是完全可以做到的。試著寫一段精心編排的倒敘，看看效果吧！

TRANSITION
轉場

轉場

羅伯特‧C‧梅里迪斯、約翰‧D‧費茲傑羅
Robert C. Meredith & John D. Fitzgerald

　　新手作者在短篇小說中經常會犯的錯誤是，要麼把轉場寫得生硬突兀，要麼走向另一個極端，把轉場寫成囉囉嗦嗦的自說自話。有幾個辦法避免這些錯誤，我們這就來看一下：

　　一、在寫作中，有時候僅透過排版來標明轉場也很有效。比如，在段落之間空一行就可以了。

　　二、用標誌性的短語來引出轉場。

　　在寫轉場的時候，你幾乎不可能也不需要嘗試回避使用一些標誌性的轉場句。例如，「第二天……」「一個月後……」「山谷迎來了冬季……」等等。只要插入得當，就會事半功倍。

　　三、為了避免轉場生硬，不如給讀者一些暗示，讓他能夠預見轉場的出現。提前預計到故事要跨一大步的讀者就不會被溝壑絆倒。

　　你如果沒能讓讀者參與故事的時間跳躍，有可能導致整個故事失敗。一個出乎意料的轉場會突然將讀者帶離他已沉浸其中的

夢幻世界。我們來看一個例子：

> 珍妮讓海倫下車，然後往自己家開去。
> 她們第二天一起在比特摩爾吃中飯時，珍妮發覺海倫看起來不太舒服。

前一刻，讀者還和珍妮與海倫一起坐在車裡；下一刻，他就跑到一個餐廳裡，和兩人一塊兒吃起了午飯。這種錯誤的轉場方式足以讓許多讀者對故事失去興趣，也讓許多編輯不想再讀下去。那要怎麼避免呢？

四、透過對白讓讀者預見到轉場。

> 珍妮在海倫家門前停下車。「別忘了我們約好了明天中午在比特摩爾吃飯喲。」她提醒海倫之後，開車回了家。
> 兩人第二天見面的時候，珍妮不禁注意到海倫看起來不太舒服。領班帶著她們穿過潔白的大堂時，海倫皺著眉。

請注意毛姆在《上校夫人》中的手法：

> 「我本來以為會石沉大海，沒想到還挺受歡迎的。而且後天，買了我的書的美國出版商要在克拉里奇酒店辦一場雞尾酒會。如果你沒事，我希望你也去。」
> 「聽起來無聊透頂，但是如果你真的希望我去，我去就是了。」

「你真貼心。」

喬治・佩里格林被雞尾酒會弄得頭暈目眩……

五、透過敘述讓讀者預見到轉場。

繼續用我們的朋友珍妮和海倫來作例子：

> 珍妮在海倫的公寓門前停下車。她提醒海倫兩人第二天約好在比特摩爾吃中飯，然後開車回了家。

然後是 D・H・勞倫斯（D. H. Lawrence）的小說《東西》（*Things*）裡的一個例子：

> 但是，紐約並不代表美國。美國還有廣袤而純淨的西部。所以梅爾維爾與皮特一起往西邊走，但沒有帶上他們的東西。他們想要在山裡生活，過得簡單一些。但他們發覺自己要做的雜事簡直跟噩夢一樣……一個身家百萬的朋友伸出援手，在加利福尼亞的海岸給他們找了一幢小別墅……兩個理想主義者於是欣喜地又往西邊去了一點[1]……

六、下一場景的環境描寫，也是提醒作者轉場出現的線索。

不僅時間，空間的轉換也通常意味著場景的改變。你可以看到上面的例子都提到了下一個場景的地點。而作者對情節即將展開的新地點進行細節性描述，能夠在某種程度上更為順暢地完成

1　加利福尼亞州在美國一般意義上的「西部」的西邊。

轉場：

　　「我們明天去嗎？我們真的要去馬戲團了？」皮特的眼睛瞪得像銀幣一樣。

　　「對。」父親彎下腰，慈愛地撫摸著他的棕髮。

　　光芒舞動，銅管喧嚷。馬兒在圓形場地中繞圈。頭頂上天空廣闊澄淨，雜技演員輕鬆踩著纖細的鋼絲。皮特坐著，大氣都不敢出。

　　如果作者想要捕捉男孩的興奮之情，那麼這個轉場就可以維持這種情緒，暗示男孩對於馬戲的期待──他甚至可能頭天晚上做夢都夢見了。而且，這種暗示可以彌補轉場中輕微的生硬感。

　　我們來讀一個學生寫的故事，看看錯誤的轉場是什麼樣子：

　　弗蘭克・史密斯命令祕書訂十一點去華盛頓的飛機票，再給戴維斯參議員拍個電報通報一聲。他在從辦公室回公寓的計程車裡，思索著參議員想要什麼。他收拾好行李，叫了輛車去機場。抵達華盛頓機場後，他叫車去了參議院辦公大樓。參議員的祕書告訴他，參議員已經在等他了，直接進去就好。

　　「我很感激你立刻就來了。」兩人握手時，參議員說道。

　　這個學生說，他之所以要把轉場寫得這麼迂迴曲折，是想要提升懸念。但這些毫不相干的細節與懸念有什麼關係呢？讀者只

關心戴維斯參議員到底想要弗蘭克・史密斯做什麼，所以作者讓弗蘭克越快抵達參議員的辦公室越好。這段轉場可以用對白來縮短許多，而且效果更好：

> 弗蘭克・史密斯按下桌子上通訊器的按鈕：「瓊斯小姐，幫我訂十一點的飛機票，去華盛頓。再給戴維斯參議員發個電報，跟他說我會在一點鐘到他的辦公室。」
>
> 「我很感激你立刻就來了。」戴維斯參議員一看到弗蘭克走進辦公室便說道。

我們可以透過敘述把轉場縮得更短：

> 弗蘭克・史密斯讓祕書給他訂了去華盛頓的飛機票，又給戴維斯參議員發了個電報，說自己會在一點鐘到他的辦公室。
>
> 「我很感激你立刻就來了。」戴維斯參議員一看到弗蘭克走進辦公室便說道。

學生們經常會興奮於一些已經不算新奇的技巧，但這些技巧仍然是實驗性的而非傳統的。我們曾經討論過意識流的寫作手法，但這種手法是因為詹姆斯・喬伊斯和維吉尼亞・吳爾芙（Virginia Woolf）才有了價值。詞句之間的關聯性是意識流寫法的關鍵，角色內心最深處的體驗一般會以精彩的或者至少是豐富的方式擁擠在一起，取代外在的因果關係、語法規則、時序以及我們平常用來區分經驗或建立起邏輯聯繫的其他各種寫作手法。意識流最大的影響是，它打破了我們認為自身理性所遵循的一切模式，然

後用極其個體化和主觀的模式——如果真的還能稱之為模式——取而代之。在這種寫法中，首當其衝的就是轉場的邏輯性。因為在這些由極端私人化的意念所產生的飛躍、浮掠、跳接、想法的突然轉折、意象、聲音、韻律面前，邏輯毫無用武之地。並且，反對作者在這種寫法的基礎上再添加新的花樣也是完全沒有意義的。但是，需要警告的是，作者在技巧上的進步必須依賴於他自身的成長，而不來自改變整個文學版圖的形式與結構的實驗。因此，正如我們之前在討論偉大作家的作品時所指出的那樣，偉大作家的早期作品往往非常粗陋，缺乏打磨，充滿模仿的痕跡。透過不斷的練習，基於作者自身的才華以及能力，原創性的作品才能得以誕生。作為一個初學者，嘗試把小說寫得明快、清晰、簡潔，肯定是沒有害處的。他甚至可能會意識到，想要做到這些並沒有乍看之下那麼容易。

對寫轉場的五個建議

瓦爾‧提森
Val Thiessen

　　我在寫轉場的時候,感覺有五個技巧能派上用場。這五點都建立在同一個清晰的原則之上。既然作者可以任意跳過時間、空間和行為,那麼就有必要提供一些跨越間隔的連接之物。

　　比如,假設我們打算寫一個這樣的故事:我們決定在第一個場景結尾時,讓主角走進自己的公寓,然後發現兄弟躺在地上,已經被人殺害。同時我們決定,下一個場景的重點是重案組的警探訊問主角。顯然,場景一的結尾應該是主角打電話報警。以前,我可能要花兩百字才能從這通電話寫到真正的問訊情景。但現在我會用這五種技巧之一來完成。

　　第一個是情緒。在下面的例子中,上一個場景結尾處表現出的情緒被帶到下一個場景。在此處的情形中,情緒可能是震驚,也可能是悲傷。那麼,上一個場景的結尾和下一個場面的開頭也許可以這樣寫:

　　他彷彿身在噩夢之中，走過去給警察打了電話。跟警察說完地址和情況，他掛掉電話，腦子暈眩又麻木。

　　十分鐘後，警官拋出第一個問題時，他仍然覺得渾渾噩噩的。

　　物品和情緒一樣，也能輕易地跨越兩個場景。在我們的例子中，你可以選擇屍體、凶器，或是更簡單更常見的物品，比如電話。你可以這樣寫：

　　「我家發生了謀殺案。」他和接線員說。握著電話的手抖個不停。

　　直到警察抵達，開始訊問之前，他幾乎沒法把話筒放回底座。

　　這兩種轉場都讓人覺得節奏很快，帶著故事往前衝。雖然你可能會覺得這樣的轉場看起來簡單粗暴得有些過分，但它們出現在故事中，你就不會有這種感覺，而且節奏依舊。

　　用天氣來轉場不太能加速，但能夠為故事增添一種合適的氛圍。天氣轉場可以是這樣：

　　他撥通警局的電話。警員一接起來，他便飛快地說起來，唯恐自己會失聲。「我家發生了謀殺案。」他說完情況和自家地址，聽到外面的雨滴正單調地灑落。

　　外面仍在下雨。警察衝進他家公寓，在地毯上留下大塊的

水漬,一個個以懷疑的眼神盯著他。

如果視角發生變化,名字就可以作為寫轉場的工具。雖然我不建議變換視角,但這麼做有些時候也許是必要的。利用名字進行轉場,同時視角轉移到新角色身上的方法可以是這樣:

> 警察立即接通他的電話,例行詢問片刻後將電話轉到重案組。他飛快地說:「我家發生了謀殺案,哈里根警督,你們能馬上來嗎?」
>
> 哈里根警督身穿棕色西服,體格瘦削,機警如鷹。他盯了眼前的屍體一陣,然後回到報案人面前。他和往常一樣,思索著這個案子要怎麼查。

我的最後一個技巧,也是用得最多的一個,就是時間。時間轉場只是一個簡單的短語,但能讓讀者知道場景變換後,時間過去了多久。所以,不管電話那個場景是怎麼處理的,第二個場景的開頭可以是:

> 通話結束僅僅十五分鐘後,警察就按響了公寓的門鈴。

你如果想要寫得更花哨一些——儘管完全沒有必要——可以找一些有趣的方式來表明時間的流逝。來看一下這個方法所暗示的時間:

他連著抽完三根菸，警察就按響了公寓的門鈴。

在場景之間，你應該像鐵公雞一樣惜墨如金。用這五個技巧，而不是兩三百字的廢話來進行轉場。把這些省下來的篇幅留到合適的時機，用來刻畫擺盪於恐懼和激情之間的人心的高峰和低谷。

你學會如何將好鋼用在刀刃上，就能換來讀者欣然接受的行雲流水的故事。

THE STORY'S OPENING

開頭

開始

傑克・韋伯
Jack Webb

　　天空和大地是在一開始就被創造出來的。你的故事創造的世界也要有一個好的開始。

　　為什麼？

　　出色的第一句、第一段和第一頁，每一個都能讓你的小說多一分賣出去的機會。但是有一個前提，那就是你得有一個想說的故事。你如果沒有，無論是我，還是莎士比亞本人還魂，都沒法幫上你哪怕一丁點兒忙。所以我們假設你已經有故事了，我們來考慮怎麼開頭吧。

　　只需要五秒鐘，你就能失去這個星球上的任何一個讀者或者編輯。但是，五秒鐘也足夠讓你抓住他。抓住他吧，就像用了這麼一句話的塞巴提尼一樣：

　　　　他生來就被賜予了大笑，以及一個想法：這個世界瘋了。

這就是拉斐爾・塞巴提尼（Rafael Sabatini）《膽小鬼》（Scaramouche）的開篇。

我們都應該試著這樣去寫自己下一篇作品的開頭，然後再下一篇、再下一篇，因為你一旦在開篇就抓住讀者的眼睛和情感，再給予他們歡暢和激情，這個讀者就是你的了。

塞巴提尼這部長篇小說的開場白最近一次引起我的注意，是因為一位電氣工程師的引用。他不是作者，而是讀者，在過了十幾年後，仍然記得這本書絕妙無比的開頭。

我們再進一步。你去自己的書架上取下或者去圖書館借閱海明威先生最糟糕的長篇小說《有錢人和沒錢人》（To Have and Have Not），閱讀第一頁。我一位愛書如命的朋友，在兩杯馬丁尼的刺激下，能夠兩眼閃光如同彈珠臺遊戲機一樣，把《有錢人和沒錢人》的第一段完整地背出來。

我不能在此引用海明威的小說。出版社要收費的。但你自己可以讀一下。注意小說中的描寫多麼清晰，關於哈瓦那的那一段哪怕幾乎沒有一個形容詞，也能讓你永生難忘。緊接著是明快簡潔的對白，第一頁還沒完就已經讓人漸入佳境。你讀過了就會明白我的意思。

我在一篇短篇小說的頭幾段下的功夫遠甚於後續的部分。就像下棋一樣，你在寫作時必須先有好的開頭，才有機會考慮怎麼處理中段，乃至結尾。

開頭是什麼？是認真考慮之後的一系列行動（也就是句子），讓你的讀者得到他想要在故事裡獲得的東西，無論他是在當地酒鋪裡的雜誌架上隨手亂翻，還是在一桌子最新上架的小說前快速

瀏覽每本書的第一頁。讀者想要的是一種冒險，一種大事就要發生的感覺，一種可以讓他在扶手椅裡享受的舒坦（雖然弔詭的是，他到頭來可能會如坐針氈地咬起指甲）。而最重要的是，一種想要讀下一頁的衝動。

從你潛意識的水晶球裡浮現的神祕之物，並非開頭的必需元素。偶爾，你可能不需要下意識地努力，就會看到文字自行結合。但很偶然。除非你有薩洛揚（Saroyan）的文采，湯瑪斯・沃爾夫（Thomax Wolfe）地底火山般的筆力，或狄更斯以及巴爾札克（Balzac）的天才和多產。我可沒那麼好的運氣。我必須好好地經營自己手頭不起眼的作品，以冀出售。我必須知道自己在開頭想要的是什麼，然後努力得到。

那麼，作為作者的我，以及我的目標讀者，在第一段、第一個場景中必須共同意識到的東西是什麼呢？

時間、地點，以及運動感。

看看你正在寫的故事的第一頁，這些都有嗎？

我在自己的短篇小說〈搜捕〉（Manhunt）裡是這樣寫的：

> 一個寒冷清冽的夜晚，海上的風足以將煙霧吹進內陸。所以，當他們開始滑向機場的降落跑道時，城市看起來像一幅織滿星星的地毯。
>
> 即使是對她來說，這趟飛行也算得上是美好，直到某一刻，鋒利的一刻——一根十公分長的鋼釘。

這兩段算不上文采飛揚。我不會嘴硬。但確實幫我把故事賣

出去了。因為它為讀者，還有熟悉讀者因而買了小說的編輯提供了氣氛、暴力，還有隱約的性暗示。

我在寫這兩段的時候，堅定地從粗到細，重複寫了十幾次，直到句子「正確」，然後再砍掉其中會導致小說偏題或導致讀者偏離小說主線的任何詞彙和暗示。

一個如此開頭的故事會不會讓你產生閱讀的興趣，你一眼就能看出來。就在這決定命運的二十秒之內，站在雜誌架前的你可能會翻到下一頁，又或者，一位可能打算掏錢的編輯會說：「這個故事不適合我們。」

我寫〈赤裸天使〉（The Naked Angel）時，用了兩週時間來寫開頭。如果你覺得讀起來順暢輕鬆，那是因為我非常努力地用有限的詞彙構建出一個完整的氛圍，一個有開頭、中段和結尾的完整小節，簡單說來就是一個完整的場景。這個場景可以自己立住，並且告訴讀者：作者要講的就是這類東西。

聖安妮教堂牆上刷的是白灰，樸實無華。但教堂前經過修剪的暗綠色柏樹彷彿高大的哨兵，既守護著陰暗高塔裡的那些大鐘，也拱衛著同樣昏暗的十字架。十字架如同利劍，刺進黎明前的灰濛。

除了聖體前的長明燈，以及從高處彩色玻璃窗透進來的斑駁慘白的光線，教堂裡一片漆黑。

最後一排座位，第一幅耶穌受難像下方，一個古怪的身影雙手絕望地抵住前排座椅的靠背。這人正在祈禱。他口中喃喃不清而且斷斷續續，上氣不接下氣，嘴裡還有血腥味。

「……懺悔我的罪，以苦行贖罪，救我於水火，阿門。」
這些完美的詞句，這些他早已熟知的詞句，與其他任何話語
一樣，都不能為他行將斃命的這一刻增加一分神聖。三枚已
經破裂的點四五口徑彈頭在他的軀幹裡，加快了這齣徹底悔
罪的戲碼的進程。

在印刷版本裡，這個場景比一頁稍短。這樣的開頭就像是你
在橄欖球賽中開出的一記高球，你肯定希望球在被接住的一瞬間
立刻抱住對方球員並將其摔倒。

用這個開頭想要達成什麼目的？

一個小花招？你可以這麼說。這個開頭將神聖與罪孽在同一
時刻拋到讀者眼前。在這神聖的一刻，暴力近在耳畔，發出巨大
的回響，如同當面給你一記重拳。

再說這個故事，從頭說起。一個不起眼的卑微的墨西哥毒販
就要死了。他掙扎著爬到一座教堂。從邏輯和時間順序上講，我
可以回到之前，寫他是怎麼中槍的。我可以寫他從中槍到死去之
間的絕望經過，帶著你跟隨他的血跡走到牧師的家裡，卻發現牧
師不在。我還可以拉著你，看他從牧師家一路痛苦無比地爬到教
堂又死去。我知道這些寫法都可以用，因為我全都試過了，因為
我的廢紙簍裡塞滿了他各種各樣悲慘的最後旅程。

我在寫這些廢稿時知道它們的質量其實不錯，但它們都沒有
完全達到效果。因為我試了又試，最終發現小說的開頭必須是能
夠讓讀者一口咬下鉤子的魚餌最肥美的位置，也就是你們看到的
他臨死前最後的慘烈時刻。他的手，還有抵住椅背的樣子，他嘴

裡的鮮血把臨終前的禱告弄得一塌糊塗……這些都比我之前能寫出來的跌跌撞撞以及掙扎爬行更為精彩。

你肯定聽說過這麼個笑話。一個作文老師給學生出了一道作業，要求每個人寫一個短篇小說的開頭。這個開頭要包含神、皇室、神祕，還有性。第二天，一個早熟的小孩交來只有一句話的作業：『『我的上帝！』公爵夫人驚叫道，『是誰在捏我的大腿？』』

你肯定在替我覺得尷尬。但是，我不會道歉的。那個小孩說不定後來真成了大作家。因為這個笑話雖然相當荒謬，但表明了一個很重要的觀點。不要浪費時間了。你未來的讀者也許會把大部分的生命浪費在臥室裡，盯著電視機發呆。但是一旦開始安心地讀起你的小說，他就想要立刻獲得滿足。為什麼放下一本書或者雜誌要比轉身打開電視容易得多呢？我不知道，但確實如此，親愛的作者，確實如此！你千萬記住這點。

一個好的開頭並不能幫你賣掉一個糟糕的故事。哪怕是文學史上最優美的場景，如果虎頭蛇尾了，也是沒有價值的。但小說領域滿眼皆是漂亮的開頭。在圖書館待上一陣子，或者看看書架上你最愛的小說，甚至是在當地藥店的書報架旁待一陣子——只要售貨員足夠耐心——你都能受益無窮。

把握好你的故事，牢牢地紮好線頭，然後慢慢來。搜腸刮肚，下筆嘗試，然後再搜腸刮肚，直到你捉到最完美的開頭。

別忘了塞巴提尼。

「他生來就被賜予了大笑，以及一個想法：這個世界瘋了。」

這樣開頭的故事是不可能被放下的。

THE STORY'S MIDDLE

中段

小說的中段

凱瑟琳・格里爾
Katherine Greer

　　一個故事開頭和結尾之間的部分稱為「軀幹」，有時候也被叫作「中段」。在我看來，兩個說法都不完全對，也不夠奪人耳目。

　　說到軀幹，我們首先想到的會是「比例」。而這個，我敢說，就是一個作者在寫作過程中面臨的最大問題：為了表達觀點，需要一個接一個地堆砌多少事件？要有多少平鋪直敘，多少曲筆暗示？什麼地方要留白，什麼地方又要大加渲染，怎麼渲染？

　　作者一頁一頁往下寫，目的就是把讀者帶向結局，但他又要在故事往前發展時一直控制住讀者。要做到這點，就要讓每個場景都對結局產生作用，並且去掉無關的枝節。讀者會對主題和角色漸漸食髓知味，但一直得不到滿足，直到讀完整個故事。

　　在構思小說的中段時，作者必須精確地修剪筆下的場景。他每次要寫一個新場景時都應該自問：「要利用它達到什麼目的？」寫好後再問：「達到了嗎？」

　　作者在帶著角色走過故事的軀幹部分時，必須以同樣犀利的

眼光檢視比例和節奏。如果他要介紹一個新角色——有時候他必須這麼幹——這個角色登場的理由必須對他和對讀者同樣清晰。比如，除非郵差對接下來的情節非常重要，否則就不要讓他帶著那封重要的信出現在家門口。你可以讓他直接路過家門，然後信就出現在了郵箱裡。另一方面，你如果覺得需要一個新角色來為過於嚴肅的中段注入一點幽默，就找一個有趣同時能夠推進情節的角色。

對白也是作者在小說中段部分必須關注的重點：對白節奏要快，拖著讀者往前走，但又要吊住他的胃口。故事對白絕對不能像現實生活中的對白那樣，只是為了「消磨時間」，但看起來又要像是「現實生活」中的對白。

把這些都記在心底，然後開始挑選寫作的素材。下面介紹一下我在寫〈非停不可〉（Be Sure To Stop）（《紅書》）時是怎樣挑選素材的。

我先介紹了蘇珊，比爾·帕克的年輕妻子。比爾是個好客得過分的人。蘇珊對著滿水槽的髒盤子發誓——同時計畫著——她要趕走那對毀了自己週末的夫婦，而且只要她還有一口氣在，就絕對不能再讓人來家裡做客了。

我還沒有開始寫一個字的時候，心裡就知道蘇珊最終會獲得妥協後的勝利。而且也知道，她要不是太愛比爾而委曲求全，本可以大獲全勝。但是我並不清楚要怎麼寫出來。我知道她的婆婆會有很重要的戲份，因為婆婆這個角色取自現實生活，也是這個故事的靈感來源。並且我也知道，婆婆這個角色相當於是一個「意外」，我希望盡可能讓讀者晚一點才和她見面。（我之所以選

擇蘇珊而不是比爾來講述故事，這也是原因之一。）

我同時非常明白，我花在描寫客人閒談上的時間越少，這部分的可讀性就越強。不過我也不能完全拿掉閒談，因為畢竟這些客人是麻煩的源頭。所以我只給了他們兩個很短的場景。在其中一個場面裡，我一石二鳥，讓他們的閒談圍繞著對劇情有關鍵作用的角色，蘇珊的婆婆。

在第二個場景中，在客廳裡，愛娃（一個城裡來的老人）把蘇珊拉過來一起閒聊：

> 「我剛才還跟比爾說，他變得跟他爸越來越像了，簡直是一個模子刻出來的。……你不認識那位法官，是嗎？」
>
> 「不認識。」蘇珊說。
>
> 「蘇珊還沒見過家母，」比爾插嘴道，「我們結婚時，家母身體不舒服，不想從加利福尼亞趕過來……」
>
> 「不過她就快來了，」蘇珊說，「下下週就來。」她心想：「老天啊，我怎麼可能還有時間歇歇呢──我當然要歇歇了──我得精神奕奕地見婆婆呀！」
>
> 「噢，你肯定會喜歡貝蒂的！」愛娃說。
>
> 卡爾插進來說：「她做得一手好螃蟹，而且能把一道普普通通的紐堡龍蝦料理得如同天賜的美味……」
>
> 「而且她哪怕穿著廚房裡的圍裙，看起來也像一位公爵夫人！」
>
> 蘇珊想：她看到新媳婦穿著圍裙時的派頭，不驚喜才怪呢！她壓下激動，恭敬地說了句：「她肯定特別棒。」

「那是，」愛娃說，「她和喬一直都是城裡最可人的一對。而且最是好客。自從他們把這裡整修一番然後搬過來以後，這房子的大門就一直開著，直到後來喬去世，貝蒂搬去西邊。我以前從來沒見過這樣的光景。」

「哎，大姐，我可見過！」蘇珊想。「你倒是說對了一件事——比爾跟他爸真是一塊模子刻出來的——兩個都是木頭！」

城裡來的客人很快就走了——一兩句話就把他們打發掉了。再來一小段對話，留在這裡度週末的客人和蘇珊夫婦就各自回到自己的臥室。就此，有關婆婆的介紹就融進故事的本體之中了。兩人剛一獨處，蘇珊就想跟比爾攤牌，但比爾睡著了。除了他均勻的呼吸，唯一的聲音來自隔壁房間。蘇珊覺得是他們的客人特倫夫婦正在吵嘴。

她大聲地說：「她知道怎麼樣讓丈夫醒著。而我真是個軟骨頭！」

在這個場景裡，對於比例問題我考慮了很久。比如，我可以寫蘇珊聽到隔壁夫婦到底在吵些什麼；或者我也可以完全略過。但我之所以提到，是因為這是我在結尾時需要用到的一個人物線索。這是提醒蘇珊她其實並不想大獲全勝——壓倒性地大勝——的事情之一。所以，露辛達・特倫到底為什麼要「訓她老公」並不重要，重要的是她正在這麼幹，並且讀者越快明白過來越好。線索會加重懸念，加快節奏。冗長的解釋會拖慢故事。

　　下一個也是最後一個場景是第二天下午，是個星期天。從時間上來說，這個故事只有兩個場景，星期六晚上和星期天下午。雖然不是完全符合古希臘人說的三一律[1]，但也相差不遠。我相信古希臘人確實是有道理的。從我自己的經驗來看，相比橫跨數月甚至數年的綿延敘事，發生在一段較短時間內的故事好寫得多，也更精彩。當然，長篇小說另當別論。這樣看來，一個短篇小說就更像是一齣戲劇。在整個故事或整齣戲裡，讀者的注意力自始至終都要被牢牢地抓住。

　　我用地點也非常經濟。因為如果是電視劇或者舞臺劇，故事只需要三套布景就夠了：客廳、廚房和臥室。

　　在這個場景的開頭，讀者已經知道蘇珊眼下諸事不順，所以星期天下午在比爾的農場，情況將同樣糟糕。殷勤招待客人吃喝，廚房水槽很快就會杯盤狼藉。我身為作者非常明白，一樣的東西越多，就越容易讓人厭倦。所以我小心地構思了這個場景，以避免這一點。

　　我再一次考慮了比例還有節奏。這一回，我不需要讓客人說太多話，只須告訴讀者他們在場即可。比如用比爾跟人打招呼的幾句短語：「這位是出類拔萃的，漢克！」「多虧你幫了我的大忙，弗蘿拉表姐！」以及「你來得可正是時候，老……」。這些招呼就足以讓讀者相信，比爾夫婦這天下午真的是賓客滿堂。

　　為了避免故事中段鬆懈，我還用到了另外一個辦法。我在一個很短的幽默（我希望是！）場景裡放進了一個新角色。但不

1　指時間的一致性、空間的一致性和情節的一致性。

只是為了新鮮感和有趣而已。我的新角色是符合邏輯並且有用處的。符合邏輯是因為他本來就是這個地方的雇工，所以他不是「恰好在需要時登場」的。我這樣寫道：

> 比爾溜出穀倉，叫來雜工赫爾曼幫忙收拾桌子和洗盤子。
>
> 「親愛的，他沒問題，」他重新回到客廳，低聲對蘇珊說，「他之前肯定也洗過盤子。」
>
> 也許吧。蘇珊試著放寬心。能不用操心這些雜事，天知道她有多感激。
>
> 起碼過了一個鐘頭，又招待了五六位客人之後，她端著一托盤空杯子走進廚房。
>
> 赫爾曼雙手都在水槽裡，一池子油膩的汙水淹過他的手肘。水面上飄著三只茶杯，三只茶杯像是三艘沒有舵的小船。那是她結婚時收到的禮物。不知道還有多少沉在髒水裡。
>
> 「謝謝你，赫爾曼，我來收拾吧。」她希望自己的聲音聽起來冷靜並且克制，「我知道你還要忙著去照顧牲口。」
>
> 「嗯，說的是呢。」他從牛仔褲裡掏出髒兮兮的毛巾，「帕克夫人，我覺得最好跟您說一聲，那幾件玻璃玩意兒出了點意外。高底座的東西真的太容易碎了。」
>
> 「你打碎了高腳杯？」
>
> 「兩只。不知怎的，它們撞到一起了。非常非常抱歉。」
>
> 「噢，沒關係。」他聽起來確實很過意不去。而且，畢竟他也不是被僱來對付水晶杯和細瓷的。
>
> 「反正您肯定也不缺杯子。」他說著走開了。

「再這樣下去我肯定堅持不下去了，」蘇珊一邊想著，一邊小心地從油膩的汙水裡拎起一只茶杯，然後又一只，「我能有什麼辦法……」她想起露辛達・特倫的香菸在她最舒服的扶手椅上燙出的洞。

那個洞、那些高腳杯……她的全部神經……對，客人們一走，她就攤牌！

廚房的門悄悄開了。她以為是赫爾曼回來（這就是赫爾曼這個角色的用處所在）補幾句道歉。她忙著處理茶杯，根本沒有轉頭，直到──

「你一定就是蘇珊吧，」這個聲音聽起來得體又有教養，與赫爾曼完全相反，「我應該沒──」

「啊呀……您是……您……您是比爾的媽媽！」蘇珊倒吸一口冷氣。

於是，我們輕快地、順暢地，我希望也是意外地，進入了故事中的高潮場景，也是轉折點，隨便你怎麼叫。我在讀者（還有蘇珊本人）沒有料到的情形下就讓蘇珊的婆婆登場了，但也沒有意外得過分，因為我在前面就已經鋪墊過了。讀者們都知道她很快就要來了，只是不知道具體日期。我讓她再說一些「之前一趟航班取消了」之類的話，就能讓她的提前到來顯得自然且合乎邏輯。並且，我沒有對讀者隱瞞角色知道的任何事情。

同樣，關於貝蒂・帕克的性格，我也並沒有刻意地欺騙讀者。如果你回過頭去看，會發現對她的描述全都是來自她朋友和兒子，以及從來沒見過她的蘇珊。再有，我還間接利用了人們的

一個普遍觀點，就是婆媳關係總是不那麼好處理。

　　自從我有了這個故事的構想，這個場景，不管有多少種不同的形式，就已經出現在我的腦海裡了。我覺得，作者對高潮場景胸有成竹是非常重要的。這也是保證作者能一直抓住小說主線，不會隨波逐流地做無用功的唯一方式。我想讓〈非停不可〉在一流的雜誌上發表，而不是變成又一篇婚姻關係的老生常談，這最後一個場景就是我全部的希望所在。這個場景我不能跳過不寫，也不能草草了事。每個故事裡都有一個這樣的場景。但問題在於，有時候作者自己並沒有意識到這一點。我發現，一個初學者要是讀了太多關於如何在短篇小說裡保持精簡行文的文章，就會想著把大場景砍得只見骨骼，甚至乾脆整個省略，又或是捎帶著隨便說說，就像是處理一個無關緊要的場景。

　　這個時候，我們寫的東西越多，一種天然的故事意識——直覺、預感，也隨便你怎麼叫——就越能發揮作用。我們會對大場景產生感覺，同時產生書寫的欲望。

　　我不知道自己把〈非停不可〉裡的這個場景重寫了多少次，反正最終的結果是這樣：

　　　蘇珊和貝蒂寒暄完畢，蘇珊說她去和比爾說一聲。可是貝蒂說：

　　　「我等待這一刻好久了，我不能再等了。讓我好好看看你，親愛的。」

　　　「噢，我看起來太糟糕了，」蘇珊抱歉地說，「我一整天都在忙著……」

「不用說，看看都堵成什麼樣了，」帕克夫人朝窗外的車道點點頭，「和那時候一樣。」

「您的朋友們對我們很好，」蘇珊謹慎地說，「他們都來過，現在也在，我們還有過夜客人……」

「嗯，我知道。」帕克夫人脫下身上剪裁完美的黑色外套，將手工精製的襯衫袖子捲起來，「而且現在路上又開進來一輛車，比爾會來找你，叫你和他一起去門口迎接客人，表現出受寵若驚的樣子。你去吧。我洗完這些東西以後就會過去，給比爾一個驚喜。只要一會兒的工夫。」

「噢，不——」蘇珊正要抗議，突然感覺心裡又生起氣來……

她腳跟一轉，推開通往餐廳的旋轉門，正好聽到「我太太就在附近」。

他一說「我太太」時，聲音裡就有一種沙啞的顫抖——還是說這只是她的想像？而且她怎麼……能對一個男人同時又愛又恨呢？他怎麼能對自己和她這麼有信心？簡直令人抓狂……現在，她猜想，他的信心肯定更大了，因為有他媽媽做後盾啊！這不公平！兩個對一個……

比爾說：「大家不用客氣，我再去拿點喝的來。」

「我去吧，」蘇珊說，「你留在這兒。」讓他看到他母親——一位穿著圍裙、衣裝精緻的婦女——比她說出來難一百萬倍。

帕克夫人正從冰箱裡取出冰盒。

「冰塊快要用完了，」她說，「總是這樣。我永遠沒法讓喬明白，冰塊不是隨取隨有的。而且你乾等著也結不出冰來。

你跟比爾也是這樣吧？」

蘇珊看著婆婆，深吸一口氣，然後呼出來。突然，就在一瞬間，一切振振有詞的憤怒、自怨自艾，還有抗拒，似乎都被她吐了出來，化作烏有，心裡就好像雲消雨霽，露出一輪光輝的銀月。

她氣喘吁吁地說：「您為什麼不護著比爾呢！您是他的母親，卻站在我這邊！他們說您和他們一樣，喜歡屋子裡熱熱鬧鬧的！可您不是那樣。」

「當然不是了！」

「您和我一樣！」

然後就是結尾。我只需要──就算是加上雙重反轉的長度──五六句話就夠了。

還有一些其他要素能夠避免故事到中段就垮掉。

你的麻煩可能來自角色。如果一開始你和讀者都對角色不太關心，一般說來角色就會越來越疲軟，你也會越看他越不順心。我聽說有些編輯有這麼一條規矩──我覺得合情合理：一個故事裡至少要有一個主角是他們喜歡的，最好有兩個，否則他們就絕對不會買下來。

你的麻煩還可能出在根本，就是故事的主題。如果中段疲軟，就該重新檢視主題了。重新檢視你到底想要證明什麼──如果有的話。要是發覺主題平淡無奇，那也許就是問題所在。開頭和結尾也是一樣，檢視你所想到和寫下的東西。然後，如果你覺得各個部分感覺都對，那就繼續寫。

　　無論怎樣，你都要把故事的腰身束得漂漂亮亮的——我的意思是，用你的每一個詞、每一句話、每一段文字來約束。在每一個故事的每一部分你都要在心裡想著你的寫作風格。

　　獨特的想法，有趣的角色，出色的文風，一系列相聯繫的事件，加上對的感覺，把握懸念和吊人胃口的正確節奏——這些只是你在考慮「小說軀幹」時要注意的一小部分要素而已。寫作好比開車，你只有在完全停下來時才能放鬆片刻。即使是這種時候，你的腦子也許還在琢磨著自己剛才哪裡沒有做好，或在下一個彎道又會碰到什麼險情！

THE STORY'S ENDING

結尾

如何避免草草收場

F・A・洛克威爾
F. A. Rockwell

　　拒絕一個開頭精彩但結尾疲軟的故事，編輯其實比作者本人更加心痛。就算角色耀眼無比，情節也精彩十足，但是一個潦草的結尾還是會毀掉你的故事。

　　為了避免虎頭蛇尾，愛倫・坡建議作者先把結尾寫出來，所以許多成功的作家會採用這種「倒寫」的方法。比如愛德拉・羅傑斯・聖約翰（Adela Rogers St. Johns）就會把最後一段寫出來，釘在打字機前方的簾子上。她說：「你要是不知道自己要落在哪裡，那就一定會撞得鼻青臉腫。」

　　所以，你一旦想到一個故事、一個角色或一個前提，就要明確自己的終點，規畫出最佳路線，還要知道中間要拐幾個彎。如果你能在靈感的激勵下寫出一個結尾，那你寫起故事來就會更容易，也更有底氣。結尾應該是這樣：

　　一、**讓人滿意**。真誠地、合理地解答了小說中的問題，絕對不瞞騙讀者，也不讓人感到挫敗（然而生活常常如此）。

二、符合小說的情緒和主題，並且會激發起讀者某種特定的情感反應。

三、包含某種驚喜。把你的小說想像成是一個摸獎箱。你的讀者從裡面掏出來的東西一定要讓他感到驚奇──通常是帶著愉悅的驚奇。

四、符合邏輯。最終的解決方案可以完全出人意料，但必須是可信的。所以你要在之前埋好伏筆，將其作為路標。

絕大多數商業故事的結尾都滿足這些條件。不過，規則也有例外──一切規則都有例外。單就結尾而言，多樣性和懸念是透過使用不同類型的結尾創造的。現代故事中，你可以將結尾歸類為總結型、觀念型、展望型、反高潮型、逆轉型和噱頭型。

在總結型的結尾中，主角會一勞永逸地解決問題──過去的大多故事都如此。主角降落在月球上，獲得美人芳心，穩定了當地的政治局勢，揭露了陰謀，突破了音障，最後打敗了敵人──不管是外部的還是內心的。無論是敵人慘敗、大快人心的大團圓結局，還是莎士比亞那種角色將死或者已死的悲壯結局，結尾就是結束。「各位觀眾，故事結束。再沒有別的了。」

在露絲・亨寧（Routh Henning）的《珍妮與大惡狼》（*Jenny and The Big Bad Wolf*）裡，「惡狼」保羅・帕莫洛伊說：

> 「我覺得自己也不算是什麼有腦子的人。我發覺我愛你的時候已經太遲了。」他把她攬進臂彎，「珍妮，我親愛的珍妮啊，你會介意嫁給一個傻瓜嗎，一個有夢想的傻瓜？」
>
> 「介意？！」她長出一口氣，笑容如同陽光般明豔，「為什

麼介意，帕莫洛伊先生？親愛的，這樣最好不過了！」

於是，來自愛荷華州巴特菲爾德的小珍妮‧莫蘭從此成為好萊塢最出名的「馴狼師」。

隨著讀者的口味逐漸世故、多變和現實，總結型的結尾越來越少。在現實生活中，沒有什麼事情可以被絕對一勞永逸地解決、征服或是了結。所以我們偶爾會逃進故事中尋找這種安全感，而編輯會用不同的結尾來平衡每一期雜誌，讓我們一直難以預測。

在觀念型結尾的故事裡，作者會拋出一個問題，加以戲劇化地渲染，但會把解決方案留給讀者思考。這種小說比較受知識分子歡迎，但會激怒那些沒有什麼想像力的讀者，他們希望作者包辦所有問題。

這種結尾最有魅力也最為棘手，除非有非常明確的原因，否則最好別用。你可以寫得討巧，或乾脆利落，或故布疑陣，或給出「女人還是老虎」（lady or the tiger）式謎題。或者，你可以讓讀者自己去選擇相信結尾是事實還是幻想。比如耶穌降生或者任何一個神蹟類的故事。虔信的讀者會選擇令他自己滿意的解釋，而現實主義者會選擇更實際的解釋。於是皆大歡喜。

觀念型的結尾可以是一個設問，讓人們自己來回答角色應該怎麼解決問題。比如在〈父親節〉（Daddy's Day）（《紅書》）裡，一個單親爸爸帶著兒子出去玩了一天。他帶著孩子回到再婚的妻子家時，發覺孩子對兩個父親的愛面臨分裂的壓力。作為生父，他不禁懷疑對兒子最好的方式是他再也不要出現。

這種結尾向讀者拋出了一個問題。你要確保的是，這個問題不會讓他反感，要給他一個能夠答對並且高興的機會，而不是讓他困惑的同時還生你的氣——這本來是你的工作，卻要他來代勞！

展望型的結尾會把觸角伸向未來，這意味著問題就算解決了也還有後續。情節會將讀者的興趣纏緊又放鬆，來回拉扯，故事的主要問題已經得到回答，但是我們又能感覺到結尾似乎冥冥中意味著新的開端。文學史上最著名的直覺型結尾之一，就是在《飄》（*Gone With The Wind*）的結尾部分郝思嘉想著：「明天再把瑞德拉回來吧。」

你必須知道什麼時候以及為什麼要用這種形式的結尾，並且確保不要濫用。結尾的展望只需要讓讀者有個大概的期待，不要粗魯地把他拉出故事，帶進未來。

在許多自我懺悔的小說中，讀者會深深地和主角的罪孽與痛苦糾纏在一起，並不會想要立刻從中抽離出來。如果主角因為犯下聳人聽聞的錯誤而不配有個好結局，但我們被他的悔改之意所打動，那麼展望型的結尾會窺向未來，給他一個「將來還有救」的期望。又或者，主角犯下了罪過，經受痛苦，誠心悔改，並得到原諒，但他自己心底的罪惡感會永遠糾纏著他。

他抬起頭，而女人正好奇地凝視著他。「怎麼了，親愛的？」女人問。這是他深愛的女人，他沒有辦法不愛，而此刻她看著他的樣子，是那麼地無辜又真摯。「你不開心嗎，還是覺得無聊？」但在其下，另一個細小的聲音仍在冷酷地

回響著，他知道這聲音會貫穿今後所有的歲月：「恨你，恨你，恨你！」

反高潮結尾，又叫「再生變故」型結尾，有雙重作用，會添加一次額外的轉折或情感爆發，或新的事件。故事大可以在這樣的結尾之前便告結束，但反高潮可以改進故事。

幾年前有一篇發表在《本週》雜誌（*This Week*）上的小說〈草莓山上的恐慌〉（Panic on Strawberry Hill），講述的是一個父親非常擔心第一次去別人家做保姆的女兒，於是開車前去查看。到了之後，他驚恐地發現屋子的百葉窗升了起來，窗簾也都大開著，可女兒不見蹤影。他猛然間醒悟過來，明白自己的女兒多麼聰明老練：她把百葉窗升起來就是出於安全考慮，所以肯定是發現有人闖入，而且還報警了！結尾就是，他雖然覺得妻子並不夠操心，但女兒被教得很好，值得信任。反高潮：他走回自己車旁，聽到灌木叢裡有窸窣聲。啊！他猜得沒錯……但所謂的「闖入者」其實是他妻子。她也擔心女兒，只不過沒有表現出來罷了。

你的反高潮結尾必須解決問題，重新強調主張，或者在角色身上發掘出新的光芒。總而言之，一定要有目的，而不能僅僅是因為你太喜愛自己的角色而放不了手！

逆轉型結尾會與開頭形成鮮明的對照。一對男女如果一開始爭執吵鬧，那到頭來就會相愛；反派如果在開頭占盡上風，最後就會慘敗，諸如此類。

所有有關人物覺醒的小說都存在這樣的轉折，改變的可能性源於主角的性格、處世之道、心境，或者觀點。最大的風險來自

於情節太過顯而易見。如果你碰到的角色是個吝嗇鬼，像《聖誕頌歌》（*A Christmas Carol*）裡的斯克魯奇那樣錙銖必較、仇恨人類，你就知道結尾一定會逆轉。懸念就是主角產生變化的原因和方式。如果你在一本宗教雜誌裡讀到一個角色相信不可知論或者無神論，那你一定也會猜到小說會在結尾逆轉。既然你的讀者想要看的是自己不知道的東西，你就要給他們獨創的情節、主題、角色或事件。

　　現如今很多小說都熱衷於逆轉。發表於《星期六晚郵報》（*The Saturday Evening Post*）上的威廉‧休曼（William Heuman）的〈再見，布魯克林〉（Good-By Brooklyn），講述的是從未離開過布魯克林的埃爾的故事。故事開頭，埃爾不願意買下長島的一處房子，因為他不想成為一塊草坪的奴隸。他害怕離開布魯克林，害怕通勤，直到他發覺老婆孩子有多喜歡那幢房子。最後他認為，一具除草機可以幫助自己減肥，於是打電話給地產經紀本森：

> 　　「還沒建好的房子給我留一幢，」我說，「我們明天就去把訂金給交了。」
> 　　我掛了電話，看到臥室的門慢慢打開，梅特爾站在那兒，滿眼含淚。
> 　　「埃爾，」她說，「親愛的埃爾。」
> 　　所以區區雜草又算什麼？你懂我的意思吧？

　　優秀的角色刻畫、清新的風格或是新穎的主張，能夠避免逆轉型結尾陷入刻意、直白、貧乏的窘境。

噱頭型的結尾會利用一件物品、一個詞、一個想法或是任何一件確切的東西來作為噱頭。一般都是提前規畫並寫好的。幾乎任何瑣碎的訊息都可以變成噱頭，只要它確實影響了情節和角色，並且融入到了故事之中，而不是作者在結尾處硬湊出來的。簡而言之，這個故事不能沒有這個噱頭。

任何類型的故事都可能用得上噱頭，不管是低俗讀物還是通俗小說。

在〈女人之適〉（A Women's Place）裡，敘事人是一個離異婦女，她很嫉妒瑪莎‧泰伊——她和前夫和平地分手了。瑪莎快活又迷人，生活中沒有男人也悠然自得。也就是說，她嫉妒的是瑪莎所擁有的愜意的幸福。然而到了結尾：

> 瑪莎說什麼快樂就是不用操心枕邊人的情緒和習性，想睡就睡。但我的目光在床上的大枕頭中間瞥見一個小小的枕頭。是一個白色亞麻布嬰兒枕頭，中間用淺藍色的線繡了兩個字——別哭。

無論你的結尾是怎樣的，你都不應該太過吝嗇筆墨，留出大片空白，任憑讀者自行揣測，但也不應該掉書袋似的往結尾裡塞過多的訊息與描述。一旦解決主要問題，就不要囉囉嗦嗦、纏夾不清，也不要聚焦於可有可無的角色。別讓角色之間的關係在結尾處還和開頭處一樣，或在解決方法實施前將其透露給讀者。

任何一個故事都可以有好幾個不同的結尾。你選擇的結尾要讓人滿足，符合小說的情緒和主題，出人意料，與角色的成長

邏輯相合，並且予以讀者某種期待。結尾必須收緊所有散開的線頭。你在開頭播下所有戲劇性和情緒性的種子，它們會在小說中段發芽生長，結尾就是你收穫的時刻。

　　你如果在靈感最鮮活時就先構思結尾，更容易做到這些。這樣一來，你就可以像許多職業作家那樣工作，在故事開始之前就寫最後的場景。

結局難料

丹尼斯・維特科布
Dennis Whitcomb

　　一般來說，我讀一個故事到三分之二就會開始猜結尾。猜錯了，那我運氣很好。猜對了，我就會失望——被騙了反而會有美妙的樂趣。我喜愛這種高明的敘事技巧，所以在寫作生涯之初便研究分析那些騙人大師的作品。漸漸地，我發現他們所用的偽裝手法確實有跡可循。與所有的戲法一樣，這些障眼法也需要練習。人們把這種戲法說得玄乎其玄，但深究之下，能看出出人意料的結尾的一些基本模式。

　　在我的閱讀經驗中，阿加莎・克莉斯蒂（Agatha Christie）那篇讀來甚妙的短篇小說〈控方證人〉（The Witness For The Prosecution），是這種騙人技巧最純熟的作品之一。你也許會想起來，這個故事圍繞一個妻子「應該是」背信棄義的行為展開。這個「應該」很重要。所有逆轉式結尾都有這麼一個「應該」，引導讀者去相信某些看起來最合邏輯的事情，結果被騙了。〈控方證人〉裡充滿難以預料的情節轉折。克莉斯蒂女士的這篇短篇小說，講的是一

個男人被控謀殺了一位善良的老婦。男人與妻子一起找到律師，說服律師相信他是無辜的。妻子願意作證，謀殺發生時，丈夫正和她一塊兒待在家裡。但是在庭審時，妻子成了原告的重要證人，當場譁然。妻子作證說，她的丈夫在謀殺當晚出了門，回來時衣服上還沾著血跡，我們開始憎惡這個背信棄義的妻子。丈夫的罪行在原告眼中已經是鐵證如山，而丈夫目瞪口呆，不知道妻子為什麼要如此對待自己。正當事態眼看就要無可挽回，一個神祕女子突然出現，出示了這個妻子寫給情人的一沓信件。在信中，妻子向情夫保證，她會在法庭上作偽證來除掉礙事的丈夫。這些信一經出示，便粉碎了妻子的證詞。丈夫自然也就脫罪了。接下來就是大逆轉。與律師在法庭獨處時，妻子告訴律師，那個帶著情書出現的神祕女人就是她自己偽裝的。她之所以要當原告證人，就是為了用自己的名聲來換取丈夫的自由。震驚的律師問她為什麼不願相信法律會公正地判她丈夫無罪。「因為，」她回答，「他有罪。」

　　作者用一個假反派把我們都給騙到了。讀者對那些描寫妻子不忠的故事見得多了，所以希望看到她誣陷丈夫的企圖失敗（我們肯定他是清白的）。當她在法庭上被人揭穿時，我們得償所願、心滿意足，而且如果我們所料不錯，這就是結局。但是突然，我們腳下的地毯被抽掉了。我們發覺那個一直招人痛恨的妻子實際上為了深愛的丈夫而犧牲了自己，保全了他。這個例子非常好地說明了，如何有效創造出一個出人意料的結局：讓一個角色看起來邪惡又奸猾，但實際上這是其計畫的一部分。在結尾處，讓讀者意識到自己因為相信其偽裝，而做出了多麼錯誤的判斷。

　　這個手法反過來用也能奏效。不再是一個讓我們唾棄的假反派，而是主角身邊一個值得信賴的好幫手，一路上協助著主角。等到故事結尾，這個我們喜愛的配角暴露出叛徒的嘴臉時，之前故事裡某些古怪的不協調的情節突然變得無比合理了。我在最近寫的一個故事裡就用到這個手法。舊金山的兩個警官想要揭露一個非常有權勢的華人堂口的堂主。為了證明這個堂主涉嫌非法活動和賄賂官員，兩個警官需要得到這個幫會頭目的祕密帳本。堂主的會計告訴他們，這些帳本記錄了每一筆非法交易和行賄記錄。然而，會計還沒來得及領著他們倆去取帳本，就被神祕地殺害。警方認為是堂口的刀手幹的。兩個警官發現，會計的未婚妻知道藏匿帳本的地方。於是，稍年輕的警官被安排留下來保護她。很快，有證據表明年輕警官就是凶手。老警官火速趕回去，剛好救下會計的未婚妻。現在我們知道了真相。年輕的警官曾經接受賄賂，帳本一旦公開，他的名字和收受的金額也就暴露了。因此，他用盡一切手段阻止警方找到帳本。「應該」的作用再一次體現出來。這個轉折能夠產生效用，就是因為讀者認為兩個警官應該是忠誠的，並且真心想要找到帳本。

　　你如果能讓讀者相信你的主角正在全力以赴地實現某個目標，之後卻又展示出他其實在追尋另外一個完全不同的東西，那就有了再騙人一次的資本。具體做法是這樣：主角決意要實現一個目標，意圖很明確，反派力量會想辦法阻止他。旁觀著故事發展的讀者意識到主角的對手占據了絕對優勢，於是擔心主角達成目的的機會變得渺茫。那他要怎麼做？我們開始好奇。反派的阻撓手段如此嚴密，我們的主角能成功嗎？等到高潮的纏鬥開始，

我們還會對處於下風的主角抱有一絲僥倖的心理,但他失敗了。他的對手正要得意時,才發現自己被騙了,這個騙局至少有三種不同的寫法:

一、主角迫使對手必須採取激烈的手段來阻止他。這種手段恰恰是我們的主角渴望看到的。例如:

> 我們的主角為了揭露匪首,假扮成壞人,混進勒索集團的老巢,但暴露了身分。他只能在證據還未收集完全的情況下就逃出來。勒索集團追上來,抓住他。但是,匪首突然發現自己掉進了一個陷阱:為了抓住我們的主角,他跨越了國境,來到一個可以合法引渡他的國家。這其實一直都是主角的最終目的。

二、主角立下的假目標成功地轉移了對手的注意力,直到故事的最後幾段,他真實的目的才顯露出來。例如:

> 一個年輕人想娶一個女孩,便找女孩的父親提親。父親是個固執得近乎無情的人,拒絕了年輕人,告訴他想要娶自己的女兒就要有更大的決心,不畏一切艱難也要達到目的的決心。他對年輕人說,自己當年就是憑著這股決心才成功地創辦了一家大化工廠。年輕人表示會證明自己的決心。他提出的考驗是,如果在二十四小時之內,他能把女孩從重重防備的家中劫走,女孩的父親就必須認可他的能力。父親欣然接受挑戰。年輕人在嘗試過程中被警衛抓住了。父親痛斥了他

的無能。年輕人憤恨懊悔地離去。不久後,一個匿名電話打來,說年輕人為了報復他,意欲炸掉化工廠。父親帶上所有警衛趕去工廠,家中門戶大開,年輕人輕鬆地帶走了女孩。

三、主角明確地講出他的目的,對手盡力阻止他。可是,讀者和對手都被他最表面的手段或是目標最表面的意義所迷惑。結尾的轉折會告訴我們,他的目的和我們所理解的並不一樣,也與表面的意義無關。例如:

> 一個老富翁在遺囑裡說,只要有人夠聰明,找到他的寶藏,就會得到他所有的財產。老富翁一死,遺囑剛念完,親戚們就開始勾心鬥角了。他們尋找線索、互耍花招,最後有人發現一個巧妙藏在大宅裡的舊箱子。箱子一開,心機最深的親戚在裡面只找到一個裝著紀念品和無聊信物的盒子。他一臉嫌棄地把這些東西扔出去。而女管家深深明白這些物件對老富翁的意義,就問能不能留給她。其中一件東西裡藏了一張字條,許諾持有字條的人可以繼承所有的財產,因為她找到並認出了老富翁真正的財富。

你如果能獨到地運用素材,就有可能掌握寫出精彩結局的關鍵,只要你能把獨到運用素材的方法,變成擺脫困境或者帶出結局的重要手段。我記得威爾·羅傑斯(Will Rogers)演過的一部老片,《魯莽的汽船》(Steamboat Round the Bend),他扮演一艘汽船的船長。為了拯救因謀殺罪而被判絞刑的侄子,船長必須帶著重要訊

息駕船趕到下游的巴頓魯治（Baton Rouge）。時間所剩不多，燃料也是。他拆掉船上一切可以當柴火燒的東西，但離巴頓魯治還有兩公里遠。看起來，希望已經徹底破滅，但就在這時，一個老傳教士抓到有個水手在喝酒，一把奪過蘭姆酒杯，扔進爐子。結果煙囪裡噴出烈火，汽船驟然加速。船長問船上還有沒有蘭姆酒。而之前我們看到水手偷運了二百升上船，還以為那只是一段好玩的情節而已。現在，這些酒成了他們的救星。他們把蘭姆酒倒進鍋爐，及時趕到現場，救下船長的侄子（當然是在扣人心絃的最後一刻）。

結局裡的諷刺意味，有可能決定一個故事是會變成精美的鉛字還是廢紙。比如，你寫的是一個年輕的惡棍，他冷酷非常，眾叛親離，為了獲得公司的大股東權益而受盡折磨。我們可以讓讀者看到，他所獲得的遠比不上他所犧牲的，但我們也可以表現一種理想的正義，把小說寫得更加深刻。在結尾處，他得償所願控制了公司，然後發現公司只是強撐著一個空殼子，實際上早已負債累累。

另一種諷刺，是在漫長的艱苦掙扎後告訴我們這一切都全然沒有必要。很多事情到頭來總是會變成這個樣子。

唬人的結尾，就像玩撲克時唬人一樣，主角靠虛張聲勢把對手嚇得投降認輸。

當然，想要驚到讀者，還有其他好幾種方法，但以上這些是我認為效果最好的。我經常會複習這些模式，看看能不能想出一個天然就帶著轉折的故事。我誠心地覺得它們對我幫助很大，因為我每次寫出一個精彩的結局，總能輕鬆地找到引出這個結局的

一系列合適的情境，也就等於有了情節的結構。而這個結構，又能指示我該發掘什麼樣的角色。

我們的讀者通常都很聰明，讀過的故事數量甚多。他們很清楚哪些套路已經被無數小說用過了。而我呢，我不希望自己的故事被一眼看穿，顯得笨頭笨腦，所以得小心地規畫戰略，才敢和讀者在智力上一較高下。他們在開始閱讀時，基本上不會知道裡面的人和事並非如表面所示。他們興許會想猜透我的想法，但創造驚喜的法門握在我手中。

REVISION

修
改

「迎合」是個壞詞嗎？

查爾斯・特納
Charles Turner

　　每一位短篇小說作者，不管願不願意承認，都會讓其素材具有某種傾向。他引導故事朝向某個特定市場，某類特定讀者，或朝向他自己以及他心中的正直。主題、角色、情節、環境、基調——故事中的所有要素，甚至包括文字的音律，都會受他所選擇的目標讀者影響。

　　「分析分析市場吧，」有人說，「看看編輯們都在買什麼樣的故事。給自己定個目標。然後何不瞄準這個方向去構思故事呢？畢竟，這是常識嘛。編輯們對於讀者喜歡什麼肯定瞭如指掌。」

　　然後就是反面的聲音：「不要在一棵樹上吊死。盡你所能寫出最好的故事，不要考慮市場。按直覺寫。一個真正優秀的故事，只要心思真誠，筆力精到，就能自己找到市場。」

　　很有趣的辯論，對不對？兩種看法雖然大相徑庭，但都有道理。誰能斷言誰對誰錯呢？我是做不到。所以對於這個話題，我只能談談自己的經驗，談談給我帶來了切身益處的東西。

　　許多年來，我時常聽到一種說法：「盡你所能寫出最好的故事，不要考慮市場。」這個建議相當悅耳，因為我的自尊心得到了極大的滿足。這種說法將文學描述成藝術，而不是產品。文學代表個人的追求──啊，追求，我們誰又能忍心捨棄呢？

　　所以，一個個故事寫下來，我一直跟隨著在自己心中鼓盪的節奏行軍，享受著徹底的自由。但我得澄清的是，這其實算不得是行軍。我寫得很慢（現在仍然如此），每段話都浸滿汗水。並且，所謂徹底的自由也並不是真正的徹底。實際上連自由都說不上。我小心地裁剪著一切，只為了一個目標：我心目中優秀的短篇小說。我不知從哪裡領會了這樣一個觀念，我必須觸及一些從未有人觸及過的東西。我如此堅定地希望作品獨一無二，以至於束手束腳。原創性是一條窄路，而我一直走得誠惶誠恐。

　　回頭望去，我發現自己一心故作高深。也許只有這樣我才能覺得自信，因為沒人會說：「這個已經有人寫過了。」你要是不確定一個故事寫的到底是什麼，就很難說這是一篇平庸之作，但你也沒法確定它是否優秀，是否真誠，是否精到。讓人難堪的事實是，我殫精竭慮地想要觸碰沒有人碰過的東西，但到頭來什麼也沒有觸碰到──生活與我相隔天涯。

　　我意識到自己已經三十四歲，但仍然一字未有著落時，決定不再胡鬧了。看起來，編輯們確實對自己要選什麼樣的小說給讀者很有想法。讓我震驚的是，「追求」也是他們考慮的東西。我不覺得如此評價編輯，會對我的個人追求有半點貶損。

　　我的書堆頂上正好放著一本《作家文摘》雜誌（*Writer's Digest*）。我拿起來，讀完了海耶斯・雅各布（Hayes Jacobs）的〈紐約市場信

札〉（New York Market Letter）。他引用了《好家政》的小說編輯娜奧美・路易斯（Naome Lewis）的一份報告。路易斯女士說：「好的小說確實太少了。我們每個月想要發表四篇小說，而這個數目很難滿足。尤其是超短篇小說。我不知道為什麼這麼難找，但事實就是這樣。」她說她不打算談論字數的限制，因為視乎情況而定。不過倒是提到他們的起付稿酬是一千美元。

我很欣賞路易斯女士對字數的觀點。我喜歡超短篇小說，自己寫起來也總是感覺得心應手。哪怕手頭的素材可以寫成一個標準長度的短篇小說，我也能夠用十到十二頁手稿道盡衷腸。路易斯女士簡直就像是在對我說：「你不如考慮給我們寫點兒東西？」

嗯——？她覺得什麼樣的小說才是好小說？我從妻子的雜誌堆裡揀出四本《好家政》，然後坐下來打開檯燈，讀完裡面的所有小說，一字一句，長久地品味每一篇，感受它們的質地。我並沒有發現一種套路或公式。每一篇都有獨到之處。但是，一種普遍的氣質浮現出來，貫穿諸篇，清晰可辨。

這些小說都很溫暖積極，沒有一篇是陰暗的。大部分文字採用友好的談話式風格，打磨得非常流暢。女主角們的形象都很鮮明，所面臨的問題也讓大多數女性深有感觸。結尾很乾脆，意味深長，令人滿足，並且總會強調人際關係的力量，尤其是家庭關係。最輕鬆的小說也不單純是為了一時的娛樂而作。

我開始在腦海中塞滿各種點子和閃念的閣樓（我猜每個作者都有這麼一座閣樓）裡翻箱倒櫃，檢視各種事件、印象、偷聽來的對話。我有意尋找符合《好家政》雜誌的東西，想要寫出一個能夠適合那種氛圍的故事。最終我發現一個構思，這個構思看起

來可以作為起點。

　　一個小鎮女孩，在大城市裡做了幾年祕書。她覺得自己已經對人情世故有了認識。現在她和一個城裡的年輕人訂婚了。她母親來探望年輕人時會發生什麼？女孩為了讓母親給人留一個好印象，會不會做出什麼出格的事情？她會覺得母親的衣著有失體面嗎？她會想要幫母親重新打扮嗎？母親會不會意識到女兒認為她很丟人？到了某個時候，母親一定會翻臉說道：「我就是這個樣子，隨便他喜不喜歡好了。」

　　幾個月之前，我放棄了這個構思，因為它看起來不符合我一貫的風格。事實並非如此。這個故事充滿人性，讀來可信，而且一點也不高深。

　　我打算認真對待，而且有了清晰的目標，於是坐下來開始創作。我雖然努力想要捕捉《好家政》那類小說的氣質，卻沒有讓哪一個字違背故事的本質或我最初的概念。我完全沒有一心為求發表而曲意逢迎地寫下任何字句。我確實在行文中嘗試尋找不同的韻味，一種特定的調子，寫起來也越來越順手。我有種感覺，當時要是換了一個方法來寫這個故事，它恐怕會變得一塌糊塗。

　　最終的成稿有十頁。寄出稿子之後，我知道自己已經用盡全力，心中泛起一股由衷的專業感。

　　我收到的不是退稿通知，而是一封信。編輯喜歡這個故事，但是覺得主角米莉有些不近人情，問我介不介意稍稍修改一下。我重新審視米莉，明白了編輯的意圖。米莉已經有些近乎勢利，

完全沒有這個必要。我心底知道米莉根本不是一個勢利鬼。我坐到打字機前，把她改得更加溫柔。沒錯，你可以說我更加逢迎了。

　　修改從來都非易事。「稍稍修改一下」說起來簡單，做起來就不是那回事了。我從這裡那裡抽出句子，塞上用另一種色彩重寫的句子。米莉在原版本中擔心自己的母親與對方看起來無懈可擊的母親比起來相形見絀。這種心理暗示一下就好。米莉試圖讓母親穿得體面，必須完全是她個人的興趣所致。有時候一個詞就能寫出全然不同的態度。比如，在機場看到母親的破舊行李，修改後的米莉感到「尷尬」，而不是之前的「惱怒」。

　　〈藍衣姑娘〉（Lady in Blue）發表在《好家政》上，正好距離我在海耶斯・雅各布的專欄裡讀到路易斯女士的評論一年。令人驚喜的是，在那之後不久，雅各布先生在《作者文摘》裡寫了幾行，說我的故事一時「洛陽紙貴」。他和路易斯女士都不知道，是當年的那篇專欄文章，促成了我的成功。

　　這個故事還賣給了八份國外的雜誌。對於針對特定市場的一個故事來說，我覺得這個數字不算差。透過米莉這個人物，我終於踏實地觸到某種普世的東西。

　　之後，我好運連連，又有幾個故事在《好家政》上打響。不過，我必須承認也有幾個啞炮——其中還有一些是我原本確定可以命中目標的。有時候我也會用心地（或許只有我這麼以為）瞄準其他市場，但最後也失手了。

　　從商業角度來說，你應該讓故事朝向正確的方向。但在迎合之前你得先有個故事，一個正正經經的故事，否則編輯們一眼就能看出作品中的虛情假意。

退稿自查

阿蘭・W・艾克特
Allan W. Eokert

　　遭到退稿的作者最常悲嘆的一句話是：「哎呀，要是有人能告訴我這篇小說有什麼問題就好了。」

　　如果這話你聽來覺得耳熟（很有可能），那你可就大錯特錯了。你看，從你開始寫作那天起，就已經有一個隨時待命的批評家了。

　　那就是你！

　　誠然，你很難對自己的作品提出建設性的批評意見，但是，與很多新手作者普遍的認知相反，這並不是不可能做到的。一個暢銷書作家，一定會經常將自己賣不出去的心血之作肢解檢查，想要搞明白被退稿的原因。大多數情況下，他們能很快發現病灶並加以矯正，最終讓作品得以發表。其他人就未必有這樣的本事了。

　　說真的，你身為一個作者──雖然遭到了退稿──常常因為離自己的故事太近而看不出其具體的毛病，起碼在寫的過程中或

是剛寫完那陣子看不出來。但等你盡可能把寫出來的東西放到一邊，過幾個星期（這也是故事從一位疲倦的編輯手中輾轉到另一位編輯手中的時間）再看，你會驚訝地發覺故事裡的缺陷一覽無遺。

當然，這一切的前提都是你會回頭再讀自己寫出來的東西。不幸的是，許多本可以成為作家的新手在故事寫完之後便再也沒有仔細讀過，他們願意在作品上額外花費的時間最多也不過是把稿件從一個信封裡取出來，再塞進下一個信封。

想要為小說寫作設下金科玉律，無異於在薄冰上起舞。但是我們也必須承認，寫作中確實存在著基本的對與錯。如果你對這些一無所知，那要想賣出作品，可就真的難了。雖然有些成名作者會無視這些原則，但是這些特例之所以出現，是因為他們很清楚自己在做什麼，並且技巧嫻熟得足以做到不拘一格。老話說得好，先學走，再學跑。

在眾多被退稿的故事裡，各種類型的錯誤層出不窮，但是有二十五種最為常見。其中，有些錯誤一旦出現，基本上就已經宣判了這個故事的死刑。其他錯誤則只是說明作者忽視了寫作的基本技巧，以及缺乏清晰的思考。

如果你有一個故事長時間被人像皮球一樣踢來踢去，無處落腳，你不妨對照這二十五種錯誤進行自查，說不定就會羞愧地發覺自己犯了一條、幾條，甚至十幾條。這份錯誤清單並不能保證你的手稿可以發表，但毫無疑問會推著你更接近這一目標。

然而，首先要警告一點：對待自己的作品時，文過飾非、據理力爭實在是太容易了。雖然這是人之常情，但你必須用冷酷、

至察的眼光來看待自己的手稿，以堅定不渝的坦誠面對自己。

一、開頭的位置對嗎？

故事在哪兒開頭總讓人舉棋不定。有一個好辦法可以幫你檢查你選的開頭是不是最好的，那就是跳過開頭去讀第二個、第三個或再之後的高點，把這些段落的情節想像成開頭。你會驚訝於自己居然常常把最棒的開頭埋在故事的軀幹裡。

二、開頭是不是太慢了？

你的開頭幾句，或者至少是開頭幾段，有沒有先聲奪人，一下子就揪住讀者的心？把開頭的五十個詞重新打在一張白紙上，然後第二天快速地瀏覽一遍，就好像在翻雜誌一樣。如果這些詞句沒有抓住你，沒有讓你感到意猶未盡，那就立刻著手重寫吧。相比故事的其他部分，絕大多數讀者很有可能是在這五十個詞之內流失的。

三、故事的情緒確定了嗎？

第一頁結束，故事的情緒就應該已經非常清楚了。隨著故事進行，這個情緒可能會變（經常如此），但是一定要有。不管是開心、恐怖、懸疑、希冀還是別的什麼，一定要有。你寫完第一頁的時候，感覺到自己進入那種情緒了嗎？如果沒感覺到，回到打字機前坐下吧，朋友！

四、你的倒敘處理得好嗎？

你的小說是不是經常跳回過去？即使是職業作家也未必能用好這個技巧，所以要當心。一個突兀的倒敘，或是猝不及防地回到當下，都會讓讀者瞬間失去興趣。在我所讀過的小說裡，我認為最精彩的倒敘之一來自艾倫・德魯利（Allen Drury）的《華府千

秋》（*Advise and Consent*）。倒敘開始於第一四八頁，參議員希彼萊特・庫里走過參議院的長廊，前去開會。這時，小說順暢地把讀者帶回到庫里的青年時期，回顧了他的整個生涯。然後在第一六一頁，又用一段話返回到現實。轉換之精巧，一個讀者必須停下來仔細檢視才能察覺。但在你的寫作中，除非你確實純熟地掌握了倒敘的運用技巧，否則還是盡可能忘記倒敘這回事吧，讓故事從頭到尾發展就好。

五、你寫的東西你自己是不是瞭解？

我並不是要你開始吸大麻或者嚼檳榔，在二十五公尺深的水下扯掉潛水面具，去親身體驗這些經歷。但是有大量的參考書籍清晰地描寫了你能想像出來的任何東西，所以不要懶惰地想當然耳。也許有些人會被你唬住，但幾個謬用的詞就能讓很多人對你的故事嗤之以鼻。幾年前我寫過一個有關大沼澤地[1]的故事，看起來還不錯。有位讀者問我在佛羅里達生活了多久，我謙虛地解釋說我從來沒去過。但是，我的虛榮心很快就被戳破。一位在那裡生活過的先生向我指出，故事裡的一個關鍵物——一株巨大的美國梧桐——並不生長於佛羅里達。所以，你要瞭解自己寫的東西。

六、你把年代寫清楚了嗎？

除非你要寫的是歷史小說，不然我敢肯定，你不會在對白（或者乾脆全文）裡夾雜舊時的俚語或者是遠去年代的常用語句。但是，這確實是不少現代小說裡常見的毛病。同時，留心文中出現的貨幣單位、流行風尚和其他要素。不要忘了，這些東西「會

1　大沼澤地，位於美國佛羅里達南部。

不知不覺地變遷」。

七、你有沒有寫不必要的情節？

如果你的角色所看的、所說的、所做的和故事無關，最好刪掉了事。在讀者艱難咀嚼閣下的大作時，沒有比丟給他一堆毫無目的的亂麻更過分的事了。

八、語句是不是重複？

千萬留心這樣的小陷阱：「那天晚上，他和她見面時是晚上八點鐘」，還有「她在哭。淚水在她眼中肆意流淌」。我可沒見過早上的「晚上八點」，並且，除非她是在切洋蔥，否則她流淚時不是在哭還能是在幹什麼呢？而這種重複往往不會在同一句或是同一段話裡出現。你應該注意檢查段與段、頁與頁之間的重複。有些情況下，重複是為了強調或者營造情緒，但你還是小心為妙。

九、你有沒有寫一些不必要的角色？

這個問題乍一看有點蠢，但是我們會驚訝地發現，一些毫無意義或毫無必要的角色常常出現在故事裡，他們只會讓讀者產生困惑。回頭重讀你的故事，從通篇角度一個一個地審視各個角色。估計你還沒審視完畢，就會驚恐地發現有那麼一兩個角色是你原本覺得非有不可，但實際上只是故事的浮渣而已。

十、你的角色性格是否始終如一？

一個或者幾個角色本來個性鮮明，卻在某一刻因為作者要得出某個預設的結論而完全變了個人。許多故事就毀在了這一點。在技藝純熟之前，請儘量規避這種需要妙至毫巔的筆力才能勝任的情形。

十一、是否濫用詞語？

即使是精於寫作的行家偶爾也會發覺自己把一個詞或者短語用了太多次，以至於必須有意識地加以控制。當然，一個故事需要重複使用一些詞，但是除此之外，其他的用詞出現一次就夠了。如果你在手稿中發現某個詞或短語出現得太頻繁，不如翻一翻辭典，通讀裡面的例句並活用一些新詞。

十二、對白是否生硬？

完成小說初稿後，把裡面的所有對白按照你的描述讀出來，如果你還沒有養成這樣的習慣，那麼現在就開始吧。只在腦海裡模擬過的對白真正從嘴裡說出來時感覺會大不一樣。你讀到對白後（當然你知道語境），試著不看文字，再把對白裡的意思自己說一遍。通常你會發現，你說出來的對白比你初稿上的對話要自然許多。

十三、事實是否準確？

你有沒有把月亮說成是一顆行星（其實是衛星）？南北戰爭時期的一個士兵，口琴裡是不是響著一首半個世紀後才寫出來的曲子？一個一八二〇年的邊民端著一把一八三五年才發明的左輪手槍？大多數人都和你一樣，不太會注意到這些錯誤，但是一旦有人注意到了，這個故事也就完了……而編輯們的眼睛都很毒！對事實進行查證並不太費工夫，那何不努力做到正確呢？不要自己瞎猜。

十四、你有沒有破壞場景或者情緒？

「比爾·瓊斯從狹窄的山道上跌跌撞撞地走下來，骨折的手臂陣陣劇痛，讓他眼睛充血。這個時候，他斷然顧不上去欣賞沙地上芬芳的藍色羽扇豆花……」你也顧不上。「莎莉期待了許久，

終於等到田徑明星湯姆‧布朗走過來邀她共舞時，她不會往嘴裡塞一塊泡泡糖⋯⋯」你也不該幫她塞。要留心，不要讓故事裡混進無關緊要的東西，尤其在高潮時刻。

十五、是否陳腐老套，或者矯揉造作？

要是你的角色的髮色有如熟透的麥穗，眼睛彷彿一泓清泉，身姿堪比維納斯，細聲細氣地說「我從來沒有過這種感覺」，那編輯一定會覺得噁心。結果就是，退稿。如果你描述一個洞穴，說它深得像一口底下有洞的水井；或者有個胖子坐在小椅子裡，你說他不舒服的程度好比一頭大象睡在吊床上；又或者是一個剛吃完飯的人，被你形容成「飽得就像一隻天體主義者聚會上的蚊子」──你的麻煩就大了。避免矯揉造作、陳腐老套並不難，但是掉進去也很容易。所以千萬留神。

十六、情節是否連貫？

如果你寫下的所有東西，從頭至尾都順暢自然，那你就不用擔心這個問題。但是如果你摻入一些旁逸斜出的議論或描寫，如果你的主角並沒有按照一種理性的、可信的方式向目標前進，小說發表的機會就渺茫了。

十七、是否言之有物？

不管是輕鬆的浪漫故事，還是深邃的神祕故事，抑或是刺激的陰謀故事，你自己讀完以後，有沒有覺得故事表達出了某些東西？你有沒有傳達自己的觀點，或做出某種價值判斷？換句話說，你的故事到底有沒有讓人一讀的理由？要是一個讀者在讀完（假設他會讀完）你的故事十分鐘後就忘了，那麼編輯也會把你的故事扔進退稿籃裡，並且在十秒之內拋諸腦後。

十八、你的小說講邏輯嗎？

即使是最瘋狂的科幻小說，一旦確立前提，就必須按照邏輯來寫。所有故事都是這樣。多數情況下，當故事的列車偏離邏輯軌道，很少有讀者（更少有編輯）能克服這種失控帶來的創傷。你自己在重讀的時候，請時刻捫心自問：「這個情節符合事件的邏輯順序嗎？」

十九、你的主角是自己解決了問題嗎？

不要靠地震、雷電、瘟疫、火車出軌、車禍……任何一種天災，或「上帝的旨意」來解決主角的問題。同樣，也不應該依靠人禍，除非主角在這個人禍中產生了關鍵性的作用。要是你的主角沒有透過自身的努力克服障礙，或是克服的方式並不合理、有違邏輯，你的故事就會搖搖欲墜，甚至直接摔得四分五裂。

二十、這是一個故事，還是一篇散文？

千萬不要詫異，確實有一些新手分不清兩者的區別。它們各有各的用處，不要試圖混為一談。一篇短篇小說遠不只是一種氛圍或一段描寫。它藉由一連串的事件創造出一個亟待明確解決的情境。記住，一篇短篇小說的方方面面都必須是塑造通篇情節的必要手段。而散文，按照韋氏詞典的解釋：「一種文學體裁，旨在分析或推論，在一定程度上從侷限的或個人的視角處理主題，風格及手法極其自由。」

二十一、高潮是不是太短了？

你一頁又一頁地為高潮情節鋪墊，卻把高潮段落在讀者還沒意識到時一下子就交代完了，他就會感覺受到了愚弄。記住，高潮無比重要。不要把它當成一個用於迅速收攏線頭的事件，匆匆

略過。

二十二、小說結束得太快，還是太慢？

如果高潮甫一開始故事便進入了尾聲，讀者只會感到失落又厭煩。但若是高潮結束後故事又拖拉半天，讀者就會失望又無聊。什麼時候結束才是對的？只要你完成了高潮段落，就儘快結尾吧。前提是，你確定高潮已經完成了。

二十三、行文是否冗贅？

原本只需要幾個詞就能達到的效果，你有沒有花十幾個？通常來說，要表達一件事，越是直接效果就越好。不如試試這個辦法：重新讀一遍自己的故事，然後想像你要用電報把這個故事發出去，一個詞十美分。你會震驚地發現故事裡有多少廢話，而把這些去掉也完全不會傷害主線。

二十四、你是否僅為自己寫？

也許高中母校的體育館會激起你的各種深切情感，但不要忘了讀者先生上的可能是另一所學校。除非你的這些記憶有很好的鋪墊，否則於他而言毫無意義。當然，作者會盡一切努力在寫作中取悅自己，但除非他寫的是日記，不然就要讓別人也覺得有趣才行。作者很容易就能從自己過去認識的人中提煉出一個角色，也正是因為太過熟悉，所以也會忽視在寫作中深化角色。問問自己：「如果關於這個人物或者地點，我所知的一切完全來自這裡寫下的文字，我會覺得滿意嗎？」

二十五、你有沒有讓讀者思考？

很多故事本來可以很好，但敗就敗在沒有留給讀者任何想像的空間。給讀者一些餘地，讓他自己來想像畫面，總結主題。青

少年讀物傾向於毫無保留地說清楚一切，但給成年人讀的短篇小說不是這樣的。不過，也不要抱著讓讀者思考的目的而留下太多沒有收尾的頭緒。

上面這個清單不可能囊括寫作中可能出現的所有錯誤。同樣，你也不應該把這些點看作是永遠不可打破的鐵律。歸根結柢，這些只是新手作者最常犯的毛病而已。

忌諱的主題──今時不同往日

梅里爾・瓊恩・葛伯
Merrill Joan Gerber

　　隨便撿起一本當下發行的雜誌，你會發現其中刊登的小說的主題包括通姦、婚變、濫交、同性戀等等。這些主題在幾年前還為出版界所忌諱，而在今天，人們會以最大的坦誠態度來面對它們，並且，更為激進的雜誌通常也會盡可能（在合適的情境中）描寫這些有爭議的關係。

　　我在給雜誌寫小說期間，意識到一些驚人的事實：小說中仍然存在一些確切的禁忌，而且禁忌往往是在沒人意料到的領域。

　　以我寫的〈同一屋簷下〉（Under a Common）作為例子好了。故事說的是在一個社區裡，鄰里經常見面的地方──不是某個人的家裡，而是百貨商店或五金店。大家都在這兒，要麼是買東西「提升居家品質」，要麼是把曾經提升過居家品質卻壞掉的東西拿來退換、修理。女主角的憂慮是：

　　　　於是我們要花一個週末的時間把電視機送回去。幾個月

前，我們花了三個週末決定要買哪一臺。我們走遍每一家百貨公司看了價錢，也讀了《消費者報告》，最終買了一臺電視機。然後它就壞了。和我們買過的所有東西一樣，它也壞了。和所有東西一樣，電視有維修。所以我們花了幾天時間考慮我們的購物決策。今天，我們把電視送回店裡修理。下個週末，我們會去取回來。這些瑣事甚是耗時。它們填滿我們的生活，我們既沒空思考，也沒空厭倦。

　　這個故事最終哀嘆的是美國式的生活，絕對不會被任何雜誌看作是在給這些產品做廣告。所以家電廣告商不會支持任何一本雜誌刊登這種有損產品聲譽的小說。

　　另一個故事〈你何時要我？〉（When Will You Get Me），講述的是一對大學情侶正面臨的困境。他們還要過幾年才能合理合法地結婚，但眼下沒有可以獨處的地方，也沒有隱私可言。兩人只能成天坐在長椅上，無論是寒冷的冬夜，還是蚊蟲滋生的春天。他們爭吵、哭泣、親吻，忍受著巨大的痛苦。

　　有個編輯看完小說後評論道：「現代人總會有辦法的。」換句話說，現代人肯定能解決這個問題——汽車旅館和短租公寓在今天遍地都是。我的小說道德水準太高了——「太正派」——所以不能發表。

　　第三個故事〈壞小子們〉（The Bad Boys）。兩兄弟在一個寧靜的社區裡為非作歹。他們欺負其他孩子，毀壞公物，還有偷雞摸狗的毛病。故事講述兩兄弟和他們的家庭背景，鄰居們對他倆的困境視而不見，但最終需要決定：要麼報警把兩個孩子送進矯正機

構，要麼同情他們的遭遇，以更為人道的方式幫助他們。

在這個故事裡，人們的決定是前者。因為除此之外他們無計可施——有個孩子因他倆遇到生命危險。

大部分雜誌社在看過這個故事後都表示不能接受，並做出更符合他們立場的選擇。他們不能支持這種企圖做出道德評價的故事。最終，《星期六晚郵報》買下這個故事，但在發表這個故事之前遭遇了停刊。所以到今天，這個故事仍然無家可歸——只因為出版界這一大堆讓人驚異的忌諱。

還有美國社會可能比較陌生的一個禁忌。我有相當多故事在探討郊區的交友問題——人們立起高高的柵欄，星期天下午也只會躲在柵欄後面自顧自地燒烤取樂。面對面的溝通變得異常困難。

雜誌社同樣不喜歡討論這個。興許是因為它們覺得這樣的作品缺乏愛國精神。但是，對這些真實存在的問題避而不談，只一味描繪理想才是真正缺乏愛國精神。當今的雜誌已經在性話題上成長了許多。所以讓我們期望它們最終能夠體會到，誠實地描寫生活是一種成熟的品質，而不只是討好讀者，或讓贊助商們讚賞有加。

THE WRITER AS READER

邊讀邊寫

短篇小說之我見

哈利・伯內特
Hallie Burnett

　　我從事短篇小說的寫作、教學和編輯工作已有不少年頭,但每當被人問及怎樣寫作短篇小說時,仍會不勝惶恐。我覺得我是知道竅門的。我認為寫故事確實有章法(很小)可循。但是,在文學的廣袤雪原上,沒人能篤定地說出左右的塊壘究竟是堅實的石堆,還是一陣強風便能吹散的雪丘。

　　也就是說,雖然短篇小說的寫作要求在本質上是一以貫之的,但格調和技巧卻年年不同,代代有變。翻出二三十年前的美國流行雜誌,重讀裡面的小說,你就會發現,不僅思潮、環境和今天相徑庭,風格在今人眼中也顯得華麗非常、渲染過度。最好的情況是早年間所謂的「典型的《紐約客》風格」,也就是平淡的現實感。不妨再追溯得遠一些,回到歐・亨利(O. Henry)的年代——他的名字如今被用在某一年度「最佳」短篇小說集叢書的前面——而現在只有甘願冒著被人恥笑風險的作者才會模仿那種風格。再往前看,公認的傑作,托爾斯泰的《伊凡・伊里奇之死》,

與其說是教人們今天的短篇小說該怎麼寫，不如說是告誡人們不該怎麼寫。不過，所有這些小說都符合羅伯特・格蘭・戴維斯（Robert Gorham Davis）在《十位現代大師》（*Ten Modern Masters*）中所提出的要求，即，一個故事要問：「如此這般的一個人，經歷了如此這般的事，會如何？」然後回答這個問題。你所有的故事都應該立足於這一點。

任何一篇討論短篇小說寫作的文章，開篇必定要談其他作家。因為一個人若是讀書太淺，寫出來的東西也不會有多少深度，更別提寫得精彩——無論是從商業還是從其他角度而言。實際上，新手作者要遵守的首要規則很簡單，也很輕鬆，甚至很好玩，那就是在動筆（無論是長篇還是短篇）之前讀書。如果可以的話，讀到不能自拔，讓小說的酒精遍布你的血管，然後把自己交給腦海裡的直覺。

深且廣地閱讀其他作者的短篇小說作品，你就會慢慢學會用小說的眼光去思考，而不會陷入八股文、說明文或是其他體裁的寫作模式，擺在你面前的只有緊湊的、效果有限的唯一一種文體——短篇小說。這一點毋庸置疑，而且至關重要。這就好比攝影，眼睛完全熟悉鏡頭的視野後，你不需要按下快門就會知道能否將主體完全收進構圖。短篇小說的作者必須瞭解哪裡存在著不應跨越的界限（長篇小說則不受此限），而除了真正下筆寫作，最好的瞭解方式就是熟悉優秀作者們的作品，並且會因為這樣的限制而感到興奮異常、躍躍欲試，認定你要表達的主題不可能透過其他方式來展現。短篇小說的長度也許是一千字到八千字不等，但要想達到效果，必須集中在一個角色所面臨的一個問題（或幾個

問題互相關聯，可以看作是同一個）上，帶出唯一的解決辦法，其間要保證故事情感強烈、行文緊湊、描寫集中。編輯或者老師常常發現初學者對成名作家幾乎沒有什麼興趣（哪怕他真的讀過了其作品），所以只能耐心地建議：去讀契訶夫、莫泊桑、凱瑟琳‧曼斯菲爾德（Katherine Mansfield）、舍伍德‧安德森（Sherwood Anderso）、Ｄ‧Ｈ‧勞倫斯等眾多名家的作品，還有當代的優秀小說家伯納德‧馬拉默德（Bernard Malamud）、菲利普‧羅斯（Philip Roth）、楚門‧卡波提、卡森‧麥卡勒斯（Carson McCullers）、皮特‧泰勒（Peter Taylor）的作品。

你需要知道的第二件事，就是多讀之外還要多寫。雖然數量不代表質量，但是沒有量的積累，我不知道作品的質量能好到哪裡去。不過關於多寫，有一件需要考慮的事情，那就是首先你得真的想寫。你是一個愛爬格子的人，還是說音樂、繪畫、舞蹈，甚至是社交，更能讓你樂在其中？很多作者在創作生涯早期都會歷盡挫折，而他們覺得沒有任何一件事情像寫作一樣令他們興奮，這就是支撐他們的信念。羅伯特‧佛洛斯特（Robert Frost）說過，他寫詩是因為任何其他事情都不能滿足他。寫作者也許曾經以其他方式表達自己但失敗了——或者也許成功過——但現在想表達自己時，只想回到打字機這位朋友身邊，而不是求助於畫布、鋼琴、音樂或舞蹈。寫作於他就是這麼重要。雖然寫作者可能也會在日常安排之外進行這些活動，但並不能讓他釋放自己。他對這些事情並不太喜愛。所以，根據我的觀察，的確有作者和非作者之分。一個非作者，哪怕能寫出一手妙文，甚至成功發表作品，一旦碰到困難，或另一種有意思的表達手段出現，他就會

果斷地放棄寫作。

所以，知道自己想要寫作，並且相信自己的所讀、所見、所想，你就算是準備好了。透過角色、事件和情緒構建一個故事，表現出你身邊最重要的跌宕起伏。

那麼，你怎麼確定自己有故事要講呢？為了安置你的遐想，甚至是異想，應該從哪裡入手呢？

檢驗你是否有故事可寫，可以看看你在構思的故事裡有沒有「爆點」──也許悄然無聲，有時遲來一步，也可能摧枯拉朽──反正爆點過後，事物的現狀就變了。不管是在開頭、中間還是結尾，爆點總能把所有要素全都擠出已有的模式：角色的生活節奏被打斷，他們的世界裡出現了混亂。在劇變中，「這樣的一個人正在體驗如此這般的經歷」，而作者就要運用自己的創作能力來找出或暗示出某種解決辦法。因此作者在寫作之前，就要預計並理解這個爆點，然後僅憑內心的邏輯，從舊狀態中創造或暗示新的秩序。

任何主題都可以產生爆點。一段婚姻破裂、一段愛情開始、一個老人死去，都能帶來混亂局面，以及相應的解決辦法。爆點有三種用法。首先是開場便有爆點──一上來就起爆，整個世界在故事一開頭便天崩地裂。然後作者才刻畫角色，引導他們走向最終的和解，或解決辦法。比如瑪麗・麥卡錫（Mary McCarthy）的《殘忍野蠻的對待》（*Cruel and Barbarous Treatment*），一開始便是婚姻破裂，故事由此發端。

故事也可以平靜有序地開頭，然後事態愈發激烈，在中心迎來爆炸，一路焦灼，在結尾產生一種新的秩序。當然，新舊之

間一定大有分別。比如梅爾・迪內里（Mei Dinelli）的小說（同時也是戲劇）《那個人》（The Man）。作者也能按兵不動，直到最後一刻才拉響警報，比如雪莉・傑克遜（Shirley Jackson）的〈摸彩〉（The Lottery）。在這個故事中，當眾人向那位受害者舉起石塊，之前每一頁的含義都在讀者眼前炸開，他必須自己把碎片組合起來。

我認為，任何一個故事在這三種情況中必占其一，作者只要在寫作之前在腦海中構思好辦法，就會知道在故事的哪個時刻點燃導火線最有效，以及爆炸發生時要跟故事解決的主旨保持多遠的距離，還會知道他到底應該把爆點放在開頭、中間還是結尾。作者會自己選擇，並由此展開故事。

你動筆之後，最重要的事就是寫完。寫作既簡單，也很困難。一篇故事要是沒有寫完，就根本不能算是故事，而一篇滿是文法錯誤的東西，只要能抵達結局，那也是故事。你如果想成為作者，完成你已經開始的作品是不可回避的事。就拿我來說，我仍然清楚地記得自己變成作者的那天──就是那天，我不再憑空做夢，只會幻想故事，而是逼迫自己咬牙堅持，直到給一個故事畫上句號。雖然那個故事從來沒有發表，而且早就不知道被扔哪兒去了，但它確實是我寫作生涯中一個重要的里程碑。之後幾個月裡，我一有想法就立刻動手。神奇的是，我完成的故事越多，創意也就越是源源不絕。

接著就是下一個階段。我發現自己依舊沒有成功，心中便充滿了不安，雖然我知道總有一天我可以做到。於是我回到書房，重讀了自己寫過的小說，發覺它們都應該重寫，甚至不止重寫一次。這便是我寫作生涯的第三個階段，持續至今，遠未終結。

　　然而，作者要怎樣才能退到離作品足夠遠的地方，不再以作者的身分而是以讀者或批評家的身分來看待作品呢？他要怎樣才能做到完全客觀地看待作品，就好像那根本不是他自己寫的呢？由此，作者出了名的壞記性應運而生，他的個人交際就要遭殃了：他會有意變得健忘——而不是博聞強記——哪怕從今往後他也許再也沒法準時赴宴、按時就診，但為了達到自我批評的境界，他不會介意對自己進行這番洗腦。寫下的文字會在腦中留下印記，很快就會固化並且無法擦除，應對辦法就是把小說放到一邊，然後努力地練習遺忘。我在幾個月前發現，我撿起自己寫的第一部長篇小說時，竟能好奇於結尾到底是什麼樣！

　　這個階段就是為了讓你苛刻地審視自己的作品，那麼需要發現什麼樣的錯誤呢？首先，看看你想說的東西有沒有說出來，不管是因為寫得太少還是寫得太多；也就是說，各個部分間的平衡是你最先應該考慮的。而這一點要是做好了，通常也就去掉了拖沓或是洩氣的部分，也就能抓住讀者的注意力。一般說來，新手作者的開頭都會過長，而爆點，也就是大場景，往往又會匆忙略過，寫得浮皮潦草。所以無論大場景何時出現，盡情發揮吧。確保讀者能完全領會，彷彿親眼看到一般，並且如你所願地理解。雖然寫作的技巧在於微言大義，不要和盤托出，但是故事的邏輯必須足夠充分，讓讀者能夠自己找到解讀的鑰匙。

　　第二個需要檢查的是角色是否可信，是否鮮明。雖說這是長篇小說家的必修課，但是對於寫短篇小說的作者也同樣重要。在長篇小說的世界裡，讀者總是希望知道你還未講到的事情，如果你自己也不知道，在他寫信來問你「究竟……」時，你不能滿足

他的好奇心，那說明你和角色不夠親近，說不出他在特定的情境
下究竟會做何反應。這在戲劇中尤其明顯。在麗蓮‧海爾曼（Lil-
liam Mellman）的戲劇《閣樓上的玩具》（Toys in the Attic）裡，主角的
妻子打電話給想要殺主角的那個男人時，主角那愚蠢的姐姐站在
主角妻子旁邊。雖然這個笨女人沒有什麼明顯的戲份，而且只有
問她時她才會開口說話，就好像完全沒腦子，可是到了結尾處，
觀眾才會明白，主角妻子的電話正是這個女人計畫的，這是作者
有意的安排。也就是說，角色性格的邏輯性，以及言行的連貫性，
必須像是在心理實驗室中那樣精確。

再接下來，念出角色的對白，挑一下刺。大聲地念出來，即
使是只給自己聽。對白是否僵硬、古怪、做作——問問自己，話
語是否符合你對這些角色的設定。我喜歡用一個比喻來形容：對
白應該用半音階而不是全音階來檢查。哪怕你的對白是五度音
階，甚至是八度音階，也要把中間的黑白鍵全都用上。海明威筆
下的對白之所以有力，就是因為即使對白跨過了一個八度，他也
能聽到對白中所有的半音，並且能用精心的措詞來體現出這一
點。像唱歌一樣寫對白吧，憋著一口氣，直到寫完一個意思。而
且要做到「歌不斷氣」，一旦故事開始，你就要集中精神，手裡
的韁繩片刻也不能鬆開。

我能說的似乎也就是這些，還有一件事是別人說的，可惜我
不記得他的名字了。他說：「如果一個故事你寫起來不覺得煩，
那讀者讀起來也不會覺得煩。」我但凡覺得自己哪個部分寫起來
無聊了，就會跳到下一個讓我感興趣的部分，之後再回來填補
——但是我常常發覺沒有這個必要，我沒有寫的部分也沒有造成

什麼損失。

　　作者對讀者負有責任，並非出於好心或者弱勢，而是因為這是讓你能夠抓牢讀者注意力的唯一方式。我們必須讓他時刻感興趣，但不是他想讀什麼我們就寫什麼，我們應該透過自己的技巧和激情，用我們想寫的東西來控制他的興趣，牽著他前往我們想讓他去的地方，讓他相信我們想讓他明白的一切。我們越是深入作品，讀者和我們自己的收穫也就越大。

俗套小說與高級小說

拉斯特・希爾
Rust Hill

　　最近，一位聲名顯赫的作家給我們《君子》雜誌（*Esquire*）寄來一篇短篇小說。他本人至少有一篇小說已經堪稱時代經典，我記得自己在大一新生的英文課上還講授過。但是，和很多也許已經才盡的成名作者一樣，他投身俗套小說的創作，也許以為他的水準和名聲能夠挽救錯漏百出的情節。

　　小說開頭相當好，角色刻畫得也很恰當：一個溺愛兒子的妻子想要勸解做生意的丈夫，因為兩人看到上大學的兒子非常懶惰，憂心如焚。做父親的火冒三丈地說兒子在學校什麼有用的東西都沒學到。與此同時，玩世不恭的兒子在地下室裡對未婚妻發誓，說自己一定會當上百萬富翁。

　　好看的部分到此為止，故事品質此後陡然滑坡。兒子回到學校，無意中聽到英文課教授說，誰要是能找到莎士比亞某一部遺失的劇本，就能賺一大筆錢。他突然想起自己母親從義大利買回的一本舊書，於是立即衝回家把書偷出來（此處情節毫無道德壓

力），躺在太陽底下加了一些注釋，就等著出版該書以後大賺百萬了。

接下來，我們看到他在倫敦的一間高級酒店套房裡，準備和女王一起喝茶。父親再次登場，仍然滿腹懷疑，因為他從來沒聽說過莎士比亞。但是他看到司機開著一輛戴姆勒把兒子接走時，眼神裡帶著一種「驚奇的敬畏」。

不用說，這個平庸故事的作者是一位享譽文壇的大學教授。在學院派的眼光中，這個故事代表最不加掩飾的白日夢。不靠任何商業手段，僅憑知識程度和學問，主角（還有異想天開的作者本人）就能名利雙收，以至於讓父親對他刮目相看，目光裡滿是「驚奇的敬畏」。最後這個短語很有意思，因為故事一旦落入俗套，就連措詞也變得公式化了。

這個故事，是一個無害、和藹、親切的白日夢，期待著哪家雜誌社看中以後，給作者甩過去一百萬美元，讓他夢想成真。

我剛加入《君子》雜誌社時，《君子》的主編是雷納德·華萊士·羅賓森（Lronard Wallace Robinson）。他一眼就能看出小說是俗套還是高級。更有趣的是，他總能講出二者的區別。我現在回憶起來，他是這樣概括的：俗套小說承載的是白日夢，高級小說承載的卻是深夜中的夢。

我認為，從文學史的角度來說，俗套小說與高級小說分別可以追溯到兩位作家身上，即保羅·洛克（Paul Roche）所說的短篇小說的兩大支柱：莫泊桑和契訶夫。我經常和人討論短篇小說，也和保羅·洛克爭論過這個話題。他認為我們太過受到契訶夫的影響，需要更多莫泊桑的東西。我不同意這個說法。莫泊桑的風

格正是過分造作的俗套小說的核心。他的故事裡總是充斥著美貌且慾求不滿的女性，情節也是千迴百轉。這些故事偶爾也會揭露醜惡，但情節往往缺少對生活的真實觀照。契訶夫則相反，他眼中的生活沒有半點矯飾，筆下不染浮華。精確的眼光以及秉直的情節使他屹立於一種文學傳統的巔峰，並且這種傳統近年來在伯納德・馬拉默德和索爾・貝婁（Saul Bellow）等當代作家手中大放光彩。然而，契訶夫的影響仍未澤被天下，因為當今大多數雜誌還是喜愛俗套、取巧、粉飾的作品，也就是莫泊桑式的白日幻夢。

我們今天的大部分小說，問題都是白日夢太多。作者的憑空遐想，給我們帶來各種各樣俗套、花哨、肉慾、虐戀、故作憂愁、對話浮誇、想入非非、迷惑人心、冷酷無情、多愁善感的故事。我們有時候也會刊登這樣的故事（多多少少是意外），在別家雜誌上見到我更是見怪不怪了。只要作品本身優秀，你大可以將寫作看作是一種宣洩，是作者把自己已知和未知的幻想以象徵的手法表現出來。但是你會發現佳作總是來自夜晚的夢境，而不是白天的痴想。宣洩而出的文字要是平淡無奇，那其他隨便什麼事情都比寫作對你更有好處，比如花六年時間接受精神分析療法、學畫手指畫，再或沖個冷水澡，然後去基督教青年會傳教的街區散散步。

這種白日夢就是所有俗套小說（無論是冷酷無情的還是想入非非的）的核心。出自一個年輕作者的筆下，比出自老作家筆下更情有可原一些。對於年輕作者而言，這也許意味著他固執於幻想。而老手這樣寫，代表的就是逃避現實。初出茅廬的作者如果抱有這種天真的幻夢，我們會更加寬容。而要是一位作者本有能

力描寫生活的真相，卻又目光短淺或心機叵測地反其道而行之，我們的態度就不一樣了。

很多學生的習作要麼浪漫過頭，要麼強裝看破紅塵，我們在讀的時候需要關注他們的潛力，看他們是否有一雙好眼一對好耳，只是暫未開竅罷了。最近就有幾篇非常有潛力的作品，來自一位就讀於哥倫比亞大學的學生。他把自己的作品稱為「三篇草稿」，其中一篇名為〈萍水之事〉，說的是一個年輕的美國年輕人在巴黎的一家咖啡館裡被一名姿色不凡的妓女搭訕。男孩和妓女聊得非常舒心愉快，兩人顯然非常投緣。但到了結尾，他卻趕走了妓女，和自己的朋友說起這事時，評價她「不過就是婊子罷了」。

這是一篇充滿綺夢色彩的草稿，而且因為其中的稚嫩和帶著憂鬱的諷刺，看起來十分俗套——多愁善感的妓女在我看來簡直是氾濫到頂點的套路。但這個故事還不算是陷入俗套的幻夢，而只是年輕人的幻夢。我前面也說了，這就情有可原——至少在這個年紀是沒問題的。不過，情有可原不代表可以發表。

就像我們收到的許多大學生作品一樣，這篇草稿也缺乏主幹，因為作者沒有意識到一個故事的標準價值所在：情節、懸念、深刻的角色塑造等等。學生一般會羞於講一個主幹完整的故事，給自己找藉口說那種寫法已經過時了。這種羞怯合情合理，因為他們還沒有能力去處理一個鬚爪俱全的故事情節，以及羽翼豐滿的角色——他們覺得這樣會讓自己的故事墮落成一齣情節劇，全是刻意的對白，刻意的角色變化，腔調和氛圍不能一氣貫通。

於是，他們通常會轉而創作帶有實驗色彩的故事——通篇都是混雜著新聞標題和髒話的意識流文字。這是大有裨益的練習，

但成果幾乎沒有什麼價值。比如,《君子》就從來沒有發表過任何一篇實驗性故事,哪怕是出自名家之手。應該說,作者只有透過作品展現出高超的控制力之後,才可以去嘗試實驗性寫作,比如喬伊斯先寫出了《都柏林人》(*Dubliners*),然後才有底氣去創作《芬尼根的守靈夜》(*Finnegans Wake*)——而不是反過來。新手作者所謂的實驗性寫作,往往只是對自身技巧闕如的掩飾之舉。

還未畢業的學生也好,初出茅廬的作者也罷,如果他們寫下的斷章都能像那「三篇草稿」一樣(這些都是練筆之作,而新手肯定是練得越多越好),成功的機會就更有可能垂青他們。

這些草稿屬於一個業餘作者「絕妙的短篇小說創意」的初稿。這裡的「創意」指的是情節而不是主旨。更重要的是,作者確實有話要說。只有當作者找到自己不得不說的東西,然後在許多故事裡變著花樣反覆地說,故事才會有自己的軀幹,並且自成一個世界,比如費茲傑羅的世界、海明威的世界、狄更斯的世界。但是首先要經由實驗和練習找到自己要說的話。

問題在於,新人作者總是希望手裡質量參差不齊的習作可以發表,並且他們也不理解,為什麼通常只有小刊物會發表這些作品,全國性的商業雜誌為什麼決計看不上它們。不理解這點可就太糟糕了,因為不管刊物多不起眼,只要作品能夠發表出來,就大有好處。作為新人,你不應該總是期盼自己的處女作能登上全國性的大型商業雜誌,甚至不應該期望能夠刊發在小有名氣的季刊上,例如《凱尼恩評論》(*Kenyon Review*)《黨派評論》(*Partism Review*)《斯瓦尼評論》(*Sewanee Review*)等等。你應該把眼光放在更小的刊物上——《重音》(*Accent*)《紀元》(*Epoch*)《觀眾》(*Audience*)——

甚至再小一些，說不定是作者和自己的朋友們一起搞的雜誌，這才是走向職業作家的正統道路。查爾斯‧艾倫（Charles Allen）在《斯瓦尼評論》上發表過一份研究報告，指出自一九一四年以來，一百名重要的作者中，有八十五人的處女作是在小雜誌上發表的。如果有人願意費神去看一下這些早期作品，就會發覺大雜誌社根本不可能（同時也根本沒有理由）接受這種水準的小說。

我覺得，故事一定要有觀點——不管是什麼觀點，一定要有。還要有一個意圖。但是想要故事精彩，這個觀點還必須和故事裡的各個要素牢牢地結合起來，包括情節、角色、情緒、風格、環境、結構等等。故事沒有觀點，那也就沒有了意義。如果故事有了觀點或者意圖，但卻沒有與各種要素相融洽，那最糟糕的情況就是故事變成布道，頂多是寓言——一篇「呼籲」。所以故事的觀點不應該——實際上是不可以——被直接陳述出來，也不應該可以被剝離成以更簡單的方式重述。

一旦觀點與各要素緊密相融，那麼這就是一篇言之有物的作品，能夠讓人思考，而不是空泛的布道。形式和內容完美結合的東西，就是藝術。並且，這樣的故事的主題、觀點、目的、意圖無論是什麼，都是支配性的主旨。它會主導你創作故事過程中的一切抉擇：該定下什麼樣的情緒，該選擇什麼風格，故事的結構怎樣，怎樣規畫情節中的種種起伏（這些起伏同樣受支配性主旨決定）。它還會主導你的角色刻畫以及角色後續的變化。總而言之，故事的意圖或目的也必須和所有要素融為一體，同時支配一切。

我總是會因為這個觀點而被人誤解，儘管我也不想。高級小

說的關鍵之一在於角色塑造，所以讓我用角色與主題的關係作為
例子，進一步解釋所謂的支配性主旨。悲劇與情景劇（或者喜劇
與鬧劇）的區別在於，悲劇的情節順應角色，而情景劇裡的角色
是跟著情節設計的需要走的。這也正是我眼中高級小說和俗套小
說的區別；角色塑造與情節的關係也適用於角色與主題的關係。
角色不只為表明小說觀點而存在，他們必須「多少有自己的生活」
——好吧，我自己也意識到這個說法是多麼老套。俗套小說的要
義也恰恰就是老套。在俗套小說裡，角色是模式化的——對每
一個角色的描述都植根於刻板印象，比如「一個銀行職員」，或
者乾脆就是「一個女侍者」。所以小說的情境（最終會影響情節）
也變得老套：「這個女人坐在酒吧裡」「一個美國來的年輕學生坐
在巴黎的一間咖啡館裡」「一個不讓父母省心的大學生」。而在高
級小說的創作中，刻板印象絕對不會被用於角色塑造——俗套小
說就常常相反。好的作品會讓對角色本身的刻畫代表小說的觀
點，而這一觀點必須是隱蔽的，必須透過某種方法加進小說裡，
不能直白地講述。絕對不要認為小說中的支配性主旨可以和主題
互相替換。

　　那實際操作的時候，要怎麼做呢？先有什麼？是意圖先行
（也就是作者先有一個要表達的觀點，然後想辦法找到一個可說
的故事），還是故事先行（「在地鐵上目睹的某件事」，攪得作者
心神不寧，他直到動筆之後才發現故事的觀點，但可能連他自己
也看得不那麼真切，然後透過發現——至少是感受到——支配性
主旨來刻畫和創造其他要素，以便符合這個故事）？

　　雖然兩種方法都可以，但在我看來，優秀的作品更有可能

是將兩者結合之後的產物。比如說，作者通常會隨身帶著一個本子，既用來記錄各種憑空而來的念頭和想法，也用來記下他見到的、聽說的、讀到的事件，只要是引起了他的興趣的事件。這就是觀點和事件的聯姻——不論是在筆記本裡還是在作者的腦海裡。二者播下一粒種子，種子最終長成（更準確地說，是靠作者所施予的想像力或者艱苦勞作而長成）完整的故事。如果這個故事確實非常出色，那麼（如我在開頭所強調的）所有的要素彷彿從未有過片刻分離。

也許確實從未分離過。我不是作者，沒辦法確定。我曾經試過，大概每年有一兩次吧，但從來沒有寫出過哪怕和成功沾半點邊的東西。最終我放棄了，想著最糟糕的作者說不定也能當個好編輯，雖然收入可能不會好到哪裡去，但日子好過太多。我感到如釋重負，而且發覺我能夠用另外的眼光來看周遭的生活，而不只是一心尋找素材。不用鼓勵任何人寫作。如今世上的作者已經夠多的了，尤其是不想寫作但一心想成為作家的人。原本只是無傷大雅的自我宣洩，在他人的鼓勵之下變成了渴望出版的欲望。不管投稿人在來信中如何懇求「只想聽聽你們的意見」，我們覺得用委婉的拒絕來變相鼓勵水準欠佳的作者是不對的。寫作很難——與之相比，幾乎任何事都要容易一些（這是倫‧羅賓遜〔Len Robinson〕說的）。即便你得了感冒、宿醉初醒，或者憂慮重重，你也能幹很多活——唯獨除了寫作。

一個人即使從來沒有寫出過成功的作品，而且也不可能準確地知道到底要怎麼做才能成功，但仍然有可能鑑別出好作品。我不打算解釋這個觀點，只是想說：我認為這反而會增加他的機

會。而且，考慮到需要幫助作者重寫作品，我認為一個好的編輯首先應該具備的能力是理解作品的意圖；其次是給作者提出方法，讓他更能實現自己的意圖。從這個意義上講，好編輯的寫作能力提供的價值，和好作者的編輯能力成反比。

評價故事時，我的立場一半一半，既有極其學院派的正統，也極其看重情感衝擊——兩者相互平衡。極其學院派的方法（這是根據弗雷德・B・米列〔Fred B. Millett〕的講座修改而成的，多年前他在維思大學〔Wesleyan〕任教，是我讀大一時的英文講師），是針對一篇小說問如下四個問題：

一、作者想說什麼？

二、他是怎麼說的？

三、他說得有多好？

四、這事值得說嗎？

當然，前兩個問題是分析，一定要先於評價（也就是後兩個問題）。問題二和問題三關注的是形式，問題一和問題四則考量內容。而要我說，這種批評方法（分析加評價）也許太講究、太迂腐了。比如第四個問題，對於作者的意圖和目的完全沒有用處，並且是一種強烈的價值潔癖。有句話是這樣說的：一個太死板的概念，可以讓一個短篇小說從動筆之初就已經一敗塗地。但是，這個方法在我看來有兩點好處：第一，你可以很快地注意到作者的目的（我不想討論美學理論中的「目的謬誤」，我知道這個，但覺得雜誌編輯和這個關係不大），這些問題會讓你更關注文本自身，避免倉促地做出評價。第二，透過概括一個你覺得有趣的故事，你能有機會稍作停留，看清到底為什麼有趣，以及作

者是如何做到這種有趣的。同時也能看出這是一個嚴肅的故事，抑或只不過是一篇刻意訴諸感性以博取人心的虛偽之作。

　　學院派的方法就說到這裡。接下來是偏重情感的方法。埃德蒙德‧威爾遜（Edmund Wilson）提出過「認知的震撼」（確實是一種絕妙的體驗），而這個方法或許可以回應作者所沒有想到的方面。自行投遞來的稿件品質往往慘不忍睹，以至於我們如果看到任何一篇稍有潛力的故事時，都會多少有所體會。但是如果收到一個真正出色的故事——不管是不是約稿——任何人讀完都會感到由衷的震撼！

　　這些故事非常完整，絕無類似。並且，其中蘊含的對生活的觀察既不是刻板的，也不是一廂情願的。

A WRITER NEVER QUITS

永不放棄

寫作者
永不放棄

弗雷德・蕭
Fred Shaw

　　最近，我的一位非常優秀的學生拒絕了一家雜誌社的約稿。「謝謝，但是不了。我已經不寫了。」

　　「為什麼？」

　　「寫作太難，太讓人心碎了。我傾注了一切，到頭來還是不夠。」多數新人作者都會嫉妒她——不到兩年時間裡，發表了五篇短篇小說，其中兩篇還是發表在全國性的雜誌上。但她不覺得鼓舞。

　　我換了個問法：「說一說，史上最傑出的小說家是誰？」

　　「巴爾札克。」

　　哈，她中計了。巴爾札克的老師曾經說他是個蠢蛋。他的家人不讓他吃飯，逼他放棄自命不凡的文學夢。等他自負地拿出一部用韻文寫成的悲劇——整整兩年的辛勤寫作就是為了這一刻——全家人一邊聽他念一邊打哈欠。他唯一認識的評論家是他的一個朋友，而這個朋友建議他除了寫作什麼事都可以試試看。巴

爾札克又寫了八年，用不同的筆名出版了三十一卷小說，這才小有名氣。而他的宏篇鉅著此時仍然還未面世。

「這樣的事現在還有。」我說。我拿起一本《作家文摘》，打開讀了幾段——約翰・費茲傑羅（John Fitzgerald）「努力了三十年」，才靠《爸爸娶了摩門教徒》（*Papa Married A Mormon*）獲得經濟獨立；毛姆在開始寫作後的頭十年裡，「每年的收入從沒超過五百美元」。

她大笑著搖頭。這不是她要的生活。

與想要成為職業作家的學生合作很有趣，但同時也可能很讓人喪氣。我有太多天賦很好的學生才剛剛起步就放棄了。我的意思並不是說，心無旁騖就能獲得稿酬。不過，近些年來我還是能在雜誌上看到有我學生署名的文章，包括《西部評論》（*Western Review*）《讀者文摘》《星期六晚郵報》和《紐約客》。但每當有同事跟我說這些孩子做得不錯時，我就會說：「你應該看看那些放棄了的。」

為什麼？他們為什麼放棄自己一度視為唯一夢想的寫作？

我曾經有幸和威廉・福克納聊過天。「跟我說說你的寫作課吧，」他說，「你的學生是想寫作，還是想當作家？」

這一定程度上就回答了我前面的問題。有些學生，還有一些自己寫作的人，最初的動筆原因就是錯的。他們褲底都還沒在椅子上磨亮就開始往外投稿，而要是編輯沒有衝到家裡來獻上熱情的擁抱，他們就會改行去做更實在的事情。而他們如果寫信去跟編輯理論，很快就會發現寫作這事根本毫無必要。這一類放棄的人從來不會讓我困擾。

但是，就算我排除掉這些搗蛋鬼還有假貨，仍然有許多年輕

的作者是福克納想要瞭解的那種人。他們有才氣。他們想寫。可是一旦沒有老師逼迫他們，很多人就封筆了。為什麼？

原因和應對的方法我略知一二，大概是這樣：

他們得賺錢餬口。你也是嗎？我也是。方法就是努力工作的同時，用業餘時間來寫作。兼職寫作並獲得成功的作家俯拾皆是。莎拉·傑金斯（Sara Jenkins）的第一部長篇小說，就是她在吹頭髮、乘校車時，還有課間的十五分鐘裡寫成的。現在，她已經出版了好幾本書。她如果想要重溫當初的寫作環境，只能自己買一輛校車，再請一位司機了。

沒人把他們當回事。有一件事我們最好還是以自嘲的態度面對：在名聲大噪之前，沒人看起來像個作家。羽翼未豐的作者如果能夠得到家人的同情和理解，他應該好好珍惜。因為這太少見了。湯瑪斯·格雷（Tomas Gray）的《墓園輓歌》不為人知的背後，是他的妻子抱怨說，要是他能不再寫這些瘋話，她就不會像詩裡寫的那些花朵一樣，「羞愧又無人得見」。

相比家人的冷漠，還有更糟糕的事情。幾年前，我的一個學生成功地把一個故事賣給了《麥考爾雜誌》。一夜之間，他的妻子和父母意識到他們過去都有眼不識泰山。從那之後，每天下午他們都會命令孩子們不許喧鬧，收拾好客廳，讓他一個人跟打字機待在一起。接下來兩三個小時，一家人在房子裡輕手輕腳，大氣都不敢出。但他終於走出書房時，他們就會像安了彈簧一樣跳起來，笑著跑上前問他：「所以，寫得怎麼樣？」這可不好。不出幾天，這種緊張感就變得駭人。我這可憐的學生從此再也沒有寫過什麼東西。

　　要是有編輯願意……我無數次地聽到他們說：「如果有人願意發表我的作品，那我就每天都會寫了。」那確實，誰不是呢？真正的法門就是，即使沒人在乎你是寫還是不寫，你仍然堅持寫作，面對著孤獨和恐懼，一直寫下去。

　　我跟學生說話很直接。我把一個編輯一年中要看的稿件畫成一座座陰冷的山丘，展示給他們看。我引用過一個雜誌編輯說過的話，她說她收到的爛稿近年來越來越少了。沒錯，競爭變得愈發激烈。我最後和他們說，放棄還是繼續寫作，這個決定很容易做，所以別想了。他們如果想要賺大錢，去買彩券反而更實際一些。

　　如果他們仍然想寫，那我會支持。如果多年以後再見時，他們說自己已經放棄了，但說這話時看起來又悶悶不樂，我會幫他們想辦法克服困難。我所提到過的一切苦難在他們腦海裡都簡化成了一件事：一天過得太快了。這真是一個歷久彌新的藉口。要是我自己想找藉口，我也會覺得這個藉口天經地義。

　　問題是，這完全是胡說八道。我們大部分人都知道，有許多作家比我們忙得多，但是他們仍然筆耕不輟。卡羅琳·米勒（Caroline Miller）在三〇年代早期獲得普立茲獎時，她的丈夫是南喬治亞一所高中的校長——這可絕不是什麼適合抒發愁緒的富貴人家。我記得她在《他懷中的羔羊》（*Lamb in His Bosom*）[1]的獻詞部分寫的是：獻給威爾·D、小威爾和小拉扯。三個孩子，沒有錢，沒有時間。但她依舊堅持寫作。她甚至在去藥店買可樂時都會趴

1　此書於一九三四年榮膺普立茲小說獎。

在那裡的桌子上寫。

　　有時候我也會幫助迷失方向以及受挫的人重新開始——但不是透過說服他們更好地利用時間。我會講一些與他們境況類似的故事——比如凡爾納・威廉斯（Verne Williams），他給《週日新聞》（Sunday）寫專題報告，最終成功地登上「獨立廣場」」（Independence Square）；比如珍・霍莉（Jane Hawley），她意識到和另一位女作者組成一個二人寫作小組能夠有效地抵抗惰性和抑鬱；比如讓・沃德洛（Jean Wardlow），作為一個獲獎記者，他明智地從全職轉成兼職，為的就是有更多的時間可以自由安排。我還講過有兩個天賦很高的學生，被突如其來的走紅完全沖昏了頭。我也提到過我認識的一位女士，她發覺儘管任何身為三個孩子母親的人都寫不了長篇小說，但隨便誰都能寫上一兩章。最近，她完成了一本書，我跟她本人都很驚訝。

　　我鼓勵他們記日記，這樣寫作就會變成日常慣例。正如毛姆所說：「寫作是一個很容易培養並且很難破除的習慣。」

　　我還有最後一些話想要和一群人說，因為我對這些人最瞭解不過——他們之所以覺得自己的作品難以下嚥，是因為他們的審美品味超出了創作能力。我知道要對他們說什麼，因為我就是這樣的人。再想想巴爾札克的故事。任何對沃爾特・惠特曼（Walt Whitman）頂禮膜拜的新人都該去看看他發表在雜誌上的小說；讀一讀辛克萊・路易斯的《自由的空氣》（Free Air），你就不會對他的《巴比特》（Babbitt）產生不切實際的崇拜。總有起步的階段。你最近有沒有讀過菲利普・維利（Philip Wylie）的那些低俗小說？

　　瓦爾特・布萊爾（Walter Blair）寫過一本關於戴維某某的書，他

曾給我介紹一篇短篇小說，我想給那些眼高手低的作者讀一讀。這篇小說名叫〈花花公子大戰地痞〉（The Dandy Frightening the Squatter），發表在《氈袋》（Carpet-Bag）上，根本不為人所知。語言陳腐無聊，敘事一塌糊塗──但我要把裡面最好的幾句話放出來：

> 一個高大健壯的伐木工靠著樹站著……盯著遠處正靠近的一個東西，我們的讀者一眼就能認出那是一艘汽船……在船上的男男女女中，有一位衣衫整潔的公子哥兒，留著一抹叫人著迷的小鬍子……他似乎一心想要出出風頭……再來看看我們這位地痞老兄……

肯定有批評家願意誠實相告，勸這位署名 S. L. C. 的作者別再瞎費勁了。如果真有批評家提出建議，那這位年輕作者一定沒有聽從。他繼續寫了下去，誰願意發表都行。

多年以後──其間還有好些個一事無成的年頭──他出版了一部長篇小說，從此改變了美國文學的方向。他給小說取名叫《哈克貝利・費恩歷險記》（Huckleberry Finn）[2]。

---

2 作者是馬克・吐溫（Mark Twain），他的真名為薩繆爾・蘭亨・克萊門（Samuel Langhorne Clemens），即上文提到的 S. L. C.。

一夜之間，男孩成了作家

約翰・霍華德・格里芬
John Howard Griffin

　　和許多出版過作品的作家一樣，我也經常會在創意寫作班和筆會上做講座，所以也遇到了很多有志從文的寫作者。於是自然，我也聽到過很多問題，且盡力誠懇地回答。其中最令人困惑的問題是：「我需要什麼樣的教育背景才能當一個作家？」在我看來，最重要的背景，同時也是最常被忽略的背景就是經歷。我說這話不是指一個人要周遊世界，遍歷花叢，而是指要從每一件發生在你身邊的事情裡總結出經歷。對於作者來說，經歷一詞更大程度上在於一種態度，一種從最微小的事情裡發掘出精彩冒險的能力，比如，哪怕就是在雨中散個步。這種冒險心理恰恰就是許多年輕作者所缺乏的，而我認為這也絕對是可以培養的。興許最好的解釋方法是我來講一件自己十八歲時的親身經歷。

　　當時我還是一個學生，住在法國的土爾。一個冬天的下午，我縮在一個小爐子旁，讀到一篇報導，說齊爾絲騰・芙拉格斯塔特[3]要來巴黎演出《崔斯坦與伊索德》（Tristan and Isold），只演一場。

有個朋友跟我說絕對不容錯過。我取出所有的積蓄，開始籌畫。如果我買一張最便宜的票，搭三等列車去，錢應該剛好——但就沒錢吃飯也沒地方住。我從來沒做過這樣的事。我是個理科生，跟冒險一點都不沾邊。所以我被這個念頭嚇壞了。但是我知道，如果不去，我可能要後悔一輩子。我最後還是決定去，而這個決定後來產生了無比深遠的影響。那天晚上的經歷讓我變成一個「熱愛冒險」的人，而且很有可能直接促成我成為一個作家。

在其他行業裡，熱愛冒險的人很少會有這麼高的比例。幾乎所有作家——從但丁到海明威——都有本事在腦海中經歷奇絕的冒險。哪怕離群索居、伏案寫作，他們給人的印象也是生活得波瀾壯闊。我們覺得他們總在經歷各種事情。

熱愛冒險的人並沒有被一堆奇妙的事件成天包圍著。他們只是能夠在我們視而不見的地方看到不平常的歷險。

看來這是一個眼光的問題，是一種可以訓練的技巧。

真正親身經歷的冒險反而不會與寫作產生什麼關係。要證明這一點，可以看看那些修女，儘管遠離紛擾，隱居世外，她們的生活有時也有聲有色；另一方面，再看看那些去非洲打獵取樂的先生：坐在折疊椅上，喝著蘭姆酒，一心琢磨到底該去哪裡找點刺激。

為了搞明白到底為什麼一個人眼裡的奇妙歷險在另一個人看來無聊又瑣碎，我們還是回到巴黎的那一夜，看看那個十八歲的少年經歷了什麼吧。

3　齊爾絲騰・芙拉格斯塔特（Kirsten Flagstad，一八九五—一九六二），挪威女高音歌唱家。

　　那場歌劇絕妙非凡，但散場後我在那個陌生城市裡面對著一個陰冷的、下著雨的夜晚，口袋裡除了一張回程車票，什麼都沒有。我又冷又餓，無處可去，只好隨便亂走，想找一個能躲避風雨的地方。

　　我幾乎就快絕望的時候，看到一個賣栗子的小販正在收攤。我跑過去問他，有沒有什麼地方可以給「一個子兒都沒有」的人過夜。他說有個地方叫「魯昂庭」(Cour de Rohan)，是十三世紀就已存在的一個街區，在巴黎聖母院的河對面。他說那裡是給窮人住的，門從來都不關，我可以在那裡的樓道間裡安心過夜。

　　他給了我一袋烤好的栗子暖手，帶著我走進一條通往魯昂庭的窄巷。我低頭看著腳下卵石鋪成的路面，盡頭是一盞街燈，街燈將瀰漫的霧氣染成橘黃色。

　　「找個門進去就行。」他說完就走了。我試了一兩扇門，門很矮，我非得彎腰才能看到裡面。一股惡臭。我推開第三扇門時，就知道這股氣味肯定到處都是了。於是我走進去，摸到樓梯間，然後轉到樓梯背面，強迫自己在髒汙的石頭地面上躺下來。

　　有那麼一會兒，我老是覺得渾身不舒服，地上又硬又髒，寒氣不停地鑽進衣服。我感覺孤苦無援，而且還有點害怕。歌劇早被我忘得一乾二淨，我全身心地悲嘆著自己的苦難。

　　但漸漸地，我先入為主的自憐之外開始產生另一種感受。我覺得這些事都還挺有意思的。我試著讓自己超然於身體的不適，逐漸意識到這番經歷挺值得體驗——或者說，將來有一天我會覺得這些苦沒有白吃。我問自己，多少人能有機會在一座十三世紀建成的房子裡睡樓道？一張舒適的床固然很好，但換個角度

來看，現在這樣也不錯。那些舒服又安穩的夜晚我早已經不記得了，但我永遠不會忘記今夜。所以說，這個經歷很值，值得我全心投入。

一切都有了新的意義。地面不再硬得叫人難受，當年的工匠滿心驕傲地鋪下的石板已歷經好幾百年的時光。它承載過早已死去的聖人與罪者。它顯露出自我，向我揭開它的祕密。與其說是它化進了我的心，不如說是我讓自己沉浸在它之中。

我只不過是換了一種心態。我的處境仍然悲慘，但這已經不重要了。從此我不再根據是否讓我感覺舒適愜意來評價一切事物。我跳出自己的侷限，能夠只從事物自身的價值來看待一切，而且從那以後再也不會總是退回到純粹以個人喜好做決定的心態裡。

這就是「生活無聊」的人和「熱愛冒險」的人最根本的區別。同時也在根本上決定了作者的作品是否豐富多彩、獨一無二。

真正的寫作者是觀察家。觀察的對象包括一切事物，尤其是他自己。看到自己的死亡已然臨近，或自己的婚姻瀕臨破裂，或被任何痛苦所折磨時，他會產生一種古怪的自我安慰，因為他知道最大的不幸也是一分收穫。所有這些事情，看起來是悲劇，同時似乎又讓人欣慰，會賦予他教益和提升，最終豐富他的作品。

我們大多數人都活得太穩妥了。我們總覺得作品沒有重要到值得為之犧牲自己的地步。一定要把生活當作一場永久持續的寫作教育。一個寫作者，必須學會在一天之中的每分每秒都有所領悟。歌德說過：「才氣來自獨處，性格來自生活的流動。」性格是一定要有的，但只有保持開放的心態，才能孕育出才氣。如果

我們生活得太過安逸，太看重動物本能所需的舒適，才華就會半生不熟。有一個很好的辦法可以用來鑑別我們是否正在變成一個「渾然天成」的作者。下一次被困在雨裡的時候，看看自己到底是想要詛咒惡劣的鬼天氣，還是開始感受雨滴落在臉上，從髮梢滾落，在手背上濺開。

這是一個很重要的品性，原因是多方面的。既然你要寫作，這個品性就事關技巧的純熟。但比鍛鍊寫作技巧更重要的是，如果能發自心底地保持這樣的品性，寫作者就能真切地認知自己和他人，並且揭露許許多多事出有因的起伏的真實動機。一開始，剝去幻象正視自己會讓人感到羞辱，但這是獲得自知之明、智慧和同情心的最佳手段，順帶著也提高了寫作能力。

這種品性能夠讓寫作者從最本真的源頭開始創作。文學史學家馬克斯韋爾·吉斯瑪（Maxwell Geismar）曾經說過：「這個時代的小說家真正需要面對的問題是如何逃離中庸的呵護，以及常態帶來的隱患。」我們每個人身上都包裹著重重偏見、錯誤的價值觀、虛榮心和膨脹的自我觀念。

等到你能做到這一點，而不是咒天罵地，產出佳作的基本條件也就具備了。你會收穫獨特的經歷，因為沒有人會對下雨做出與你完全相同的反應。

為了培養這種超脫的能力，我總會建議新人作者以徹底的誠實態度來記日記（不要想著會有人讀到），記下自己的感受、問題、情緒、反應、隨意的想法、所受的誘惑，以及一切私密的假想和日夜的夢境。

一本誠實的日記會幫助我們扯下自身思想的遮羞布。創造，

比我們大多數人想像的要深刻許多。它從人內心最深處神祕地湧現，為了讓你的靈魂與之產生共鳴，你必須調整、平衡自己，極盡可能地接近真實，最終寫出最真摯的作品。

MARKETING 投稿

賣出去，賣出去

娜塔莉・哈根
Natalie Hagen

　　把寫好的故事賣出去的難度不亞於寫作本身。要想成功，必須以苛刻的眼光來評價自己的故事，並且能預計收到你稿件的那位編輯會做何反應。先研究和選擇市場，能避免一些不必要的退稿。編輯選稿，看的是稿子能不能讓自家雜誌的受眾滿意、感興趣、受到刺激。女主人若給傳教士或者小孩端上來馬丁尼，那就太不會做人了。同樣，如果你把一個以飲酒為主題的故事寄給宗教雜誌或者青少年雜誌，又或是把一個適合青少年或者宗教人士的故事寄給時尚男性雜誌，不合時宜的程度就不必多言了。

　　《作家市場》（*Writer's Market*）和《小說作家市場》（*Fiction Writer's Market*）年刊會列出有哪些刊物接受自由投稿，並指出哪幾家雜誌的重點是小說。如果你手頭沒有，去附近的圖書館借閱最新版。名錄會按照讀者群體，以及刊發稿件的相似性，將各家雜誌進行分組。為了更方便地指引作者，年刊的編輯還會列出各家的字數要求和稿酬標準。你可以從裡面挑出幾本適合你故事的刊物，然

後去報刊亭買也好，去圖書館借也好，或者直接從雜誌社訂，拿回來好好閱讀就是。再之後，用下面這份提綱分析每家雜誌：

一、基本訊息。多長時間出一期？每期定價？全年定價？創刊多久？編輯姓名，還有編輯部地址。

二、什麼人會看這本雜誌？讀者群是男女都有嗎？如果是一本青少年刊物，大約的年齡上下限？是只給男孩看，或只給女孩看，還是不論性別？如果是女性雜誌，同時面向單身和已婚女性嗎？是不是給母親們看的？讀者年齡預計範圍？這本雜誌是不是針對特定的興趣群體，比如跑車愛好者、貓奴，抑或特定地區的居民？

三、雜誌上的廣告非常清楚地表明了讀者的受教育程度、經濟收入狀況，以及性別、年齡分布、愛好。打開一期雜誌裡的全版廣告好好看看，針對的是什麼樣的人？比如說，環球旅行廣告針對的對象不限男女，生活富裕，可能是退休了，也可能是有充分的閒暇度假。痤瘡藥廣告針對的是青春期的少男少女。成熟皮膚用化妝品廣告針對的是三十五歲以上的女性。高中函授課程廣告會體現讀者的教育程度。服飾廣告能讓你推斷出讀者的年齡、性別和購買力。

四、每期有多少篇短篇小說？每篇小說的長度基本相近，還是各不相同？每一期雜誌裡，各篇小說的字數（按百字計）有多少？把每篇小說按照題材分類：愛情、婚姻、青年、少年、冒險、懸疑、科幻、心理、諷刺、歷史、奇幻等等。把你整理出來的清單和「市場」列出的字數限制和稿件類型對照。是每篇小說都符

合要求，還是有例外？如果稿酬標準也能確認，每位作者可以收入多少？

五、以同一方法分析雜誌裡的文章、專題、漫畫、照片、插畫，甚至是讀者來信。你覺得這份刊物有什麼特色？激勵人心、知識豐富、洞悉人情、玩世不恭、富於智慧、不懂世俗，還是兼而有之？

六、什麼樣的短篇小說不適合這本雜誌？

你如果分析出自己的小說適合那麼幾家雜誌，那就該正式投稿了。稿件必須是打印稿，雙倍行距，打在信紙尺寸的白紙上，兩邊各留四公分頁邊距。概不接受複寫稿或者複印稿。最後給定稿留個底，以防遺失了還得重寫。打定稿之前，要把打字機清潔乾淨，換上新的色帶。稿件不能有錯（不起眼的訂正倒是可以）。在第一頁的左上角，以雙倍行距打上你的姓名、地址和社會安全號碼。在右上角打上大概字數，以五十字為單位四捨五入。在中間用大寫字母打上小說的標題，下面署名（真名或筆名隨意）。署名下空三行開始小說正文，距離底邊四公分時翻頁。在第二頁的頁眉處打上小說標題、你的姓氏還有頁碼。再空三行，繼續正文。將完整稿件整理成一疊，在左上角用迴紋針別好。不要隨稿件附帶自述信。用牛皮紙信封把稿件裝好，用第一類郵件[1]寄出，以防雜誌社最近剛換地址。（有時候，雜誌社好像在玩搶椅子遊戲──四處搬家，聯繫人、雜誌名、傾向和政策變得很快，來不及昭告天下。）你也可以往信封裡放一張輕質卡紙，防止稿件產

1　在美國郵政系統中，第一類郵件包括明信片、信件、小型包裹等，寄送優先級最高。

生折角。稿件必須隨附回郵信封，在回郵信封上寫好地址，貼好郵票。把寄出稿件的日期和地址記錄下來。

　　你名單上的第一位編輯若是把稿子退了回來，你就把小說寄給第二位編輯。小說要是可圈可點，說不定會在舟車輾轉中收穫各位編輯的評論。你要是耗盡了名單而小說還是沒有賣出去，重新研究市場，苛刻地分析你的小說，看看如何改進甚至重寫。

　　千萬記住，賣字為生的人遭遇退稿是常有的事，不要因此消沉。已故的伊恩・弗萊明（Ian Fleming）在因「詹姆斯・龐德」（James Bond）系列名聲大噪、成為當代著名作家之前被退回的投稿不計其數。每一位成功的作家都收到過退稿信。他們正是由此學會了如何把作品賣出去。

特別收錄
投稿者的
升級準備

丁名慶
文學雜誌資深編輯

　　僅僅是以「投稿」這件事來說，其本質像是把一個想要分享（給讀者）的事物，託交給某人（刊物、編輯）轉達，只需要做到完整和清楚就好了。這是寫作者的體貼。

　　目前絕大部分投稿以電子郵件進行，使其「完整而清楚」的建議是：（一）將稿件以附檔掛載——這方便編輯在作業時存檔並計算字數；（二）擬封短信——寫明投稿刊物名稱（如果被退稿另投它刊，記得修改），「我想投稿貴刊，請指教」，簡單幾句自我介紹（學經歷）問候與姓名落款。先這樣就好。另外是在信末留下個人聯絡方式（待確定採用後，刊物會詢問刊出用的作者簡介描述，以及基本稿費撥發資料，包括身分證號、戶籍與通訊地址，匯款銀行帳號等——這些可以不必先提供，待通知留用時，於回信中處理。

　　這個看似多餘的基本建議，其實源頭來自於近年頗有些投稿，除了文章外，僅有疑似篇題的檔名，匿名包裹似的（也沒有

筆名本名），那麼編輯是打開或是不打開呢？

＊

按下送出鍵前，至少仔細校對一遍（如果能在寫完後，稍微擱一段時間；甚至誦讀出聲，邀他人或自己聽聽看，品質應該會再提升）。想像讓你自己和稿件有種赴宴的愉悅隆重心情，至少要有去訪友的從容；而不是患得患失的工作面試。

無論這是報刊雜誌或文學獎徵文，保持這種有餘裕的心情是很重要的，不要求好心切到死線最後一刻，提前一些完成，至少可以降低錯字率——這也會提升被留用的機率。

＊

以篇幅來說，目前在台灣，各文學綜合性紙本刊物（含報紙）設定的單篇投稿篇幅，一般大約為數百字到兩千字左右會比較有機會，這是散文；詩的話大概一～三首，平均每首二十行左右；小說則大約以兩千字～四千字間為宜。更長的話，未必沒有機會，只是難度將增加許多，也容易暴露出較多寫作上的缺點或限制。

這要回歸到基本面的思考：對你來說，把一個念頭或故事說好，需要多少篇幅，且無可退讓？以及，逆向思考——如果有機會發表的篇幅就是那麼多，一千字，兩千字，四千字，你又能寫好到什麼程度？這樣的過程，感覺和結果都是你可接受的？而你的寫作動機，是書寫與內容自身，或者是投稿發表呢？你真的願意遷就媒體的需要或限制，削足適履地（對作品）瘦身或大幅整形？

順帶一提，目前各刊稿費水準大概在一塊到一塊半間。

再往下想，如此篇幅，就不適宜「話說從頭」、敘事時空跨度太大的題材；登場人物、情節的衝突點或翻轉，也不可能安排

太多反而使之流於印象浮泛。常見對策，拉展成光譜兩端：一端是著意設計，使衝突能量集中於一點突如其來爆破，以趣味或省悟為務；另一端則放棄明顯情節，使糾葛成為背景伏流，呈現一段擷取後的悠緩時光切片，基調則是較傾向抒情的。

在兩端光譜中間，尚有許多實驗可能。然而這就更仰賴作者揀精去粗的駕馭能力，也需要練習。處理得不好，不是虎頭蛇尾，就是太早爆雷，又或者是枯淡乏味，或雕琢做作，而難見別出心裁的佳構，這就增加了退稿可能——只是這裡的兩難，不只是作者的也是編輯的。

＊

作為投稿者（刊物編輯也一樣），必須意識到：投稿一事，在網路成為生活不可或缺事物的時代降臨後，許多事就不一樣了。發表空間不是問題，那麼實體版面鼓勵創作、訴說的階段性任務也就將至盡頭了，編者與作者的互動關係，內容的供需設定，是雙方都須面對、思考的新課題。編者仍期待與好作品相遇，實際情況卻必須因為生存問題，以及需要更突顯刊物自身的關注、主張與特色（這也跟投稿者的處境相同），而以更嚴格的標準篩濾來稿。

其結果就是，網路環境使投稿率下降了，競爭看似減少，但退稿率卻相對提高了——雖然仍然期待並願意守護多元性，但編者也必須（鍛鍊閱歷與品味）更敏銳地挑選出與刊物的定位、整體規劃更契合的作品。

相對的，今天投稿者也必須比過去想得更深、更多：為什麼，在寫作更自由的年代，你想要獲得這特定的一群人的認可？你欣

賞他們什麼？更核心的：你為什麼投稿？這也像是在問，你為何寫作？想寫給誰看呢？又為什麼想寫給那個「誰」看呢？

你必須放在心上的：收到稿件的編輯們，也會對你的作品發出這些提問。

＊

初次投稿或經驗不多者，建議從報紙生活版副刊的主題徵文著手，相對沒壓力，但篇幅限制，加上有「期限」這件事，還是能打磨寫作的注意力，減低不知從何著手的困擾。同時，也可以視為創作初期發現自己適合不適合、喜歡不喜歡寫什麼的做功課過程。

這個發現過程是重要的，意味著你更有條件集中火力把作品寫好，並願意分享；不管是否投稿。更關鍵的，除了能更精準判斷前述的「契合」程度外，也會有比較多選擇自由的踏實感，讓自己寫得比較久比較開心一些。

回到做功課，「把作品寫好」，本書已提供了許多心態或技術的眉角，這裡僅略談「認識（投稿）對象」這件事——不是「對手」喔，從長遠來考慮，編輯們還是期待未知作者們跟自己同一國，畢竟，投稿者也常是刊物的目標讀者。但編輯也很害怕自己自作多情，更會對於投懷送抱但不願花力氣了解雙方契合度的投稿者皺眉退縮。

在寫第一篇或下一篇投稿前，第一件功課，請先到書店或圖書館，尋找你想邂逅、「在一起」的報刊或雜誌，最好能買（或借）回去細細研究。在收藏至少有近一年過刊的圖書館裡，會方便很多：可以同時比較同類型的不同刊物，或者是同一本刊物的不同

期數。由投稿者角度來想，不同區塊、單元的思考角度會有些不同，比方說專輯、專欄、採訪與報導（二者加總常占雜誌二分之一以上篇幅），都是邀稿（非開放），卻最容易觀察到刊物關注的傾向；另外則是除了額度極有限的開放投稿欄目外，有些單元固定但作者不固定（有時會到刊物四分之一），這就有投稿者可以嘗試看看的機會了。

在這過程中，僅僅是比較專注地增加閱讀量，就是很棒的收穫；至少，還能較具體判斷，想寫的，有被寫過？現有的刊物內容，你真的欣賞嗎？你的作品跟它們放在一起，會不會突兀？

此外，如果你有特殊的專長、經歷或題材，打算發展成系列性的寫作計畫，「提案」或許是適合在今天嘗試的另類「超前布署」投稿，至少是另闢新路跟編輯真實接觸，而不是憑空猜想。

投稿者也不妨進階思考，如今不只是藉由投稿，為作品加值；同時也是幫投稿對象以及讀者加值。

＊

如果作品獲得留用，距離刊出有時還會等一段時間。與此呼應，常見的退稿說法：稿擠，在今日可說是前所未有地符合實情。（也請放在心上：編輯們喜歡你作品的認知，很可能跟你不會一樣。但這無妨，雖然說編輯沒有回答的義務——仍可試試看回信時直球詢問？）

這時候你有兩個選擇可以馬上做：一是回到（或走出）自己的日常生活，積累下一篇的材料、醞釀感受與思考；二是開始寫下一篇。不過請先不要急著對同一處留用作品的刊物投出下一篇稿——除非跟前一篇有非常明顯的嘗試差異。一般來說，媒體不

會在太近的時間中，讓同一位作者的作品在相同的（投稿）欄位頻繁和連續地刊出。

＊

當你投出稿件，你的稿子就不是你的稿子。心態上的解方，或許是不要把它當成（只）是「一篇稿子」。因刊登機會有限，除了不放棄嘗試之外，就要全面地想，怎樣更「為自己寫」。那麼，這篇稿子不妨當作是一個規模、格局、溝通企圖都更大的作品或計畫，直接或間接關連的一部分。甚至可以模擬：你的投稿等級，有打算哪時會從單篇文章進入書的出版？那將是另一段投稿跋涉之旅，但總是能抵達的，不妨試著從此刻開始醞釀、學習。

寫作，或投稿，目的都是自己讓自己有機會變得更好——或透過一些對於負面情緒或能量的咀嚼或想像，排除一些沒有出口的滯悶、挫折等等感受。由此視角，最好還是有想要傳達的感情、想法和故事，才去寫東西，進而投稿。更具體些的目標，或許可以設定成「累積經驗值」——我會這麼看，不必把投稿當成一種程度指標，或收集肯定的成果累積；最好是可以把「整個（或多次）投稿過程」當成是一種自我升級學習工具。由此延伸，投文學獎當然也是。

這篇短文，未必會幫助你的投稿更容易獲得留用——因為決定權不在你身上，你只能盡所能、不輕言放棄地「完成」作品，也不卑不怯地持續了解有決定權的人們在想什麼、期待什麼，然後透過作品對他們說話，他們也會將此視作善意回應，就算未必留用，還是會給予你合宜的善意回應的。

也期待「準備好了」的你的加入。

短篇小說
寫作指南
Handbook of
Short Story Writing

Handbook of Short Story Writing © 1970
by Writer's Digest.
This edition published by arrangement
with Writer's Digest Books,
an imprint of Penguin Publishing Group,
a division of Penguin Random House LLC.
though Bardon-Chinese Media Agency
Complex Chinese translation copyright © 2021
by Rye Field Publications,
a division of Cite Publishing Ltd.
All rights reserved including the right of reproduction in
whole or in part in any form.
本書中文譯稿由上海浦睿文化授權使用。

短篇小說寫作指南／《作家文摘》雜誌
（Writer's Digest）編著；謝楚聿譯.
－初版.－臺北市：麥田出版：英屬蓋曼群島商
家庭傳媒股份有限公司城邦分公司發行, 2021.03
360面；15x21公分
譯自：Writer's Digest handbook of short story writing
ISBN 978-986-344-861-7（平裝）
1.短篇小說 2.寫作法

印　　　刷	前進彩藝
內文排版	黃暐鵬
書封設計	賴柏燁
初版一刷	2021年3月

定　　　價　新台幣420元
I S B N　　978-986-344-861-7
著作權所有，翻印必究
本書如有缺頁、破損、裝訂錯誤，
請寄回更換
Printed in Taiwan.

作　　　者	美國《作家文摘》雜誌（Writer's Digest）編著
譯　　　者	謝楚聿
文稿編輯	林芳妃
責任編輯	何維民
版　　　權	吳玲緯
行　　　銷	吳宇軒　陳欣岑
業　　　務	李再星　陳紫晴　陳美燕　葉晉源
副總編輯	何維民
編輯總監	劉麗真
總 經 理	陳逸瑛
發 行 人	涂玉雲

出　版

麥田出版
台北市中山區104民生東路二段141號5樓
電話：(02) 2-2500-7696　傳真：(02) 2500-1966

發　行

英屬蓋曼群島商家庭傳媒股份有限公司城邦分公司
地址：10483台北市民生東路二段141號11樓
網址：http://www.cite.com.tw
客服專線：(02)2500-7718; 2500-7719
24小時傳真專線：(02)2500-1990; 2500-1991
服務時間：週一至週五09:30-12:00; 13:30-17:00
劃撥帳號：19863813　戶名：書虫股份有限公司
讀者服務信箱：service@readingclub.com.tw
麥田部落格：http://blog.pixnet.net/ryefield
麥田出版Facebook：http://www.facebook.com/RyeField.Cite/

香港發行所

城邦（香港）出版集團有限公司
地址：香港灣仔駱克道193號東超商業中心1樓
電話：+852-2508-6231　傳真：+852-2578-9337
電郵：hkcite@biznetvigator.com

馬新發行所

城邦（馬新）出版集團【Cite(M) Sdn. Bhd. (458372U)】
地址：41, Jalan Radin Anum, Bandar Baru Sri Petaling,
57000 Kuala Lumpur, Malaysia.
電話：+603-9057-8822　傳真：+603-9057-6622
電郵：cite@cite.com.my